清晰簡明的
英文寫作指南

從正確用詞到刪除贅字，
藍燈書屋文稿總監幫助你提升寫作力

Dreyer's English:
An Utterly Correct Guide to Clarity and Style

班傑明・卓瑞爾（Benjamin Dreyer）｜著
林步昇｜譯

自由學習 36

清晰簡明的英文寫作指南：

從正確用詞到刪除贅字，藍燈書屋文稿總監幫助你提升寫作力

作　　　　者 —— 班傑明‧卓瑞爾（Benjamin Dreyer）

譯　　　　者 —— 林步昇
封 面 設 計 —— 黃維君
內 頁 排 版 —— 薛美惠
企 畫 選 書 人 —— 文及元
責 任 編 輯 —— 文及元
行 銷 業 務 —— 劉順眾、顏宏紋、李君宜

總　編　輯 —— 林博華
發　行　人 —— 涂玉雲

出　　　　版 —— 經濟新潮社
　　　　　　　104 台北市民生東路二段 141 號 5 樓
　　　　　　　電話：(02)2500-7696 傳眞：(02)2500-1955
　　　　　　　經濟新潮社部落格：http://ecocite.pixnet.net

發　　　　行 —— 英屬蓋曼群島商家庭傳媒股份有限公司城邦分公司
　　　　　　　台北市中山區民生東路二段 141 號 11 樓
　　　　　　　客服服務專線：02-25007718；25007719
　　　　　　　24 小時傳眞專線：02-25001990；25001991
　　　　　　　服務時間：週一至週五上午 09:30-12:00；下午 13:30-17:00
　　　　　　　劃撥帳號：19863813；戶名：書虫股份有限公司
　　　　　　　讀者服務信箱：service@readingclub.com.tw

香 港 發 行 所 —— 城邦 (香港) 出版集團有限公司
　　　　　　　香港灣仔駱克道 193 號東超商業中心 1 樓
　　　　　　　電話：25086231 傳眞：25789337
　　　　　　　E-mail: hkcite@biznetvigator.com

馬 新 發 行 所 —— 城邦 (馬新) 出版集團 Cite(M) Sdn. Bhd. (458372 U)
　　　　　　　41, Jalan Radin Anum, Bandar Baru Sri Petaling,
　　　　　　　57000 Kuala Lumpur, Malaysia.
　　　　　　　電話：(603) 90578822 傳眞：(603) 90576622
　　　　　　　E-mail: cite@cite.com.my

印　　　　刷 —— 漾格科技股份有限公司
初 版 一 刷 —— 2021 年 5 月 4 日
初 版 二 刷 —— 2022 年 2 月 22 日

I　S　B　N —— 978-986-0642711　　　版權所有‧翻印必究

定價：480 元　　　　　　Printed in Taiwan

推薦序

默默守護文字的人

文／蘇正隆

　　本書的對象是英文已有相當造詣，想在英文寫作更上一層樓，特別是想要對某些英文用法、體例和格式的細微區別尋求解答的讀者。對於高中及大學英文老師而言，這也是一個難得的機會來一窺美國資深文字編輯談如何批修改作文的寶貴經驗，只是他批改的都是作家級的文稿。

　　台灣一般人在寫英文時往往問題百出而不自知，其中之一是標點符號跟格式，因為考試不考，學校裡很少教。因此無論在職場，或讀研究所，需要撰寫英文報告的時候，往往捉襟見肘。這本書對標點符號的各種用法有很仔細的舉例說明，可以彌補英語教學在這方面的不足。

　　本書第六章〈文法一知半解最危險〉（A Little Grammar Is a Dangerous Thing），對喜歡鑽研文法者會有一些啟發。茲舉其中一例：

Here's one of those grammar rules that infuriate people.

　　許多人會以為因為出現 one 以為動詞應該用單數 infuriates，但其實這裡應該用複數動詞 infuriate，因為「關係子句的動詞須與關係代名詞的先行詞一致」是指「最靠近關係代名詞的名詞或代名詞」（The verb in a relative clause agrees with the antecedent of the relative pronoun … as in the phrase one of those who [or] one of the things that.）上句中關係代名詞 that 的先行詞是 rules，所以應該用複數動詞。

　　高級英文寫作時比較常犯的錯是平行結構（parallelism）不對等及孤懸語（dangler），即使名作家偶爾也不能免。諾曼・梅勒（Norman Mailer）的小說《哈洛特的幽靈》（Harlot's Ghost）的開頭第一句就是典型的孤懸語：

On a late-winter evening in 1983, while driving through fog along the Maine coast, recollections of old campfires began to drift into the March mist, and I thought of the ... Algonquin tribe who dwelt near Bangor a thousand years ago.

開車者不是 recollections，所以當時該書的文字編輯、也就是本書作者班傑明・卓瑞爾（Benjamin Dreyer）認爲可修正爲：

On a late-winter evening in 1983, as I drove through fog along the Maine coast, recollections of old campfires began to drift into the March mist ...

書中也提到 二十世紀後期以來，寫作上都會避免以 he 來指涉任何非特定的人，因此常出現 he or she，s/he，或用 they 來表示單數個人的情況。作者認爲可以透過改寫來避免這些彆扭的寫法，譬如把 A student should be able to study whatever he likes 改成 Students should be able to study whatever they like. 不就解決了嗎？不過，用 they 來泛指單數個人畢竟是當前的潮流，如果實在避免不了，作者認爲還是可以接受的。

英文有相當造詣的讀者及英文老師可從本書第八章〈容易混淆的英文錯別字〉，第九章〈英文中的大小地雷〉及第十章〈傻傻分不清的單字〉中，找到許多許多寶貴的英文學習與教學素材。

與英美出版社相比，國內的出版業對文字編輯大多不夠重視，大部分都是作者「文責自負」，缺少優秀文字編輯把關。本書作者班傑明・卓瑞爾是英美出版巨擘藍燈書屋（Random House）的當家文字編輯，他以詼諧的文筆，把三十年來的改稿經驗分門別類、傾囊相授。台灣出版從業人員從老闆到編輯、校對，都應人手一本，向作者學習對於文字的執著與敬業精神。

　　本文作者為書林出版公司／龍登出版公司／ B. K. Agency 董事長、臺灣師範大學翻譯研究所副教授、東吳大學英文研究所副教授、台灣翻譯學學會前理事長（2006~2010）、國家教育研究院中英雙語詞彙審譯委員、《麥克米倫高階英漢雙解詞典》總編輯。 著有《世紀病毒：必讀防疫英文知識與詞彙》、《英語的對與錯》等書。

譯者序

從文字編輯的角度看世界

文／林步昇

繼《紐約客》（*The New Yorker*）資深編輯瑪莉・諾里斯（Mary Norris）女士的回憶錄《英文的奧妙》（*Between You & Me*）之後，藍燈書屋（Random House）王牌文字編輯也出書了。

明明上次翻譯完《英文的奧妙》之後，我就默默決定不再接英文文法相關書籍，畢竟這類指南或手冊譯成中文後，免不了必須納入大量赤裸裸的中英對照，譯者心臟真的要夠大顆才能面對；豈料最後依然「口嫌體正直」（差點沒剁手），上次是好奇心戰勝恐懼，這回則是第一眼就被目錄給吸引（應該說看傻了）：一位堂堂的文字編輯，居然把理應嚴謹探討文法的書區分成「放在前頭的東西」（The Stuff in the Front）和「擺在後頭的東西」（The Stuff in the Back）兩大部分，連像樣的名稱都沒有，未免太過隨便了。

但開始閱讀之後，便會發現這與作者班傑明・卓瑞爾（Benjamin Dreyer）的隨性與風趣的性格息息相關，就連各章標題也埋了不少令人發噱（或翻白眼）的「趣味哏」。

舉例來說，第一章〈怦然心動的（文章）整理魔法〉原文是 The Life-Changing Magic of Tidying Up (Your Prose)，明顯是致敬在世界各地掀起整理術風潮的日本收納達人近藤麻理惠（Marie Kondo；按：《怦然心動的人生整理魔法》英文版書名是 *The Life-Changing Magic of Tidying Up*）。第五章〈英文外事通〉探討英文中的外來字詞，原文是 Foreign Affairs（外交事務）。

第七章〈小說裡的大學問〉原文是 The Realities of Fiction，則是故意把 fiction 與 reality 虛實並置，造成修辭學上的矛盾修辭（oxymoron）。第十章與第十二章各自羅列了易混淆字詞和冗言贅詞，兩章原文名稱分別是 The Confusables 和 The Trimmables，認真的讀者若去查閱詞典必定會發現，這兩個單字根本沒有當名詞的用法，卓瑞爾先生的調皮可見一斑。

　　有鑑於此，我在翻譯章節名稱真的死了超級多的腦細胞（冷知識：一般人每天真的都有成千上萬的腦部神經元死亡唷），只盼重現原文的部分趣味，但願能博讀者一笑（或翻白眼也可以）。

　　值得注意的是，卓瑞爾先生並非一開始就立志進入出版業，而是懷抱著當演員與創作的夢想，也曾在餐廳和酒吧打工，直到接近不惑之年，才成為藍燈書屋的全職出版編輯（諾里斯女士加入《紐約客》前也從事過不少其他工作）。因此，他在字裡行間不時透露出的幽默與玩世不恭，可能也與多采多姿的人生經驗有關。

　　他甚至坦承，自己有時也不喜歡文法規則綁手綁腳，但必要時也會有所堅持，甚至開起讀者玩笑，譬如在討論撇號（apostrophe）用法的段落時，他表示：「只要你每月願意支付一筆微薄的費用，我會親自到府上拜訪，每當你想用撇號來表達單字的複數時，我就會狠狠打你的手手唷。」

　　只不過，倘若文字編輯圈有離題比賽，冠軍非卓瑞爾先生莫屬。他自己也在書中提到對於括號的（過度）偏愛，但就我的觀察，他對破折號與腳注的偏好更是明顯，可謂大方地展現自己跳躍式思考的過程。當然，這對中文版譯者（在下）與編輯則是形成了莫大的挑戰。

　　話雖如此，本書收錄的各項清單雖然乍看之下長得嚇人（腦海中不禁浮現 laundry list 這個略為負面的詞），但經常是用輕鬆（或惡趣味）的口吻描述一流作家都會犯的錯誤，包括標點符號的常見問題、錯別字釋疑、數字呈現方式、標題大小寫原則等等，讀著讀著一不小心就會一頭栽進卓瑞爾先生精心構築的小世界。

他也毫不客氣地酸了不少作家的敘事通病，一針見血地提到當代小說「動不動就有人在點頭或搖頭，居然還沒有任何人扭到脖子」，而點頭和聳肩不必寫成 nod one's head 和 shrug one's shoulders，畢竟我們「還能聳什麼地方嗎？聳手肘嗎？」他更提醒作家，如果「故事角色老愛把眼鏡往鼻子上推，麻煩叫他們把眼鏡拿到眼鏡行修理」。讓我在半夜頭昏腦脹地翻譯時，這幾段有如德國百靈油，讓我瞬間提神醒腦（和噴笑）。

讀到這裡還沒失去興趣的你，不妨參考以下的本書服用方式：

假如你已是高階的英文使用者，我大力推薦直接閱讀原文（但這本全球唯一繁體中文版也順便打包帶走嘛），除了可以親炙卓瑞爾先生的詼諧逗趣，更能欣賞他直接把秉持的寫作原則融入行文中，這是中文翻譯（不才的我）無法呈現的示範。另外，你也可以運用前述清單替自己的英文寫作習慣進行「總體檢」，或接下第一章所下的戰帖，嘗試連續一星期（或加碼一個月）不使用作者提到的 very 和 quite 等單字，藉此被迫練習更為精確的表達，英文能力絕對能更上一層樓。

那初中階的英文學習者呢？我在此要大膽建議一項看似唱反調的方法，即先略過各章的落落長寫作要點清單，反其道而行，設法把第一章中作者要大家避免當成使用的 in fact、pretty 和 actually，甚至 literally 放入口說或寫作中（但 very 這個基本單字就免了）。因為這些英文母語人士的冗詞贅字，反而不是初中階非母語人士的問題，因此可以先運用這些常見連接詞來練習自然表達，等到程度提升了再改變策略也不遲。

不喜歡看書的人也沒關係，卓瑞爾先生還親自錄製有聲書，朗讀速度適中、聲音表情豐富，也可以練習聽力與跟述，藉此加強聽說能力。

然而，正如卓瑞爾先生所說，他認定的優秀、得體與實用寫作原則，並非放諸四海皆準，幾乎都會有例外。他的部分看法也有商榷餘地，譬如主張 irony 只能表示預期與實情相反，而不能形容結婚當天剛好下雨，卻沒提到 situational irony 這個可能。

另外，他提到「結構良好的句子聽起來就是比較順」，因此「無法立即朗讀出來的句子，很可能就是需要修改」，但這容易落入「語音中心主義」（logocentrism），即重口說卻輕寫作的傳統，扼殺了文字創作的空間。

卓瑞爾先生既提倡規範派（prescriptivist）的標準化英文規則，也擁抱描述派（descriptivist）真實語用情境，可謂介於兩者之間的務實派。想要更了解這位總編輯，不妨上推特這個他口中的二十一世紀網友集散地，追蹤他的帳號（@BCDreyer），目前已有八萬名追蹤者，其中內容不見得跟英文學習相關，但從他分享的日常觀察與趣事（自言自語），不難看出他坦然的人生哲學，當然不乏吐嘈時任美國總統的川普，例如在美國大選前他曾推文說 A president who can spell. Am I really asking too much?（想要不會拼錯字的總統，難道這個要求會太過分嗎？）

行文至此，也許有人會以為卓瑞爾先生直率輕浮，但我敢肯定他在現實生活中是真性情的暖男，因為原文最後致謝的章節洋洋灑灑近十頁，哪怕是僅給予精神支持的同事親友，他都深怕遺漏，一度還打趣說要把藍燈書屋的電話簿拿來抄，可見在幽默的外表下藏著一顆真誠待人的心。謝詞的最後一句話有小小的彩蛋：

Robert Schmehr is my traveling companion, my heart and my soul, my first thought every morning and my last thought every night. Robert, you have waited a long time for this book. Here it is.

有情人莫此為甚（請先仔細地品味原文，再翻到後頭偷瞄拙譯）。

什麼？你說這篇譯者序一樣太多括號和內心話了？哎呀，只能說卓瑞爾先生的感染力強大，還請多多包涵。

本文作者為自由譯者暨英文教師，近期譯有《清晰簡明的英文寫作指南》（Dreyer's English）、《英文的奧妙》（Between You & Me）等書。

目錄

本書獻給我的父母黛安娜與史丹利

同時獻給羅伯

瑪莎：所以呢？他是生物學家。

眞有他的，讀生物學更好，比較沒那麼⋯⋯深奧（abstruse）。

喬治：沒那麼抽象（abstract）吧。

瑪莎：是深奧（abstruse）！晦澀的意思。

（對喬治吐了吐舌頭）輪不到你來教我怎麼選字。

──摘自愛德華・阿爾比（Edward Albee）
《誰怕吳爾芙》（*Who's Afraid of Virginia Woolf?*）

前言

聊以爲序

　　我是一名文字編輯（copy editor）。一篇文章在經歷無數次草稿、由作者本人補充與修改、再交給我口中的「眞編輯」編稿後、認定基本上修潤完畢，就換我接手這篇文章，目的是讓文章變得⋯⋯更好讀、更簡潔、更清楚、更有效益。這當然不是要重寫，不是要打壓文章好符合正確散文的概念（先不管何謂正確散文），而是要加以打磨、拋光，讓文章呈現最棒的樣貌，讀起來比剛我開始校稿時更忠於原意，前提當然是我要稱職才行。

　　就最基本的面向來看，專業的文字編輯工作要確保每頁所有內容都拼寫正確（錯字連篇卻是公認天才的作家只存在於神話當中，但每個人難免都會打錯字）。雖然你可能已知道了，但還是提醒一下：拼字檢查（spellcheck）與自動校正（autocorrect）固然很棒的小幫手（我打字必定開啓這類功能），但還是無法百分百跑出你想用的字詞。文字編輯工作還包括重新調整標點符號——我有時覺得自己耗費半輩子撬掉逗號、又花上半輩子把逗號嵌入其他地方——還要留心漏掉的字詞（He went to store）和重覆的字詞（He went to the the store）以及寫作與修改過程中可能產生的小毛病。此外，我還要注意文法的基本原則，當然對於部分文章得比較正式，部分文章則不必太正式。

　　撇除以上所述，文字編輯應該可以昇華成眞正的技藝，而非聽起來像

略微複雜的軟體便能完成的工作 ── 無論是文體、文法（即使軟體自認可以）或拼寫（這點容我在後文詳述）都難以辦到。假如一切順利，文字編輯的成效有如讓牙醫澈底洗完牙般清爽（有位作家曾如此描述），也近似看完一場精采的魔術表演般過癮。

這讓我想起了一件往事。

幾年前，我受邀前往一位合作過的小說家家中參加派對。那時正好是烈日炎炎的夏日午後，出席人數眾多，已超過這棟上東區豪華別墅有圍牆的小花園所能容納。

由於那位小說家的丈夫是大名鼎鼎的劇場暨電影導演*，賓客中不乏知名男女演員，因此我在大汗淋漓的同時，眼睛也大吃冰淇淋。

女主人很體貼地特別向我介紹了一位女演員。她是屬於大型華麗舞台劇的演員，即看似站在舞台上足足有八英尺高，但身材往往十分嬌小，還出人意表地親切、長得玲瓏有致，教人難以想像她是以扮演龍的角色而聞名。

看樣子，這位女演員寫了一本書。

「我寫了一本書，」她這麼跟我說，實際上是回憶錄。「我不得不說，我收到文字編輯改好的稿子，看到上面劃滿了鬼畫符與記號，整個人相當驚恐到大喊：『不會吧！妳不懂我的意思嘛！』」

這時她已抓住我的手腕，雖然她的握力很輕，但我實在不敢想像，假如我設法掙脫會發生什麼事。

「但是我仔細看過文字編輯的修改後，」她繼續輕聲說著，但只要她願

---

*　我不說出名字就不算是自抬身價，對吧？

意，她的聲音想必能輕易傳到任何劇院最上層的座位。「我才開始明白。」她靠得很近，雙眼緊盯著我瞧，把我迷得神魂顛倒。「繼續說嘛。」我說。

稍停片刻，吊人胃口。

「所謂的文字編輯啊，」她說得像煞有介事，即使多年過去，我耳邊仍聽得到每個清脆的子音與宏亮的母音。「就好像牧師一樣，捍衛著自己的信仰。」

有此知音，可謂一大幸事 *。

將近三十年前，我誤打誤撞當起文字編輯——在那個年代，很多人都是誤打誤撞進入職場，反正再怎麼樣都可以「找事幹」——大學畢業後有好幾年，我都在餐廳當服務生和吧台手，不時到專門放映老電影的戲院一票看兩片，再不然就是打混摸魚。我不曉得自己長大後志願為何，況且是成年後才發覺這個問題。但多虧了一位作家朋友伸出援手，加上他的出版編輯（production editor）——也就是出版社裡負責監督書本文字編輯與校對過程的把關者——放手讓我嘗試，我便開始接按件計酬的校對工作，案子東一點西一點，過了一段時間，我逐漸成了全職校對編輯。

好，校對是機械化的基本作業——但這可是進入這一行的「主菜」，假如你毫無相關經驗更是如此。我初期的任務只在於確保所有經過文字編輯的手稿（疊在左邊），正確呈現於排版頁（疊在右邊）。對了，現在說的可是比那場花園派對更早的紙上作業年代，所以我閱讀的手稿不僅包括作者的打字內容，還有兩套層層改寫與修訂過的字跡——分屬作者與文字編輯——這還不包括那些奧妙的鬼畫符與記號所代表的文字編輯指令。

---

* 　好啦，女演員是柔伊・柯威爾（Zoe Caldwell），回憶錄是《我要當豔后》（暫譯，原書名 *I Will Be Cleopatra*），不妨找來一讀。

　　校對需要耗費極大精神與專注力，但往往一翻兩瞪眼，不是對的就是錯的，假如內容有錯，校對就應該注意到，再加上更多鬼畫符來訂正。這就像拿了某期難到爆的《童光萃集》（*Highlights for Children*）雜誌，玩益智尋寶圖卻一直找不到答案。

　　我辛勤工作的同時，對於在手稿上看到的內容愈來愈感興趣，類似作者與文字編輯之間用彩色鉛筆交鋒的對話。因為文字編輯常常——幾乎沒有例外——不只要修正錯別字、重新調整標點符號、注意主詞受詞不一致的問題，而還要更加深思熟慮、更加主觀看待作者的行文：刪除句子中可能不需要的字詞，添加一兩個字詞到結構太密的句子中、重新排列段落內的句子順序以讓論述更具說服力、挑出作者太常用的形容詞或副詞。文字編輯可能還會說，部分字詞用得拗口（空白處會寫上 AU: AWK?）＊或某個片語太過老掉牙（AU: CLICHÉ?）。有時，如果編輯覺得同樣觀點重覆太多次或不言自明，整個句子就會被劃掉，空白處的注解就會是——我覺得有點沒禮貌——AU: WE KNOW.（知道啦）。

　　這意思並非文字編輯提出的每項建議都獲作者採納。雖然修改通常都會留在原處，代表作者默默接受（不然就會把文字編輯在空白處圈起來的OK? 問號劃掉以表示同意）；偶爾作者會把修改版本給劃掉，再用鉛筆於原來文字下方加上粗點點，寫上 STET（保留；我後來曉得這是拉丁文，意思是「維持原樣」，講難聽點就是「休想動手」），並排於改過來（又改回去）的文字，時而伴隨著驚嘆號，時而附上一兩個字詞表示異議。†

　　這就是我學會文字編輯的方法：藉由觀察這份工作的過程、作者的反

＊　AU 意思是 author（作者），之所以需要指明是因為偶爾會在空白處寫上 COMP，即寫給 compositor（排版人員）看的注解。

†　「可以舉例嗎？」討論這段時，我的文字編輯這麼問我。喔，我想想。有位作者不准文字編輯修改一個爛到不行的句子（我必須說出來以茲紀錄），不屑地在空白處指出「這稱為個人風格」。還有一位作者回覆編輯極其含蓄的建議時，不曉得是用紅蠟筆還是鮮血潦草地寫道：「你他媽的有本事自己寫一本啊。」

應，留意各種瑕疵類型，包括或多或少不具爭議的文法錯誤、或多或少會
引發爭議的文體與品味，以及文字編輯的處理方式（真的是「或多或少」
啦，我不是在兩面討好。寫作絕對不變的鐵律比你想像來得少。後文即將
詳述，還會一再提到）。

　　文字編輯有其訣竅，需要敏銳的耳朵來分辨語音、敏銳的眼睛來審視
印在頁面上的效果，更需要能聆聽作家的意圖，並希望找到方法幫助作家
凸顯出來。如果想把文字編輯工作當成專業，便可以（也理應要）研究這
門學問。

　　世界上探討文法與字詞用法的書籍所在多有，但我真的認為這是一門
技藝，相關知識奠基於某種神祕的脾性（就我所知，大多數文字編輯都有
一項共同點：很早就有閱讀習慣，童年大部分時間都埋首在書堆中）。就像
一位同事的描述：你設法深入作者的腦袋，修改文章中他們沒修改到的錯
誤；要不是每個句子都他媽的看了六百五十七遍到頭昏眼花，他們也能自
己糾錯。

　　說來有點迂迴，但這就來到了重點，也就是你，親愛的讀者——我一
直好想說「親愛的讀者」，現在說過了，下不為例——以及我們為何在此的
原因。

　　我們所有人都是作者：我們會寫期末報告、寫辦公室便條、寫信給老
師、寫產品評論、寫期刊與部落格文章、寫訴願給政治人物。有些人會寫
書，大家都會寫電子郵件。* 而且至少據我觀察，我們都想改善寫作能力：
我們想更清楚、文雅地表達自己的觀點；我們也希望作品有人欣賞、效果

---

*　很多人也會傳簡訊、發推特文（tweet），這些寫作類型各自的規則不在本書討論範圍內。

更好；說穿了，我們都希望少犯錯。

如前所述，我從事文字編輯工作很久了，從中獲得的最大樂趣依然是幫助作者、在字裡行間與作者對話，只不過如今通常不是面對桌上的實體稿紙，而是螢幕上的 Word 檔案。

本書旨在展開下一場對話。我藉此與你分享自己部分工作實務，供你日常所用，包括老練作者也會疏忽的基本規則，以及我至今看過或發明的厲害小訣竅，甚至能讓本就優異的文章增色。

又或許你只是單純好奇，眼前這位作者對於序列逗號有何高見。

那我們就開始囉。

啊，等等，在開始之前：

本書不以《寫作文體一本就上手》之類令人咋舌的文案為書名，是因為本來就不可能一本就上手。

任何一本文體指南，都無法涵蓋你想了解的所有寫作規則 —— 也可以說，不同的文體指南對於寫作規則不可能沒有分歧 —— 當初準備撰寫本書時，我就定下了基本的原則：我要寫自己在文字編輯工作中經常碰到的問題與個人處理方式，也要寫我自認能讓相關對話更豐富的主題，以及寫我感興趣或單純覺得好玩的奇聞異事與祕辛。

我不會照搬寫作手冊鉅細靡遺的指南；這類參考書現在和以後都會擺在我書桌上，供我一再翻閱參照。* 而且我得補充一點：我會在本書中（至少三不五時）坦承個人特定品味與值得一提的語言癖好，但即使是我認定的優秀、得體與實用，不代表你就得照單全收。

---

* 推薦入手：《英文用字遣詞》（暫譯，原書名 *Words into Type*）是絕佳的參考書，很久以前就絕版了，但上網很容易搜尋得到；還有《芝加哥寫作手冊》（*The Chicago Manual of Style*），其中列中的規則我有時並不贊同，但那股不容置疑的權威感讀來令人安心。我也要推薦《韋氏英文用法詞典》（*Merriam-Webster's Dictionary of English Usage*），而且你手邊當然 —— 這還用說嗎？—— 需要一本詞典，不妨去買《韋氏大學詞典》（*Merriam-Webster's Collegiate Dictionary*），寫書當下已出到第十一版了。我在本書凡是提到大部頭的文體指南，都不脫前面這幾本書。

　雖然哪，你應該要照單全收才對啊。

　因此，本著東挑西揀、毛病一堆又自認建議實用的精神，我們就開始吧。

第一部分

放在前頭的東西

第一章

——————————————

怦然心動的（文章）整理魔法

你的第一項英文寫作大挑戰來了：

練習整整一星期不要使用這幾個英文單字：

- very　非常
- rather　相當
- really　很
- quite　頗為
- in fact　實際上

另外你還可以加上（應該說拿掉）just，在此不是指「公正」的字義，而是「只」的字義。還有 so，在此是指「極度」的字義，不過當成連接詞也嫌多餘就是了。

喔對了，也不要使用 pretty（滿），例如 pretty tedious（滿沉悶的）或 pretty pedantic（滿迂腐的）。不用客氣，直接把那個小壞蛋除掉吧。

of course（當然）也直接拿掉，還有 surely（肯定）與 that said（話雖如此）。

actually（其實）也刪掉如何？你這輩子不需要再用到 actually* 了。

如果你可以整整一星期不使用這些我視爲「有氣無力」和「清喉嚨」的單字（我不會要求你整整一星期不說到這些單字，畢竟這樣大多數的人都會變成啞巴，英國人尤其如此），那等到一星期結束時，你的寫作功力就會大幅進步。

澄清聲明一：狠心刪掉贅字

喔好啦，眞的想用就用吧，我可不希望你每寫一個句子就抓狂一次。但既然都寫出來了，不妨回頭把那些單字給刪了，而且一個都不留，可不要刪到最後一個了，卻覺得它看起來可愛又可憐就心軟。如果你覺得剩下的內容好像少了什麼，想想有沒有更棒、更有力或更有效果的字詞能傳達重點。

澄清聲明二：忍耐一個星期不寫贅字

先別焦慮發作，急著跟我說「可是可是可是」，我的意思不是永遠都不能使用這些單字喔†，畢竟這本書的原文裡也用了不少 very，只是要你忍耐一星期不用而已，一星期才短短七天耶。好，爲了表現誠意，也爲了證明即使最自我放縱的人有能力也應該時不時拿出一點毅力，我在此拍胸脯保證，接下來你不會在本書中讀到任何一個 actually。

至於你的任務，如果你有辦法一星期不用前述十二個單字，就算你把這本書放下不讀（就連下一頁都不偷看），我也心滿意足了。

---

* actually 這個單字是我這輩子難以改掉的缺點，口說和寫作都是如此。我頭一次聽到兩歲姪子開口說 Actually, I like peas.（其實我喜歡豌豆）時，才發覺這個單字的感染力眞強。

† actually 這個單字除外，因爲說眞的，我想不到這個單字的任何用處，頂多能用來惹火別人吧。

好啦，不會真的心滿意足。

但說起來好聽嘛。

第二章

規則與假規則

　　我對於一般規則完全沒意見。玩大富翁（Monopoly）或拉密牌（gin rummy）時，遊戲規則不可或缺。遵守規則也能大幅改善搭地鐵的體驗。那法律上的規則（rule of law，法治）呢？愛死了。*

　　不過，英文不大容易建立規則與管理。英文的發展沒有經過編纂，每當有外國人踏上不列顛群島，英文就會吸收全新的結構和詞彙──更不用說我們美國人過去幾世紀來對英文的惡搞──至今仍持續毫無章法地演變。令我非常灰心的是，英文沒有可行的法則，當然就不可能有人付諸實踐。

　　部分文章規則基本上沒有爭議。舉例來說，一個句子主詞與動詞的單複數應該一致，或 not only x but y 的結構中，x 和 y 必須是相同詞性（詳見〈第六章：一知半解的文法最危險〉）。為何如此？我想是因為這些規則已根深柢固、因為大家懶得為此爭論對錯、也因為我們能藉此適當遣詞

---

* 法國人幾世紀來都有個學院精準掌控語言的發展，這就是爲何當代法文母語人士要讀懂喜劇作家莫里哀（Molière, 1622-1673），比現代英文母語人士讀懂莎士比亞來得容易。

用字，達成最主要的目的，與讀者清楚地溝通。我們姑且把這些原因歸納成四個 C：Convention（慣例）、Consensus（共識）、Clarity（清楚）與 Comprehension（理解）。

還有一項很單純的原因：我敢發誓，結構良好的句子聽起來就是比較順，而且是眞的有差。判斷文章結構是否良好的一項最佳方法就是朗讀。無法立即朗讀出來的句子，很可能就是需要修改的句子。

我發現自己經常說，優秀的句子能讓讀者從頭到尾跟著讀完，再長也不成問題，不會誤用或省略了某個關鍵的標點符號、選擇了某個不清楚或易產生誤解的代名詞，或無意間引導至錯誤方向，害得讀者必須困惑地回頭再讀（假如你**就是想讓**讀者一頭霧水，那就不關我的事囉）。

但即使我再喜歡有道理的規則，還是熱衷於「規則就是要打破」的理念——但我得趕緊補充一句：你得先充分掌握規則。

但現在讓我們來談談我眼中幾項「英文最出名的假規則」。相信你早就碰到過，很可能是學校老師教的。我希望你能從中脫困，因爲對你沒有幫助，只會卡住你的腦袋，害你在寫作時下意識地瞻前顧後，苦不堪言。而一旦你成功擺脫束縛，希望（hopefully*）你能把注意力放在更重要的事上。

爲何我說是假規則？在我看來，因爲它們在大部分情況下都毫無幫助，莫名地綁手綁腳、既無效又無用，也因爲它們的起源通常都很可疑：憑空編造出來就代代流傳，鞏固權威的地位，最後變得僵化不堪。遠比我專業的語言專家們，多年來都致力於揭穿這些規則的假相，然而這些瞎掰出來的束縛卻頑強得很，人氣甚至超越滾石樂團基思‧理查茲（Keith Richard）和米克‧傑格（Mick Jagger）兩人加乘。我必須補充說明，部分問題在於有些假規則是由看似好心的語言專家所捏造，因此擺脫枷鎖的難度可能有點像不准狗兒追逐自己的尾巴。

---

*　噢對了，我會在〈第九章：英文中的大小地雷〉中，詳述這個單字的用法。

　　我會用簡單的篇幅來處理這些問題，希望你相信我做足了功課，並且樂意放下這些規則。我謹記著葛楚・史坦*（Gertrude Stein）對艾茲拉・龐德†（Ezra Pound）的評價，說他是「村裡的解說員（village explainer），假如你能代表那個村當然極好，但若非如此，就免了吧」‡，沒有人想成為那種人。如果你堅持認為這些假規則真的有道理，值得遵守，那基於我個人經驗，即使引述世界上再多專家的看法，都絲毫無法改變你的想法。

　　我要坦承一件事：身為一名文字編輯，我有一大堆工作是為了幫助作家避免遭到讀者挑錯（有時挑得合理，有時不大公允——而這就傷感情了），這類讀者統稱「自認內行又愛寫電子郵件向出版社客訴的民眾」。因此，我對於違反規則的態度略偏保守，畢竟有些規則起源固然有點可疑，但乖乖遵守無傷大雅。雖然下文的假規則完全是胡說八道，我還是要提醒你，一旦違反這些規則後，就有會部分好發評論的網友找你麻煩，直指你寫作能力欠佳。不管怎樣，還是勇敢打破規則吧。很好玩啃，有我挺你。

假規則三巨頭

假規則巨頭一：絕對不能把 And 和 But 放在句首

　　才怪，你覺得適合的話，儘管把 And 或 But 放在句首。偉大的作家完全沒在顧忌，即使不見得偉大的作家也是，就像我至今在本書原文中已這麼用了好幾次，而且還打算繼續用下去。

　　但先別急，以下有個注意事項：

---

* 　譯按：Gertrude Stein（1874-1946）：二十世紀美國著名作家，長期活躍於巴黎藝文圈。
† 　譯按：Ezra Pound（1885-1972）：二十世紀美國著名作家，是印象派詩歌代表人物。
‡ 　譯按：以上引言意即凡事都說得過分清楚。

And 或 But（或 For、Or、However 和 Because，這是其他四個被嚴禁使用的句首）有時並非最有力的開頭，而且習慣濫用其中任何一個當開頭都會很快令人生膩。你可能會發覺，自己根本不需要 And 或 But，也許會發現原本 And 或 But 開頭的句子，改用逗號或分號就能輕鬆地跟前一句連接。仔細觀察，好好思考。*

以下就舉例實驗看看：

Francie, of course, became an outsider shunned by all because of her stench. But she had become accustomed to being lonely.

Francie, of course, became an outsider shunned by all because of her stench, but she had become accustomed to being lonely.

當然囉，法蘭茜因為身上散發惡臭，成了大家避之唯恐不及的邊緣人，但她早已習慣孤獨了。

你認為《布魯克林有棵樹》（A Tree Grows in Brooklyn）的作者貝蒂‧史密斯（Betty Smith）選擇了哪一個版本？答案是第一句。假如我是史密斯的文字編輯，很可能會建議選擇第二句，橋接兩個不需要分開的連貫想法。說不定她聽了會同意，也說不定她還是偏好自己原本的文字，宛如腦海中響起的莊嚴鐘聲。作者的確常常偏好自己寫下的文字†。

以下是另一個例子，以兩種版本呈現：

---

* 身為一名文字編輯，我一直在提防單調的重覆，避免太多慣用字——任何作者都有慣用字——或慣用句構。在一個段落中，凡是有兩個句子開頭相同，尤其是 But 這個字，通常就要修改其中一句。

† 我得承認，自己抽出兩個獨立的句子加以評判並不盡公平。在進行一本書的文字編輯工作時，不是一句句閱讀，而是一段段、一頁頁咀嚼，才能掌握整體的文字節奏。

In the hospital he should be safe, for Major Callendar would protect him, but the Major had not come, and now things were worse than ever.

In the hospital he should be safe, for Major Callendar would protect him. But the Major had not come, and now things were worse than ever.

他待在醫院中理應安全無虞，因爲卡倫達少校會保護他，但少校卻沒出現，如今事態卻無比糟糕。

這段摘自佛斯特（E. M. Forster）筆下《印度之旅》（*A Passage to India*），我想你應該不意外他選了第二個版本。首先，第一個版本有點長。更重要的是，第二個版本有了肯定的句號，更加有效地傳達了期待落空之感與命運的逆轉。

這些都是作者的選擇與文字編輯的觀察，正是打造一本書的方式。

還要補充一點：那些不善於連接句子的作者，習慣用 But 或 However 來營造前後想法相互矛盾的錯覺，但完全沒有矛盾，所以派不上用場，這種時候就會被我盯上。

假規則巨頭二：絕對不能拆散不定詞

在此引用我們這世代無人不知的分裂不定詞——每個人都引用最早的《星際爭霸戰》（*Star Trek*）影集，所以我的原創性可說是零分——To boldly go where no man has gone before（勇踏前人未至之境）。*

---

* 後來改寫成 To boldly go where no one has gone before，非常可笑。我會在稍後談到性別歧視的麻煩問題，以及拙劣的文章結構，例子就是人類一九六九年留在月球上的紀念碑。

　　關於這個主題還有**很多很多**可以聊，但我懶得討論十九世紀經文鑑識家亨利・奧福德（Henry Alford）的迂腐看法，想必你也不想讀到十九世紀經文鑑識家亨利・奧福德的觀點，所以不妨就這樣理解吧：分裂不定詞正如我們一般的理解，指的是「to（動詞）」的結構中間插入一個副詞。

　　在《星際爭霸戰》的例子中，非分裂不定詞的版本是 Boldly to go where no man has gone before 或 To go boldly where no man has gone before。如果你覺得這兩個版本聽起來比較順，那就請便吧。對我來說，這兩句聽起來好像是瓦肯語（Vulcan）的直譯。

　　我們不妨直接跳到雷蒙・錢德勒[*]（Raymond Chandler）說的話。如同《星際爭霸戰》那句話一樣，每個人針對這個主題老愛引用錢德勒的文字，但理由可說他媽的（套句他的用詞）充分。錢德勒寄給《大西洋月刊》（*The Atlantic Monthly*）編輯一張便籤，回應針對他一篇文章的文字編輯結果：

> 對了，麻煩您把我的讚美轉達給閱讀校樣的文法潔癖編輯，告訴對方我的文章是用粗俗的方言寫成，很像瑞士服務生的說話方式。還有我想分裂不定詞就要分裂不定詞，他媽的，我偏偏就是要拆散不定詞。
>
> 以上

假規則巨頭三：絕對不能把介系詞放在句尾

　　針對這條規則，老是會有人（不厭其煩）提到溫斯頓・邱吉爾（Winston Churchill）那句名言，重點是邱吉爾本人根本沒有說過或寫過這句話：

This is the kind of arrant pedantry up with which I will not put.

---

[*]　譯按：Raymond Chandler（1888-1959）：二十世紀美國知名推理小說家。

這就是我所不願忍受的迂腐習氣。

我對這條規則的意見是：把介系詞（as、at、by、for、from、of 等等 *）放在句尾有時確實不大好，主要是因爲只要前後文允許，句子應該要結束得強而有力，而不是像老人的殘尿滴滴答答一樣。我發現，句子繞來繞去到最後以介系詞收尾，往往削弱原有的氣勢或可能的效果。

What did you do that for?

你這樣做是爲了什麼？

這個句子勉強及格，可是沒有以下這句俐落：

Why did you do that?

你幹嘛這樣？

但硬要把句子綁上死結以避免介系詞結尾，不但沒幫助又不自然，凡是優秀的作者都不該理會這項規則，胃口再好的讀者也不該爲此傷腦筋。

希望你懂我的意思。

---

* 有沒有人教過你不能用 etc（等等），而是要改用 et cetera 或 and so on 之類的詞語？我也是過來人，隨便啦。

遠近馳名的介系詞結尾小故事

　　兩名出席豪華晚宴的女人毗鄰而坐。一位像瑪格麗特・杜蒙*（Margaret Dumont）在馬克斯兄弟†（Marx Brothers）老電影扮演的師奶，只是模樣更加冷酷，另一位是平易近人的南方姑娘，姑且說是爲了好看，穿著極爲粉嫩又皺巴巴的晚禮服。

　　南方姑娘親切地對冷冰冰的婦人說：

So where y'all from?
妳老家在哪裡？

　　冷冰冰的婦人顯然像在用長柄眼鏡打量著南方姑娘：

我老家在介系詞不放句尾的地方。

　　南方姑娘思考了一下，語帶甜美地說：

OK. So where y'all from, bitch?
好，所以妳老家在哪裡，臭婆娘？

---

* 　譯按：Margaret Dumont（1882-1965）：二十世紀美國影星，曾演出多部喜劇。

† 　譯按：Marx Brothers：二十世紀喜劇演員，爲親兄弟，入選美國電影學會百大演員。

七個常有人問的假規則

　　除了以下介紹的七條假規則，肯定還有許許多多次要的假規則，只不過這七條是最常有人拿來問我（或質疑我）的文法：

常有人問的假規則一：正式文章中嚴禁使用縮寫

　　這條規則沒什麼問題，前提是你希望自己聽起來像火星人。但是 don't、can't、wouldn't 以及其他縮寫沒啥不妥。假使少了這些縮寫，很多文章就會變得呆板又僵硬。I'd've（I would/should have）和 should've 這類縮寫也許有點太過隨便，只適合隨手寫寫的文章，但一般來說，縮寫是上帝發明撇號的原因，所以要好好運用撇號和縮寫。

　　說到 should've：

芙蘭納莉・歐康納* 檢核表

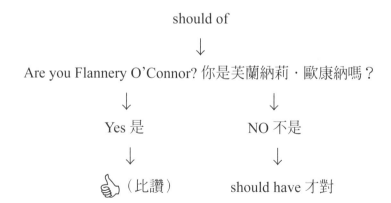

should of
↓
Are you Flannery O'Connor? 你是芙蘭納莉・歐康納嗎？
　↓　　　　　　　　　↓
Yes 是　　　　　　　NO 不是
　↓　　　　　　　　　↓
👍（比讚）　　　should have 才對

---

*　譯按：Flannery O'Connor（1925-1964）：二十世紀知名作家，譽爲福克納之後最具影響力的美國南方小説家。

正確的寫法是 should have（類似的還有 could have、would have 等等）。如果你不是芙蘭納莉・歐康納，也不是柔拉・涅爾・賀絲頓[*]（Zora Neale Hurston），也不是威廉・福克納[†]（William Faulkner），又想表達特定角色說話的特殊口音——後文會詳述，但我得先提醒你反映口音的對話有其危險——請善用 should've、could've、would've 等縮寫，反正聽起來完全一樣，沒有人會罵你，皆大歡喜。

常有人問的假規則二：避免被動語態

以被動語態寫成的句子，就是把主動語態句子中的主詞改成受詞。
舉例來說：

主動語態：

The clown terrified the children.
小丑嚇壞小朋友。

被動語態：

The children were terrified by the clown.
小朋友被小丑嚇壞。

在被動句中，接受動作的名詞擺在前面，而採取動作的名詞放到最後。不管是主動還是被動，小丑很嚇人是不爭的事實。

通常，被動句會完全省略行為人。有時，此舉是為了引起讀者關注問

---

[*]　譯按：Zora Neale Hurston（1891-1960）：二十世紀非裔美國文壇重要作家，哈林文藝復興時期的代表。

[†]　譯按：William Faulkner（1897-1962）：二十世紀美國文壇巨擘、詩人暨劇作家，意識流手法的代表。

題而不指責，例如 The refrigerator door was left open（冰箱門沒關），有時則是狡猾地逃避責任，例如 Mistakes were made（錯誤已然鑄成），這句話在不同場合出自不同的布希總統之口，堪稱這個政治王朝的座右銘。

以下是文字編輯愛口耳相傳的訣竅，有助評估自己寫出的句子：

假如你能在句尾加上 by zombies（或上面的 by the clown），就代表確實寫出了被動句。

說了這麼多，寫出被動句並沒有錯，端看你想把句子的重點擺哪。像是以下的句子，我就覺得沒什麼不妥：

The floors were swept, the beds made, the rooms aired out.

地板掃了，床鋪好了，房間也通風了。

因為重點是房子的乾淨程度，而不是打掃人員的身分。

但很多句子只要把真正的要角放在開頭就能更加通順，所以這點需要好好思考。

認識被動語態也很好——尤其是你想抨擊被動語態前，最好先了解狀況。

例如 A car rammed into counter-protesters during a violent white nationalist rally（白人民族主義暴力集會期間，一輛汽車衝進反抗議群眾），可能因為未指出駕駛身分而遭受批評，說起來倒也合理；但在這種情況下，未能點明行為人是道德的錯誤，而不是文法的瑕疵。

常有人問的假規則三：殘缺句就是爛句

以下我就用自己最愛的小說開頭當例子，摘自查爾斯・狄更斯[*]（Charles Dickens）的《荒涼山莊》（*Bleak House*）：

---

[*]　譯按：Charles Dickens（1812-1870）：十九世紀英國知名作家，筆下長篇作品《荒涼山莊》是司法小說經典。

London. Michaelmas Term lately over, and the Lord Chancellor sitting in Lincoln's Inn Hall. Implacable November weather. As much mud in the streets as if the waters had but newly retired from the face of the earth, and it would not be wonderful to meet a Megalosaurus, forty feet long or so, waddling like an elephantine lizard up Holborn Hill. Smoke lowering down from chimney-pots, making a soft black drizzle, with flakes of soot in it as big as full-grown snow-flakes— gone into mourning, one might imagine, for the death of the sun. Dogs, undistinguishable in mire. Horses, scarcely better; splashed to their very blinkers. Foot passengers, jostling one another's umbrellas in a general infection of ill-temper, and losing their foot-hold at street-corners, where tens of thousands of other foot passengers have been slipping and sliding since the day broke (if this day ever broke), adding new deposits to the crust upon crust of mud, sticking at those points tenaciously to the pavement, and accumulating at compound interest.

Fog everywhere. Fog up the river, where it flows among green aits and meadows; fog down the river, where it rolls defiled among the tiers of shipping, and the waterside pollutions of a great (and dirty) city. Fog on the Essex marshes, fog on the Kentish heights. Fog creeping into the cabooses of collier-brigs; fog lying out on the yards, and hovering in the rigging of great ships; fog drooping on the gunwales of barges and small boats. Fog in the eyes and throats of ancient Greenwich pensioners, wheezing by the resides of their wards; fog in the stem and bowl of the afternoon pipe of the wrathful skipper, down in his close cabin; fog cruelly pinching the toes and fingers of his shivering little 'prentice boy on deck. Chance people on the bridges peeping over the parapets into a nether sky of fog, with fog all round them, as if they were up in a balloon, and hanging in the misty clouds.*

　　倫敦。米迦勒節剛結束，大法官坐在林肯法學會大廳內。十一月天氣惡劣，街道泥濘，宛如洪水甫從地球表面退去，而若遇到四十英尺左右的巨齒龍，像龐大蜥蝪般蹣跚爬上霍爾本山，也不足爲奇。煙囪冒出的煙霧低垂，形成黑壓壓的濛濛細雨，眾多大片煤灰摻雜其中，像是巨型雪花飄在空中──不妨想像成這是對太陽毀滅的哀悼。一隻隻狗兒渾身是泥，難以辨認外形。馬匹也好不到哪去，泥水濺滿了眼罩。撐傘的行人彼此推擠，普遍反映著壞脾氣，紛紛在街角滑跤；自破曉（假使眞有破曉）時分以來，就有數萬名行人跌倒和打滑，再次踩上一層層泥巴，頑強地緊貼著人行道，連本帶利地累積。

　　到處瀰漫著濃霧。濃霧往上游飄去，籠罩著翠綠小島與草地；濃霧往下游飄去，翻滾在一排排船隻、（骯髒）大城河濱的汙染之間；濃霧延伸到艾薩克斯沼澤與肯特郡高地；濃霧竄入運媒船的廚房；濃霧布滿了帆桁、盤旋於大船船索上；濃霧低垂於駁船與小舟的舷緣；濃霧格林威治垂垂老矣的退休人士眼裡與喉中，他們在養老院火爐邊吁吁喘氣；濃霧飄進船艙內氣呼呼的船長午后所抽的菸管與菸袋；濃霧殘酷地凍著甲板上瑟瑟發抖的

---

* 好幾次想把《孤雛淚》（*Oliver Twist*）和《遠大前程》（*Great Expectations*）讀完卻都失敗後──想必是因爲看電影版既輕鬆又迅速──我拿起自己原先一無所知的《荒涼山莊》，從狄更斯向恐龍致敬開始，我立即就讀到入迷。在這部維多利亞風格濃厚的小說中，這段老是讓我覺得格格不入，但正如研究狄更斯的學者最後向我所說，狄更斯總能精準掌握時下社會大眾喜歡的口味，而且發揮自身文字表演功力加以利用。這就是爲何我們讀到後來毋需感到意外──儘管就我所知，幾乎每個讀過《荒涼山莊》的人在首次閱讀時都又傻眼又驚喜──（防雷）──書中居然出現人類自燃現象。我的反應只有「哇」。

小學徒手腳。偶爾橋上民眾憑欄窺視著迷霧漫天、包圍四周的景象，彷彿乘著汽球升空，高掛在雲霧之中。

第一，這段開頭很棒對吧？難道不會想跑去找整本小說來讀嗎？快去！我會在這裡等你三個月。第二，請數數這段文字的完整句，發現任何一句都務必告訴我。*

你雖然不是狄更斯，但一個（或像上面一大串）運用得當的殘缺句讀來也可以通暢快活。

話雖如此，你在運用殘缺句時要有明確目的，也要有所意識。我最近常常在小說中發現，殘缺句被用來營造某種不修邊幅又粗曠的陽剛敘事口吻，讀起來卻猶如氣喘發作。

常有人問的假規則四：只要是人，必定用 who

我不曉得爲何違反這條假規則會讓部分人士抓狂，但事實就是如此，他們還會因此大聲叫囂。

所以，爲了那些只能買高樓層便宜座位的人，我得同樣大聲地說：人稱關係代名詞可以用 that。

艾拉・蓋希文（Ira Gershwin）寫下〈離別之人〉（The Man That Got Away）的歌詞時，很清楚自己筆下的內容。舉凡 The man that got away、The teachers that attended the conference（出席會議的老師）、the whoevers that whatevered（做了某件事的某人）都是相同概念。

順帶一提，事物也可以接 who 當成關係代名詞，例如 an idea whose time has come（某個思想風行的時代到了），因爲你肯定不想寫成 an idea the time of which has come，或更爛的句構（但可能爛到不能再爛了）。

---

* 我猜有人可能會主張，第一段開頭第二行文字 As much mud 構成完整的獨立句子。我現在沒心情多加論述，但你請便。

常有人問的假規則五：none 必為單數，違者該死

如果你對 None of us are going to the party（我們沒有要去參加派對）這個句子有意見，就代表你的耳朵對英文的敏銳度超越了我 *。

None 當然可以用於單數，強調群體中的個人：None of the suspects, it seems, is guilty of the crime（嫌疑人中似乎沒有一個人有罪），但如果你的意思是要強調整個群體的情感、行動或不作為，我們文字編輯也願意從善如流啦。

常有人問的假規則六：whether 絕對不能接 or not

在很多句子中，尤其是把 whether 用來表達「是否」的句子，不需要 or not。

Not only do I not care what you think, I don't care *whether* you think.
我不僅不在乎你的看法，我也不在乎你是否有看法。

但也看看這一句：

Whether or not you like movie musicals, I'm sure you'll love *Singin' in the Rain*.
不管你喜不喜歡電影音樂劇，肯定會喜歡《萬花嬉春》。

試試看把這個句子中的 or not 刪掉，看看句意會有什麼變化。

整體來說，如果你能把 whether or not 裡的 or not 刪掉，而句子依然說得通，那就儘管刪。如果說不通，就別刪吧。

---

* 或超越了福勒（H. W. Fowler）、威爾遜·福萊特（Wilson Follett）、羅伊·柯沛魯德（Roy H. Copperud）等大名鼎鼎的前輩。

常有人問的假規則七：千萬不能用 like 來列舉

Great writers of the twentieth century like Edith Wharton, Theodore Dreiser, and William Faulkner...

二十世紀的偉大作家，比方說伊迪絲‧華頓、西奧多‧德萊塞和威廉‧福克納……

此刻剎車聲響起，一輛開車經過的文法警察把這個寫到一半的句子攔到路邊，要求把 like 換成 such as。

我在此也要懺悔，因為跟很多人一樣，以前別人提醒我，因此我的腦袋牢牢記得舉例只能用 such as 開頭，而運用 like 就意味著兩相比較。按照這個邏輯，在上面的例子中，華頓、德萊塞和福克納可能**像**二十世紀的偉大作家，但**本身**卻不是二十世紀的偉大作家。

但誰讀到這個句子會如此解讀呢？

而這往往就是問題所在，對吧？在寫作等諸多事物上，我們接受了別人灌輸的觀念，根本沒有認真思考過。

我最後明白（你聽了應該也會很高興），這條假規則是二十世紀中葉才冒出來（sprung up*）的產物，而且屬於幾乎沒有任何根據的怪癖。

話說回來，such as 這個聽起來較顯氣派的詞也沒什麼不好，但你如果愛用 like 也請便。

---

* 自認內行又愛寫電子郵件向出版社申訴的民眾，請稍安勿躁。Sprung 是完全正確的過去式，不必改成 Sprang，自己去查查看。

第三章

標點符號的六十七項用法（與禁忌）

（編按：應該是六十六項，其中有一項作者故意漏掉，以考驗讀者是否細心）

標點符號教條化之愚蠢，不亞於任何與讀者溝通形式的教條化。這些形式都有賴個人的表達內容，以及預期產生的效果。

——亨利・詹姆斯（Henry James）

如果字詞是文章的血肉與骨頭，標點符號就是文章的呼吸。標點符號最適合用來傳達你希望讀者如何閱讀你的文章，以及文章唸起來的感覺，以輔助你精挑細選的字詞。逗號與分號聽起來就不一樣；括號的韻律也不同於破折號。

有些作者會隨心所欲地用一大堆標點符號（上頭引用的詹姆斯先生就很愛用標點符號，頻繁到你會以為他用愈多賺愈多），有些作者則是能不用就不用。

有些作者用起標點符號很有印象派凡事憑感覺的特質，而我身為文字

編輯，會儘量支持作者的選擇，只要結果讀起來易懂又前後一致即可*。然而，並非所有標點符號都可以自由心證，就連要不要打出逗號（逗號尤其如此）都可能傳達關鍵資訊。我的建議是，你的寫作愈是符合傳統規範（conventional，希望你不介意我用這個單字），就愈要約定俗成地使用標點符號。

首先說明一下：我在本章中討論的是自己最常遇到（姑且說是最火熱）與認為最有意思的標點符號主題／問題／麻煩／兩難。不同文章當然有各自獨特的難題——不僅限標點符號而已——所以只能當成個案處理。我也會略過太少出現的模稜兩可標點問題，因為我至今仍需要跑去參考大部頭文體指南。但這正是大部頭寫作指南存在的原因，所以務必把你的指南放在手邊，面前則擺好這本相對輕薄但好用的小冊子。

另外還要補充說明一項文化觀察：數十年來，我發覺各式各樣的作者愈來愈少用標點符號。我猜測，這反映了當代社會普遍忙碌的現象。少用標點符號不成問題，但我也確信你自然會找到逗號或連字號的其他用途。

句號

1. 句號後不留空格

問：句子結束後，要在句號後留兩個空格，對嗎？

答：錯。我知道，你以前國中七年級的打字課，敲打著史密斯科羅納自動打字機十二號（Smith Corona Coronet Automatic 12）時，泰格內爾老師（Mrs. Tegnell）教你在句號後按兩下空白鍵，但你現在早就不是七年級了，也不再用打字機打字了，泰格內爾老師也不會再盯著你了。你要嘛戒

---

*　不是所有作者都有意讓自己的文字易懂又前後一致，而假如文字編輯遇到新一代的詹姆斯·喬伊斯（James Joyce）或蕙楚·史坦，想必會從善如流。即使是一般的情況下，文字編輯也只能給予建議，同不同意取決於作者。

掉這個習慣，要嘛每次完成一篇文章後，就進行一次全文尋找，刪掉兩個空格，這不僅可以處理句尾空格，還可以一併處理你在剪下、複製、貼上或做其他修改時，悄悄溜進字裡行間的空格。如果你不這麼做，我就會幫你刪掉 *。

2. 縮寫和句號

　　現在不流行用句號來標示首字母縮讀字（acronym）和首字母組合字 †（initialism）了，所以現在比較常看到 FBI（聯邦調查局）和 UNESCO（聯合國教科文組織），而非 F.B.I. 和 U.N.E.S.C.O.。就學位來說，我雖然不大愛用 BA（學士學位）、MD（醫學博士學位）和 PhD（博士學位）（比較偏好 B.A.、M.D. 和 Ph.D.），但也已逐漸習慣了，尤其是對於四個字母以上的學位，還有愛用多個學位修飾自己名字的學者型人物 ‡。我寧願把力氣拿來爭辯其他東西 §。

　　首字母組合字則是把字母分開讀的縮寫，例如 FBI 或 CIA（中情局）。

---

* 使用兩個空格最早可以追溯到何時呢？這個問題的答案多有爭論、往往霧裡看花，但在此我要套用一位網友的說明，他會討論我不大感興趣的主題：「在手動排版或使用打字機時，每個字元寬度都一樣。因此，位於字塊中央或打字機按鍵上的句號，與前一個字母之間留有空格，需要在後面加一個空格。電腦字體的間距固定，句號正好貼著前方字母。」有些我遇過的老前輩極度堅持絕對要用兩個空格來分隔句子，他們很可能也主張保留小寫 s 的古早寫法（ſ），我祝他們一切順心。如果你是只用過電腦鍵盤打字的年輕人，很可能沒學過兩個空格的事，大可以放心地直接略過這個主題，畢竟你們這代人對此應該毫無所謂又不以為然。

† 首字母縮讀字是指當成單字發音的縮寫，例如 NASA（美國航太總署）或 UNESCO；英國人傾向寫成 Nasa 和 Unesco，最令人髮指的是 Aids（愛滋），我每次看到都恨得牙癢癢。一旦縮讀字變成日常語彙——你八成早忘記 radar（雷達）是 radio detecting And Ranging（無線電偵測與定距）的縮寫（想不忘都難）、laser（雷射）是 Light Amplification by Stimulated Emission of Radiation（受激輻射式光波放大）的縮寫（同上）——一般人就會像我剛剛那樣揚棄大寫字母。

‡ 不好意思，請注意：Dr. Jonas Salk, M.D. 是錯誤寫法，Dr. Jonas Salk 或 Jonas Salk, M.D. 才對。忘記 D 代表什麼了嗎？

§ 對了，學士或碩士學位（你也許兩個都有）的英文並不是 bachelors degree 或 masters degree，而是 bachelor's degree 或 master's degree 才對。

3. 成熟點，寫出全名吧

　　美國郵政總局（USPS）── 我依然有寫成 U.S.P.S. 的衝動，但忍住了 ── 希望各州的雙字母縮寫（MA、NY、CA 等等）不加句號。但雙字母的各州縮寫僅限於信封和包裹上頭。凡是在書目、注釋與其他需要縮寫州名的地方，請堅持使用老派但更加好看的 Mass.、N.Y.、Calif. 等等，不然乾脆成熟點，寫出全名吧。

4. 縮寫和全名

　　有些文字編輯難以割捨 U.S. 縮寫中的句號，這也許只是出於習慣，或因為 US 在我們眼中像 we 的受格（但全部大寫很沒禮貌）；有些文字編輯學過 U.S.（或沒句號的版本）只能當成形容詞使用的規則，例如 U.S. foreign policy（美國外交政策），而提到國家名字時完整寫出 United States。我就堅持區分兩者，因為……我堅持就對了。

5. 這個時候，儘管用句號收尾

　　對於看似問題卻不是問題的句子，儘管用句號來結尾，畢竟功能是陳述（It makes a statement, doesn't it.）。

逗號

6. 序列逗號是什麼

　　我到藍燈書屋（Random House）工作後，得知出版社內不需要遵守特定文體指南。換句話說，每份文稿都會按各自需求由同事細心編輯，文字編輯並沒有採取「一體適用」的標準流程，也就是不會無視文稿需求、強行套用特定標點符號或文法規則，以滿足出版社自以為是的普世價值。

　　嗯，上面這段話並不完全正確。我們確實有一條社內準則，依此編輯

我們陪伴的每一份文稿。

那就是序列逗號。

序列逗號用來分隔字詞列表中最後兩個例子，會搭配 and、or 或 but 等連接詞，舉例如下：

apples, pears, oranges, tangerines, tangelos, bananas, and cherries
蘋果、梨子、柳橙、橘子、橘柚、香蕉，以及櫻桃

句中 bananas, and 裡面的逗號就是序列逗號。

你可能曉得這個逗號又稱為牛津逗號（Oxford comma）——因為據我們所知，這是牛津大學出版社編輯信奉的傳統。但身為愛國的美國人，加上這種歸因接近都市傳說，我不大願意強化這項說法。你也可能熟悉「連續逗號」（serial comma）這個詞，不過對我來說，「連續」會讓人聯想到「殺人犯」，所以還是行不通。

無論你想怎麼稱呼，用上這個逗號就對了。對此我不想贅述也懶得商量，唯有無神論的野蠻人才會揚棄序列逗號。

沒有句子加上序列逗號後句意受損，卻有很多句子加上序列逗號後更加通順。

上頭那個水果清單中，序列逗號確保最後兩種水果不會產生特殊關係，不會讓人誤以為出現若干單項水果之後，莫名冒出了一對水果。句子假如更加複雜，使用序列逗號就能清楚呈現句構，一旦我提出漂亮的論點、漂亮地闡述、最後再漂亮地作結，讀者就不會從倒數第二點跳到最後一點，誤以為兩者在說同一點。

據我觀察，很多記者都厭惡序列逗號，因為他們接受的培訓就是要厭惡這種逗號，只要看到序列逗號出現就會抓狂，就跟支持派發現序列逗號遺漏會氣呼呼一樣。很多英國人——甚至包括畢業自牛津的英國人——對序列逗號也能省則省。無論序列逗號對你有什麼價值，我在美國出版界認

識的所有人都用得很開心。

不過有一點得注意：逗號並非萬能，序列逗號當然不是萬能。據說《泰晤士報》*曾出現過一個句子，常被人拿出來為系列逗號辯護，雖然我看到膩了，但還是得拿出來講一下為何當成序列逗號的辯護實在太弱。好啦請見下文，希望這是我們這輩子最後一次讀到這個句子（雖然不大可能）：

Highlights of his global tour include encounters with Nelson Mandela, an 800-year-old demigod and a dildo collector.

唉唷，這實在引人發噱，不禁想問：尼爾森・曼德拉（Nelson Mandela）真的是八百歲耆老兼假陽具收藏家嗎？

但我也注意到，即使插入序列逗號如下：

Highlights of his global tour include encounters with Nelson Mandela, an 800-year-old demigod, and a dildo collector.

曼德拉依然可能被誤讀成八百歲的耆老。

有些句子需要的不是添加標點，而是得整個重寫。†

7. 善用序列逗號

回覆主張「序列逗號有助釐清句意時再使用即可」的那群人：

第一、每個人對「釐清」的標準不同，你覺得清楚但別人讀了可能心想「這啥鬼？」我發現奉行這條原則的作者常常適得其反：添加序列逗號

---

* 《泰晤士報》（*The Times*）是一份英國報紙，這個名字現在不是、過去不是、未來也可能永遠不會指《倫敦時報》（*The London Times*）。《紐約時報》（*The New York Times*）是一份美國報紙，熟悉該報的讀者可以稱為 the *Times*，只不過該報堅持用堂而皇之、自以為是的 The Times 來稱呼自己。

† Highlights of his global tour include encounters with a dildo collector, an 800-year-old demigod, and Nelson Mandela. （他全球巡演的重點包括遇到假陽具收藏家、八百歲的耆老和尼爾森・曼德拉。）這樣寫清楚很難嗎？說真的，這是哪一門的全球巡演啊？

時顯得多餘，省略序列逗號時偏偏不行。

第二、無視情況一律加上序列逗號，可以少死幾個腦細胞，用來解決更嚴肅的問題，像是明顯的文法錯誤和 murmur（低喃）這個單字的濫用。

8. 用 & 代替 and

不必添加序列逗號的唯一情況，就是用 & 這個符號代替 and ── 這個符號往往只出現在書名或片名、律師事務所名稱（與其他有意想模仿律師事務所風格的企業）之中，單純需要知道一下 ── 主要是因爲此時再加逗號，視覺效果實在不佳，以下舉例說明：

我們會寫：

Eats, Shoots & Leaves*

但絕對不會寫成：

Eats, Shoots, & Leaves

這看起來有點多此一舉，不是嗎？

9. 逗號和子句

假如你平時使用逗號上能省則省，可能會寫出以下的句子：

On Friday she went to school.
她周五上學。

或

Last week Laurence visited his mother.

---

*　譯按：此爲《教唆熊貓開槍的「，」：一次學會英文標點符號》的原文書名。

勞倫斯上周探望了母親。

只要沒逗號的版本清楚易懂，就不成問題。

但前面引導的子句愈長，你愈可能想要或需要加上逗號：

After three days home sick with a stomachache, she returned to school.

肚子痛請病假三天後，她才恢復上學。

On his way back from a business trip, Laurence visited his mother.

出差回來途中，勞倫斯順便探望了母親。

10. 避免逗號混淆專有名詞

使用逗號時，盡量避免混淆專有名詞，例如：

In June Truman's secretary of state flew to Moscow.

六月，杜魯門的國務卿飛往莫斯科。

除非你希望讀者納悶誰是 June Truman，或究竟什麼東西跑到國務卿裡頭。

或是回去看看前文（6. 序列逗號第一句）On arrival at Random House, I was informed（我到藍燈書屋工作後得知），我原本寫的句子是 On arrival at Random House I was informed，你讀到的那一瞬間，說不定腦海會浮現 Random House II（藍燈書屋二世）和 Random House III（藍燈書屋三世）*。

---

* 　據說，亞倫・班奈（Alan Bennett）一九九一年創作的舞台劇《喬治三世的瘋狂》(The Madness of George III) 拍成電影時，片名改成《瘋狂喬治王》(The Madness of King George) 以免讓觀眾——尤其是無知的美國佬——以為自己沒看過《喬治一世的瘋狂》和《喬治二世的瘋狂》而感到卻步。雖然這類故事很多都是胡說八道，但這個至少部分屬實。

11. 沒道理的逗號

有時，句中的逗號完全無道理可言。

Suddenly, he ran from the room.

突然間，他從房間衝了出來。

這個句子讀起來沒那麼「突然」對吧。

12. 逗號連句

逗號連句（comma splice）是用逗號連接兩個完整句，譬如以下我隨便想到的例子：

She did look helpless, I almost didn't blame him for smiling at her that special way.[*]

她的確滿臉可憐無助，我實在不想怪他投以如此特殊的微笑。

原則上，你應該避免逗號連句，不過單句短促又緊密相連時便經常出現例外：

He came, he saw, he conquered.

他眼前所見，一律皆征服。

或

Your strengths are your weaknesses, your weaknesses are your strengths.

你的長處就是短處，你的短處就是長處。

---

[*] 在此坦承，二〇一八年二月二日，我本來要寫這段有關逗號連句的規則，卻跑去讀吉普西・蘿斯・李（Gypsy Rose Lee）筆下小說《G 弦謀殺》（*The G-String Murders*），這個句子正是抄自裡面的文字。

　　另一個例外出現在小說或類小說寫作中，逗號連句可以有效地連接密切相關的念頭或表達匆忙的行動，就連分號（下文會好好討論偉大的分號）都嫌停頓過久。

　　還有一個隨便想到的例子，摘自沃特・巴克斯特（Walter Baxter）一九五一年理應大紅卻默默無聞的小說《憐憫垂視》（暫譯，原書名 *Look Down in Mercy*）：

> He had never noticed [the sunset] before, it seemed fantastically beautiful.
> 他先來從未注意過夕陽，此時看起來美得出奇。

　　就逗號連句來說，這個句子無傷大雅，而且也沒有造成理解問題，所以就別計較囉。

　　逗號連句的結果——你可能回憶起國高中英文課教過的術語——就是不間斷句（run-on sentence）。你可能遇到不少人愛用這個術語指控所有落落長的句子，可能是由分號、破折號、括號等等作者想到的標點組成。實非如此，因為長句子就是長句子，唯有不按標準方式斷句才是不間斷句，像是前面這句的原文：

> A long sentence is a long sentence, it's only a run-on sentence when it's not punctuated in the standard fashion.

13. 呼格逗號

　　呼格逗號（vocative comma）——或說是直接稱呼用的逗號——是區隔一段話與被稱呼人（有時是事物）名字（或頭銜等）的逗號。就逗號來說，這類沒什麼特別爭議。沒有人——至少我願意來往的人都不會——贊成以下的句子：

> I'll meet you in the bar Charlie.

而偏好寫成：

I'll meet you in the bar, Charlie.
我在酒吧等你，查理。

對吧？

以下四句都是秉持相同原則：

Good afternoon, Mabel.
美寶，午安。

I live to obey, Your Majesty.
陛下，臣有生之年必定服從。

Please don't toss me into the hoosegow, Your Honor.
法官大人，請不要把我關起來。

I'll get you, my pretty, and your little dog too.
美女，我一定會追到妳的和妳的小狗。

但是──但書在所難免──文字編輯時經常遇到這樣的情況：

And Dad, here's another thing.
爸爸，還有一件事。

或

But Mom, you said we could go to the movies.*
但是媽媽，妳說我們可以去看電影啊。

---

* 不要和 But Mom you said we could go to the movies. 搞混

以上兩句通常會被改成：

And, Dad, here's another thing.

以及

But, Mom, you said we could go to the movies.

　　文字編輯動輒會遇到作者不願加上那個逗號，通常會加上一句「這是我的行文節奏啊！」但編輯應該堅持立場，作者也別自以為是。這只是一個逗號罷了，還是恰當又有意義的逗號，沒有人會因此讀到一半停頓、跑出去散步一圈。*

　　我想這裡很適合強調一項重點：無論是附加於人名或代替人名的尊稱，都應該全部大寫†，譬如前文的例子：

I live to obey, Your Majesty.

以及

Please don't toss me into the hoosegow, Your Honor.

同理可證，與自己父母說話時，也該用大寫：

I live to obey, Mom.

以及

Please don't toss me into the hoosegow, Dad.

---

*　國安局（NSA）可能會監控你的電子郵件和簡訊，但我不會。如果你平時信件開頭習慣是 Hi John 而非 Hi, John，請便。

†　這條原則並不適用於 mister（先生）、miss（小姐）、sir（長官）或 ma'am（女士）等一般人稱，也不適用於 sweetheart（甜心）、darling（親愛的）、cupcake（寶貝）或 honey（老公／老婆）等親暱用詞（除非對方的名字就是 Honey）。

但剛好提到媽媽或爸爸，而非直接稱呼時，就不需要大寫字母。

作者寫出以下的句子時，往往會出現一些編輯上的爭議：

I'm on my way to visit my Aunt Phyllis.
我正要去探望菲莉絲阿姨。

很多文字編輯會設法修改成：

I'm on my way to visit my aunt Phyllis:

作者們往往對這類修改不以爲然，而我則傾向跟他們同一陣線。我自己就有一位名叫菲莉絲的阿姨，對我來說，她的名字就是 Aunt Phyllis，因此我都會稱她爲 my Aunt Phyllis*。

另一方面，我在到自己的外婆時，十分樂於寫 my grandmother Maude，因爲這是她的身分，不是別人對她的稱呼†。

對了，我不會寫成 my grandmother, Maude 因爲我 —— 其他人應該也一樣 —— 既有外婆也有祖母‡，但我當然也可以寫 my maternal grandmother, Maude（參照底下第十六項用法：表達「唯一」的逗號）。

14. 引號內的詞語不像對話時，不使用逗號

我們在小學時，都被耳提面命過「對話前後要加逗號」這項觀念，例如：

Atticus said dryly, "Do not let this inspire you to further glory, Jeremy."

---

* 當然啦，傳記作家可能會寫出 Henry VIII's aunt Mary Tudor 之類的稱呼，因爲亨利大概不習慣隨便使用 Aunt Mary Tudor 叫她。

† 非知道不可的話，我們都叫她 Nana。

‡ 我的祖母是 Lillian。

阿提克斯一本正經地說：「你就別窮追不捨了，傑瑞米。」

或

"Keep your temper," said the Caterpillar.
「別亂發脾氣，」毛毛蟲說。

但應該注意的是，這條規則不適用於對話前後有動詞 to be（包括 is、are、was、were、that lot）的句構，例如：

Lloyd's last words were "That tiger looks highly pettable."
洛依德最後一句話是「那隻老虎看起來好可愛喔。」

或

"Happy New Year" is a thing one ought to stop saying after January 8.
「新年快樂」這句吉祥話在一月八日之後就不應該再說了。

在上頭兩個句子中，引號內的詞語不大像對話，而是像加上引號的名詞，因此不需要使用逗號。

15. 正確使用 too

Will you go to London too?
Will you go to London, too?

問：何時要在句尾的 too 前面加上逗號，何時可以省略？
答：無論你選擇哪個版本，都會覺得另一個版本更適合。

多年來，我都定期重溫一本本厚重的文體指南，設法搞懂如何正確地使用 too，但種種說明卻向來莫衷一是。在上面的例子中，是不是分別表示

「你（去巴黎時）會順便去倫敦嗎？」與「你會（跟你媽媽一起）去倫敦嗎？」我眞的也不確定。所以，管他三七二十一。如果你想在 too 前面添上逗號請隨意，如果不想加就不要加。

16. 表達「唯一」的逗號

如果有位作者出以下這個句子：

He traveled to Pompeii with his daughter Clara.
他跟女兒克萊拉結伴前往龐貝。

如果文字編輯不熟悉作者家庭，便會在頁緣空白處提問：

AU：Only daughter? If so, comma.
致作者：獨生女嗎？是就加上逗號。

因此，我決定把這類逗號稱爲：表達「唯一」的逗號（因爲我永遠都被「限定」和「非限定」這兩個文法術語弄糊塗，老是把兩者給搞混）。

所謂表達「唯一」的逗號（除非在句尾出現，否則都成雙成對）是用來區隔獨一無二的名詞，譬如：

Abraham Lincoln's eldest son, Robert, was born on August 1, 1843. [*]
林肯長子羅伯特生於一八四三年八月一日。

其中意涵是，由於一個人只會有一個長子，他的名字在這句話中值得一提但並非關鍵（inessential）的資訊。因此，如果我讀到以下句子：

Abraham Lincoln's eldest son was born on August 1, 1843.

---

[*]　譯按：Robert Todd Lincoln（1843-1926）林肯長子。

毋需把長子人名寫出來，毫無疑問就是羅伯特，而不是弟弟愛德華 *、威利 † 或泰德 ‡。

反過來說，假如句子缺乏修飾詞 eldest，就得指出兒子身分如下：

Lincoln's son Robert was an eyewitness to the assassination of President Garfield.
林肯的兒子羅伯特目擊加菲爾總統遇刺。

或

George Saunders's book *Lincoln in the Bardo* concerns the death of Abraham Lincoln's son Willie.
喬治·桑德斯 § 的作品《林肯在中陰》探討林肯兒子威利之死。

同理可證，我們必須知道該書討論林肯哪位兒子，以免讀者誤以為是羅伯特、愛德華或泰德。

而另一方面，小心不要多餘添加表達「唯一」的逗號，例如：

The Pulitzer Prize–winning novelist, Edith Wharton, was born in New York City.
普立茲獎得主伊迪絲·華頓出生在紐約市。

由於華頓夫人僅是眾多得主之一，因此不應該加上表達「唯一」的逗號。

---

* 　譯按：Edward Baker "Eddie" Lincoln（1846-1850），林肯次子。

† 　譯按：William Wallace "Willie" Lincoln（1850-1862），林肯三子。

‡ 　譯按：Thomas "Tad" Lincoln（1853-1871），林肯四子。

§ 　譯按：George Saunders，美國當代傑出短篇小說家，獲獎無數。

以伊莉莎白・泰勒為例說明逗號用法

我臨時想到一組絕佳例子，充分展現「唯一」逗號之必要：

Elizabeth Taylor's second marriage, to Michael Wilding.
伊莉莎白・泰勒第二任丈夫是麥可・威爾丁。

Elizabeth Taylor's second marriage to Richard Burton.
伊莉莎白・泰勒曾與理查・伯頓二度結婚。

17. that 和 which 的區分規則

善用表達「唯一」的逗號規則，也有助區分 that 和 which 這兩個關係代名詞，這尤其適合在意兩者差別的人。

假如你要添加的資訊對句意至關重要，就省略逗號並加上 that：

Please fetch me the Bible that's on the table.
麻煩把桌上那本《聖經》拿給我。

意思就等於：拿給我桌上那本《聖經》，不是沙發下那本，也不是窗邊椅子上像幅畫美美的那本。

假如你要添加的資訊單純是有趣的補充，但即使刪去也無傷大雅，就一併加上逗號與 which：

Please fetch me the Bible, which is on the table.
麻煩把《聖經》拿給我，它在桌上。

這代表現場只有一本《聖經》。

我必須叮嚀一下，that 和 which 的區分規則並非所有人都遵守。部分作者覺得這條規則綁手綁腳，便用耳朵來選擇。我個人覺得幫助很大，加上推崇前後文一致，因此始終遵守這條規則。

18. 插入句始於逗號、必終於逗號

正如有起必有落，插入句始於逗號、必終於逗號，例如：

Queen Victoria, who by the end of her reign ruled over a good fifth of the world's population, was the longest-reigning monarch in British history till Elizabeth II surpassed her record in 2015.

維多利亞女王在位末期，統治了世界上五分之一的人口，是英國歷史上在位時間最長的君主，直到二○一五年伊莉莎白二世才超越這個紀錄。

我希望你特別留意的是 population 後的逗號，因為它常常會消失不見。這個逗號實在太常在已付梓的英國文章中被遺漏，導致我有好長一段時間，都以為全國上下一堆作者排斥使用。但並非如此，單純是作者粗心大意而已。

有個情況讓插入句結尾的逗號特別容易遭到遺忘，那就是括號像火鴨雞一樣，硬塞到插入句中，例如：

Queen Victoria, who by the end of her reign ruled over a good fifth of the world's population (not all of whom were her own relatives, though it often seemed that way), was the longest-reigning monarch in British history till Elizabeth II surpassed her record in 2015.

維多利亞女王在位末期，統治了世界上五分之一的人口（並非所有人都是她自己的親戚，但似乎經常有血緣關係），是英國歷史上

在位時間最長的君主，直到二〇一五年伊莉莎白二世才超越這個紀錄。

就連平時細心的文字編輯都會漏掉這個逗號，而且有點太頻繁了，所以拜託一下，要自我要求成為更優秀的文字編輯。

冒號

冒號不僅具有引介的性質而已，還象徵著隆重登場，像是在昭告眾讀者：後頭有東西要來囉！不妨把冒號視為小號的吹奏聲，吸引旁人的耳目，而且響亮不已，所以不要過度使用冒號，以免讀者看了頭痛。

19. 冒號後面的完整句，用大寫字母開頭

如果冒號後面是一個完整句，那麼這個完整句就用大寫字母開頭，這等於在告訴讀者：接下來會看到主詞、動詞等文法結構，得當成獨立子句來閱讀。

冒號後列出的事物或零散片語應該以小寫字母開頭：買菜清單上的物品、作家的小說等等。

如此區分用法絕對不是放諸四海皆準，更不可能所有人都乖乖遵守，有些作者學到的是冒號後一律以小寫字母開頭（這個做法我實在百思不解，好像在暗示冒號後的句子不是合理的句子），因此對於上述的區分嗤之以鼻。但我認為這個原則十分有用，等於在告訴讀者即將閱讀文字的風味，避免他們氣急敗壞地重讀冒號前的內容，因為發現本來以為是句子實則不然，或以為不是句子卻是完整句。

撇號

20. 撇號到底在撇什麼

我們討論撇號的正確用法前，先來羅列錯誤用法。

退後一步，我要按大寫鎖定（CAPS LOCK）鍵了。

DO NOT EVER ATTEMPT TO USE AN APOSTROPHE TO PLURALIZE A WORD.

"NOT EVER" AS IN "NEVER."

絕對不要用撇號來表達單字的複數，「絕對不要」就是「永遠不要」。

好了，你可以回到原位了。

英國人看不慣一堆農產品標示錯誤，像是 banana's（香蕉）、potato's（馬鈴薯；有時會寫成 potatoe's，甚至還有 potato'es），把這些誤用的蝌蚪取名為「蔬果商專用撇號」（greengrocer's apostrophes）。美國沒有這種說法，我認為應該要另取名稱，當初最早學到的是「笨蛋專用撇號」（idiot apostrophe）*，但說起來很不客氣對吧。

我們乾脆直接稱之為邪門「歪號」（errant apostrophe），不覺得聽起來很有格調嗎？†

無論如何，不要用撇號表達複數就對了，管他是 bananas、potatoes、bagels（貝果）、princesses（公主）、Trumans（杜魯門）、Adamses（亞當斯）、Obamas（歐巴馬）等任何一個以上的人事物。

只要你每月願意支付一筆微薄的費用，我會親自到府上拜訪，每當你

---

*　我最近得知德文中 Deppenapostroph（笨蛋專用撇號）一字早已行之有年，難怪當初教我這個新字的人是一位德國母語人士。我也聽說我們在西歐胡搞瞎搞時，荷蘭人都乖乖用撇號來代表部分字詞的複數。

†　假如英文中有比 classy 更適合形容格調的單字，我倒想了解一下。

想用撇號來表達單字的複數時 *，我就會狠狠打你的手手唷。

21. 縮寫的複數不加撇號

縮寫的複數也一樣，不需要加撇號。超過一張的光碟是 CDs，超過一張的證件是 IDs，一台以上的自動櫃員機是 ATMs。

22. 正確使用複數

當然 do、don't、yes、no 當名詞使用而形成複數時，分別是 dos、don'ts、yeses、nos 才對，依此類推†。

23. 撇號的錯誤用法

their's 和 your's 都是瞎掰出來的單字。

24. 當撇號遇到複數

不過有個很重要的但書：撇號可以用來代表字母的複數，例如：

One minds one's p's and q's.
謹言慎行。

One dots one's i's and crosses one's t's.
一絲不苟。

One brings home on one's report card four B's and two C's.‡

---

* 在此要強調是「單字」（word），詳見第二十四條。

† 有些人覺得 nos 當成 no 的複數看起來不美觀，因此選擇使用 noes，但老實說這並沒有比較美觀。

‡ 有些人贊成省略大寫字母複數中的撇號，但我實在不大喜歡看到用 As 代表 A 的複數或 Us 代表 U 的複數，原因再明顯不過了。（譯按：作者此處應是指 As 與 Us 代表複數，可能會與單字 As 與 Us 混淆）

帶回家的成績單上有四個 B 兩個 C。

25. 善用撇號以正確呈現作品

我敢打賭，你想必很擅長用撇號來表達簡單的所有格：

the dog's toy
狗狗的玩具

Meryl Streep's umpteenth Oscar
梅莉・史翠普第 n 座奧斯卡獎

至於 s 結尾的普通名詞（即非專有名詞），不會出現以下的寫法（至少近期付梓的文字不會這麼表示 *）：

the boss' office
老闆的辦公室

the princess' tiara
公主的頭冠

我覺得看起來實在毛毛的，大部分的文字編輯都偏好最直觀的寫法：

the boss's office

the princess's tiara

不過，專有名詞結尾出現 s 時，麻煩就找上門了。當話鋒一轉，提到《遠大前程》和《我們共同的朋友》（*Our Mutual Friend*）的作者，或《美國大城市的死與生》（*The Death and Life of Great American Cities*）的作者暨都

---

* 我有時會找舊書來讀，除了看看書中內容，也順便欣賞老派的文體規範。我們總是得自己找點樂子嘛。

市社運家，或該位社運家的死對頭時，我們該如何用撇號呈現他們筆下的作品？

好，我當然可以讓你看看我的呈現方式：

Charles Dickens's novels
查爾斯‧狄更斯的小說

Jane Jacobs's advocacy
珍‧雅各的倡議

Robert Moses's megalomania
羅伯‧莫西斯的自大

雖然你可能在其他地方讀到很多討論，運用發音*、慣例或星期幾決定是否在撇號後追加 s，但我想你會發覺這就像序列逗號一樣，大可以不假思索而一律加上 s，藉此節省很多思考時間。

我甚至會勸你拋開傳統上沿用古書或神之子的例外，直接寫成：

Socrates's
蘇格拉底的

Aeschylus's
埃斯庫羅斯的

Xerxes's
薛西斯的

Jesus's
耶穌的

---

* 我覺得這項說法似是而非，真的有辦法根據發音來決定是否要加 s 嗎？因為專有名詞所有格的發音並沒有通則，結構的通則就更不用說了。而如果要由發音決定書面規則，我們就不會寫出 knight 等首字母不發音的單字了，對吧。

26. 小心檢查，不要打錯字

提醒一下：

打字太過匆忙很容易有所遺漏，例如：

Jane Jacobs's activism

打成：

Jane Jacob's activism

這類誤植實在太常出現和漏看，務必細心。

27. 小唐納‧川普的所有格：極盡荒唐之能事

二〇一七年七月，美國一本聲譽卓著（也有點目光短淺卻自得其樂）的雜誌，將以下標題公諸於世：

Donald Trump, Jr.,'s Love for Russian Dirt
小川普熱愛俄羅斯腥羶八卦

作家麥可‧科爾頓（Michael Colton）在一條推特貼文大加抨擊，認定「句號加逗號加撇號的組合狗屁不通」，文法上也許不會這樣說，但反正意思差不多。

關於這一點，我有話要說：

這樣的結構真的沒道理，完全不是撇號的使用方式。假如你年紀較輕或思想前衛，可能早就習慣遇到表示同名後代的 Jr.，一律不加逗號，因此寫成：

Donald Trump Jr.

這樣一來，整件事就簡單多了：

Donald Trump Jr. is a perfidious wretch.

小川普是背信忘義的混蛋。

簡寫成

Donald Trump Jr.'s perfidy

不過，老派的句構會用逗號把 Jr.* 隔開：

Donald Trump, Jr., is a perfidious wretch.

假如要加上所有格，你的選項如下：

● 上頭荒謬至極的第一個例子，我就不贅述了。
● Donald Trump, Jr.'s perfidy（老實說視覺上有點不平衡）
● Donald Trump, Jr.'s, perfidy（前後平衡，至少沒有難看到刺眼）

你自己選吧。†

28. 複數專有名詞的所有格

　　我們現在來關注複數專有名詞所有格，很多人爲此用法氣到流淚，耶誕假期前後尤其如此。

　　首先，我們得先寫出適當的複數形：

Harry S. and Bess Truman = the Trumans

杜魯門夫婦

---

* 　Sr.,（Senior）這個縮寫也是同樣的道理，只不過實在沒道理用逗號隔開，無論他是不是沿用祖先的名字（而且幾乎清一色男性，Sr./Jr. 鮮少指稱女性），這個名字本來就是他先使用，總是有先來後到嘛。

† 　嘖，選第二個啦。

John F. and Jacqueline Kennedy = the Kennedys[*]
甘迺迪夫婦

Barack H. and Michelle Obama = the Obamas
歐巴馬夫婦

回溯到美國建國之初則有：

John and Abigail Adams = the Adamses
亞當斯夫婦

　　凡是 s 結尾的專有名詞要變成複數，好像就會難倒很多人，但約翰與艾比蓋兒確實要寫成 the Adamses（亞當斯夫婦），而約翰・昆西（John Quincy）和露易莎（Louisa）也是 the Adamses，盧瑟福（Rutherford B.）和露西（Lucy）則是 the Hayeses（海斯夫婦），姓氏以 s 結尾的總統似乎就這些了，但你懂我的意思就好。

　　有些人完全可以接受 keep up with the Joneses（打腫臉充胖子）的寫法（我敢打賭，瓊斯家想必收 the Jones's〔瓊斯闔家全福〕的耶誕賀卡已收到心累），卻不時會排斥 the Adamses（亞當斯闔家全福）、the Hayeses（海斯闔家全福）、the Reynoldses（雷諾德闔家全福）、the Dickenses（狄更斯闔家全福）等，但想反感就反感吧，這就是遊戲規則[†]。如果你覺得麻煩，可以在耶誕卡封面上寫 the Adams family。

　　至於所有格，相對來說是小菜一碟：

the Trumans' singing daughter

---

[*]　一般人偶爾會栽在 y 結尾的專有名詞複數形上頭，因為過度套用 jelly/jellies、kitty/kitties 的公式。儘管如此，甘迺迪夫婦絕對不能寫成 the Kennedies。

[†]　可惜這個防呆機制難以直接套用到 s 結尾的非英文姓氏。假如笛卡兒（René Descartes）和她太太在我的耶誕賀卡寄送名單內，我也不大可能寫 the Descarteses（笛卡兒夫婦）。

杜魯門家愛唱歌的女兒

the Adamses' celebrated correspondence

亞當斯家著名的書信

the Dickenses' trainwreck of a marriage

狄更斯家不幸的婚姻

29. 誰的鉛筆

假如珍妮特（Jeanette）有幾支鉛筆，尼爾森（Nelson）也有幾支鉛筆，兩人又沒有共用鉛筆，這些鉛筆就是 Jeanette's and Nelson's pencils。

但假如珍妮特與尼爾森放棄個人所有權，為了全人類的福祉，改採社會主義集體化政策，這些鉛筆就是 Jeanette and Nelson's pencils。

仔細想想，我猜這樣一來鉛筆屬於全體人民才對，但你懂我的意思就好。

30. 農夫市集

問：農夫市集是 farmer's market、farmers' market 還是 farmers market？

答：我合理推測農夫應該不只一位，所以 farmer's market 出局。至於另外兩個版本，市集是這些農夫所有嗎？還是市集由農夫組成？

我覺得是市集由農夫組成，因此答案是 farmers market[*]。

（應該沒有人會把 farmers market 當成是可以買賣農夫的市集吧？希望沒有）

---

[*]　但女廁還是用 ladies' room 好了，這樣跟男廁 men's room 才對等。

31. 定冠詞 The 可以省略嗎

雖然有人贊同若在所有格結構中，書名的定冠詞The得予以省略，例如：

Carson McCullers's *Heart Is a Lonely Hunter*
卡森・麥卡勒斯的《心是孤獨的獵手》

但這老是令我皺起眉頭，按照此規則，就可能寫出這種引人關注的詞語：

James Joyce's *Dead*
詹姆斯・喬伊斯的〈死者〉／詹姆斯・喬伊斯死了

這在我看來不是驚天動地的標題，就有點像都伯林的廁所塗鴉。

分號

32. 分號到底在分什麼

I love semicolons like I love pizza; fried pork dumplings; Venice, Italy; and the operas of Puccini.
我對分號的熱愛，不亞於披薩、炸豬肉水餃、義大利威尼斯與普契尼的歌劇。

為何上面這個句子插入分號呢？

因為分號最基本的用法，就是區隔清單內有逗號分開的個別項目——在此就是指 Venice, Italy。

好，我當然可以重新排列清單，就不必使用任何分號：

I love semicolons like I love pizza, fried pork dumplings, the operas of Puccini, and Venice, Italy.

但你必須寫以下的句子時，分號卻不可省略：

Lucy's favorite novels are *Raise High the Roof Beam, Carpenters and Seymour: An Introduction; Farewell, My Lovely;* and *One Time, One Place.*

露西最愛的小說有《抬高屋梁吧，木匠；西摩傳》、《再見，吾愛》和《一時一地》。

因為看看只用逗號的句子：

Lucy's favorite novels are *Raise High the Roof Beam, Carpenters, Farewell, My Lovely,* and *One Time, One Place.*

呃，究竟是幾本小說呢？三本還是五本？

我不得不說，露西對小說的品味還真高啊。

假如分號的用法僅止於此，就不會招致部分理應內行的作家小心眼的嘲諷了。

例如：

Do not use semicolons. They are transvestite hermaphrodites representing absolutely nothing. All they do is show you've been to college.*

勿用分號。分號是有變裝癖的人妖，代表的意義無比空泛，只能反映你讀過大學罷了。

我要套用作家路易斯・湯瑪斯（Lewis Thomas）在《水母與蝸牛》（*The Medusa and the Snail*）中很漂亮的一段話來反駁：

---

* 　我遇過有人堅稱這句話——作者正是寇特・馮內果（Kurt Vonnegut）——原意在開玩笑。我才不相信咧，況且就算是笑話也並不好笑。

The things I like best in T. S. Eliot's poetry, especially in the *Four Quartets,* are the semicolons. You cannot hear them, but they are there, laying out the connections between the images and the ideas. Sometimes you get a glimpse of a semicolon coming, a few lines farther on, and it is like climbing a steep path through woods and seeing a wooden bench just at a bend in the road ahead, a place where you can expect to sit for a moment, catching your breath.

我最喜歡艾略特詩作中的分號，其中又以《四重奏》為最。你聽不到分號的聲音，但分號就在那裡，連結著畫面與思想。有時，你往下讀幾行便會瞥見分號到來，就像爬上一條陡峭小徑，穿過樹林，只見前方轉彎處有張木頭長椅，可以供你坐下來喘口氣。

大家都曉得我向來主張，如果想替分號說句公道話，只要說雪莉·傑克森（Shirley Jackson）愛用分號就好 *。我也動不動就拿出傑克森的大師級作品《鬼山莊》（暫譯，原書名 *The Haunting of Hill House*）的開場段落來佐證：

No live organism can continue for long to exist sanely under conditions of absolute reality; even larks and katydids are supposed, by some, to dream. Hill House, not sane, stood by itself against its hills, holding darkness within; it had stood so for eighty years and might stand for eighty more. Within, walls continued upright, bricks met neatly, floors were firm, and doors were sensibly shut; silence lay steadily against the wood and stone of Hill House, and whatever walked there, walked

---

* 你很可能在中學階段讀過傑克森的短篇故事〈樂透〉（The Lottery）。她是二十世紀數一數二優秀的散文家。但可惜的是，除了我們這些視她為偶像的小圈子之外，她的作品普遍受到嚴重低估。

alone.*

凡是活在絕對的現實中，沒有生物能長時間保持清醒：有些人認為，即使是雲雀和螽斯也會做夢。這座山莊並不清醒，兀自背山矗立，把黑暗深鎖其內；甚至今已矗立了八十年，可能再矗立八十年。山莊內部，牆壁無不筆直，磚頭細密相接，地板片片牢固，門皆逐一關妥；寂靜籠罩著山莊一石一木，無論有什麼在裡頭走動，均孤獨而行。

一個段落，三個分號。我想，一般人可能會把這些分號換成句號，並把後面每個句子當成獨立子句重寫。但結果卻是把原本緊密交織、幾近幽閉恐懼的念頭硬生生斷開，而原本始終緊抓著你的手在山莊巡禮的段落，就會變成普通句子的集合。

對了，我還想順便稱讚那段文字最後的逗號，堪稱我讀過的文學作品中最愛的標點符號。也許有人會主張那個逗號並不必要，甚至在文法上也顯多餘。但逗號就在那裡，是段落最後一口氣，作者等於在對讀者說：「再給你最後一次機會，放下這本書去做其他事，譬如到花園找事忙，或逛街吃個冰淇淋甜筒。因為再讀下去，就只剩下你、我，以及獨自在山莊中走動的東西。」

諒你不敢走開。

---

* 我沒有直接從現成網上資料剪貼這個段落，而是自己一字一句地打出來，因為這樣我才會感受到一點刺激。很久以前，我曾把傑克森的短篇故事〈叛徒〉（The Renegade）全文打出來，想看看是否能更深刻體會故事的精美構思，最後果然如此。如果你有空，不妨找篇喜愛的文章嘗試一下。

圓括號

33. 當圓括號的結尾遇見標點符號

A midsentence parenthetical aside (like this one) begins with a lowercase letter and concludes(unless it's a question or even an exclamation!) without terminal punctuation.

When a fragmentary parenthetical aside comes at the very end of a sentence, make sure that the period stays outside the aside (as here).

(Only a freestanding parenthetical aside, like this one, begins with a capital letter and concludes with an appropriate bit of terminal punctuation inside the final parenthesis.)

情境一：不加標點符號

句中插入圓括號旁白，以小寫字母開頭時，圓括號內的結尾不加標點，像是上文中的 (like this one)。

情境二：標點符號放入圓括號之內（問號和驚嘆號）

(unless it's a question or even an exclamation!)

除非圓括號以問句或驚嘆號結尾，才會將符號放在圓括號之內。

情境三：標點符號放入圓括號之內（句號）

(Only a freestanding parenthetical aside, like this one, begins with a capital letter and concludes with an appropriate bit of terminal punctuation inside the final parenthesis.)

這個獨立的圓括號旁白，才會以大寫字母開頭，最後在右圓括號內加

上適當的句號作結。

情境四：標點符號放在圓括號之外

(as here).

含有殘缺句的圓括號出現在句尾時，句號務必放在圓括號之外。

34. 圓括號和單數或複數的主詞

這個句子文法正確：

Remind me again why I care what this feckless nonentity (and her eerie husband) think about anything.

你再說說看，我為什麼要在乎這個沒志氣的無名小卒（和她那詭異的丈夫）的想法。

這個句子文法錯誤：

Remind me again why I care what this feckless nonentity (and her eerie husband) thinks about anything.

and 就是 and，無論為何要用圓括號（或逗號、破折號）打斷複數主詞，都無法否定主詞的複數本質。但如果我不寫 and，而是寫 to say nothing of（更不用說）、as well as（除了）或 not to mention（遑論），那主詞就成了單數。

Remind me again why I care what this feckless nonentity (to say nothing of her eerie husband) thinks about anything.[*]

---

[*] 我的文字編輯好心指出：「你這樣說可能會被砲轟喔」，因為《芝加哥寫作手冊》（甚至《韋氏英文用法詞典》）都不同意我的論點。想砲轟？請便。

35. 圓括號愛用者就是在下：依我所言而行事，勿觀我行而仿之

身為濫用圓括號的人，我要提醒你不要過度使用圓括號，尤其避免用此傳達打鬧玩笑之感。插入太多忸怩作態的旁白，你的文字讀起來會像王政復辟時期喜劇中的紈絝子弟，走到舞台地燈位置，彎著手指遮著嘴，神祕兮兮地對觀眾說話。想避免這種事發生，就需要一顆美人痣和長長的假鬈髮。

36. 不用圓括號可以節省空間

我認識的一位雜誌記者曾坦言自己會避免使用圓括號，因為他的編輯為了不讓作者浪費寶貴印刷空間，砍字數時往往會鎖定圓括號然後刪刪刪。

方括號

37. 方括號究竟在括什麼

方括號──英文是 bracket 或 square bracket，相對於「圓括號」──用途不廣卻十分重要（編按：方括號相當於中文標點符號的中括號）。

首先，如果你要在圓括號的評論內再插入評論，就要用一對方括號隔開。但印在頁面上實在特別不好看，所以能免則免（至少在我能力範圍內，我都會避免使用方括號〔說真的，你覺得這樣子會好看嗎？〕）。

再來，凡是你要把自己的文字插入引文中（例如原文只有姓氏，但添加名字有助釐清身分時）或要修改引文，務必──絕對要──前後用方括號隔開你插入的內容*。

---

* 我要很自豪地說，藍燈書屋出版的書籍與書封都適時加上方括號──還有代表刪除的省略符號──只要是針對已出版評論，即使更動之處再微不足道也一樣，甚至包括 [A] great novel... about the human condition 這類引文，對照原文則是 this great novel that tells us many things about the human condition。雖然這般吹毛求疵的態度令部分同事抓狂，但我倒覺得這默默反映了敝社的誠信。

　　啊對了，不免俗地有個例外：假如你在寫作過程中，需要把引文句首的大寫改成小寫或把小寫改成大寫，可以不加方括號。

　　換句話說，如果你引述蕭伯納（George Bernard Shaw）的這段話 Patriotism is, fundamentally, a conviction that a particular country is the best in the world because you were born in it（愛國主義的基本意涵，就是相信自己出生的國家是全世界最棒的國家），大可以在引用蕭伯納這項看法時寫成 patriotism is, fundamentally, a conviction。

　　至於小寫改大寫的例子，同樣引述蕭伯納的句子：

All government is cruel; for nothing is so cruel as impunity.
所有政府均殘酷，因殘酷莫大於免責

你可以寫成：

"Nothing is so cruel as impunity," Shaw once commented.

　　這項例外還有例外，就是在法律文件與極具爭議的學術研究中，有時要避免惹上任何一丁點麻煩，因此會寫出以下句子：

Shaw once wrote that "[a] ll government is cruel."

　　這樣呈現當然不算好看，但可以交差了事就好。

39.[*SIC*] 吐槽滿點

　　我們花點時間來談談 [*SIC*]。[*SIC*] 在拉丁文中是「據此」的意思，在引文中使用──傳統上會用斜體、前後夾著方括號──是要向讀者說明，你為了保持原文樣貌而留下的錯別字、怪異用法或事實錯誤，並不是你的問題，而是被引用人的問題。舉例來說，以下引用百分之百由我憑空捏造句子（絕對不是在推特找的唷），你就可以這麼寫：

Their [*SIC*] was no Collusion [*SIC*] and there was no Obstruction [*SIC*].*

好啦，以下認眞討論。

如果你引用了很多十七世紀等古老文章，其中有很多你希望保留的老派用法，不妨在文章開頭某處，也許在作者說明或腳注中，清楚表示自己是在逐字引用珍貴素材。這會爲你省下很多加上 [*SIC*] 的時間，但偶爾可能還是會爲了某個錯誤或特殊字詞，加上一個 [*SIC*]，以免任何誤讀或誤解令讀者一頭霧水。

非小說作者引用大量古老或特殊素材時，偶爾會選擇默默地修正過時的拼法或錯字、不規則的大寫、古怪或缺漏的標點符號等等。我並不大喜歡這種做法，主要是因爲我認爲這不如保留所有獨特風味的語法來得有趣，但我可以理解爲何你會在一部非小說作品中採取此舉，畢竟是爲了大眾口味而寫，而非當成學術用途。假如你決定如此，那一開始就要告訴讀者，以示公平。

建議你不要 —— 意思是絕對不要 —— 把 [*SIC*] 當成暗中損人工具、諷刺引用的內容很愚蠢。我指的不僅僅是拼法，更不要嘲諷字詞本身的意義。你可能以爲自己批判得有道理、作者的判斷能力站不住腳；但我倒認爲，唯一會顯得判斷力有問題的人只有你自己。

這就好像印著 I'M WITH STUPID（旁邊這位是笨蛋）的 T 恤，同樣笨得可愛。

而且看在老天的份上，如果你是美國人要引用英國人的文章，或英國人要引用美國人的文章，請勿寫出以下這種句子，我眞的在英國的報紙上看過：

---

*　譯按：摘自美國總統川普的一則推特貼文，正確文字應該是 There was no collusion and there was no obstruction（既無勾結，也無防礙司法）。

... which it said had been "a labor [*SIC*] of love."

引號

我從小在長島（Long Island）艾博森（Albertson）長大，那裡屬於乏人問津的紐約市郊區，母親經常會派我騎史溫牌（Schwinn）腳踏車到附近麵包店購買黑麥麵包（切片）或哈拉辮子麵包（challah）（整條），或每條八美分買六條（呃，還是每條六美分買八條）。運氣好的話，還可以買個黑白盒（即一盒黑白餅乾，我認識的非猶太朋友都這麼稱呼。）

在麵包店內，黑麥麵包上頭有個牌子寫道：

TRY OUR RUGELACH! IT'S THE "BEST!"
嘗嘗我們的可頌餅乾！「讚」到不行！

我看得津津有味。套用漫畫裡的用語，這就是我的起源故事（origin story）。

好，那現在就來幫你剖析引號用法：

40. 慎用引號和斜體

針對歌曲、詩作、短篇故事與電視劇集的標題，就用前後帶引號的羅馬字體，就像這句使用的字體（like the font this phrase is printed in）*，而音樂專輯†、詩集、長篇小說與非小說作品和電視劇的標題則使用斜體。

---

* series 的複數是 series，就跟 read 是 read 過去式一樣麻煩，但 serieses 除了不正確，看起來也很荒謬。

† 我覺得可愛又奇怪的是，album（專輯）一詞已用來指稱音樂選輯，過去單張唱片包裝在有封套書（專輯的原始定義）的時代已不復見。

"Court and Spark"
Court and Spark

"Song of Myself"
Leaves of Grass

"The Lottery"
The Lottery and Other Stories

"Chuckles Bites the Dust"
The Mary Tyler Moore Show (also known as, simply, *Mary Tyler Moore*)

　　這條規則相當單純：小項目就是羅馬字體前後加引號，大項目就用斜體表示 *。

41. 藝術作品該不該用斜體

　　個別藝術作品——已命名的繪畫和雕塑——通常用斜體表示，例如〈草地上的午餐〉（*The Luncheon on the Grass*）。假如提到作品的俗稱，例如薩莫特拉斯的勝利女神（The Victory of Samothrace）†，則通常用羅馬字體表示，不加引號。

---

*　任何長度的劇名都用斜體表示，無論是像愛德娜・聖文森・米萊（Edna St. Vincent Millay）的《返始詠嘆調》（*Aria da Capo*）這樣的迷你隨想曲，還是像尤金・歐尼爾（Eugene O'Neill）的《奇異的插曲》（*Strange Interlude*）這樣的九幕大戲（還有晚餐休息時間）都一樣。

†　譯按：正式名稱是 *The Winged Victory of Samothrace*。

42. 使用引號之前，謹慎區分敘述和對話

　　對話前後也會加上引號，不過部分作家不喜歡加引號，腦海立刻浮現多克托羅（E. L. Doctorow）、威廉·蓋迪斯（William Gaddis）和戈馬克·麥卡錫（Cormac McCarthy），對此我只能說：想要跟他們一樣，你必須非常善於區分敘述和對話。

43. 從引號、斜體，到什麼都不用

　　以往，我所謂內心的獨白常常前後用引號框住：

"What is to become of me?" Estelle thought.
「我的未來會是什麼樣子？」艾絲黛兒想。

但久而久之，這類念頭改用斜體呈現：

What is to become of me? Estelle thought.

而現在你更常看到：

What is to become of me? Estelle thought. [*]

最後一個版本最為順眼[†]。

44. 用於強調時，以斜體取代引號

　　一般來說，引號不會像上面可頌餅乾的例子那樣拿來強調。正因如

---

[*]　想要避免 What is to become of me? 和 Estelle thought 讓人誤讀成兩個不同的念頭，我也不排斥 What is to become of me?, Estelle thought. 這個加逗號的版本，但我可能是唯一不反對的人。

[†]　連續六個斜體單字當然不會令人反感，但我要提醒你，斜體長度不要超過一個句子。首先，斜體字較易造成視覺疲勞；其次，多段文字標成斜體暗示著夢境片段，讀者老是傾向跳過夢境。

此，上帝才要發明斜體。

　　嚴格說來，這類引號不屬於警示引號（scare quote）的範疇，所謂警示引號是表示作者覺得某個用語太過俚俗，不能單獨存在（我收藏的部分舊書中，爵士樂都會被加上引號，每次讀到都讓我大笑），藉此展示不屑的態度。你應該儘量避免使用警示引號——現在看起來單純盛氣凌人，但二十年後不僅如此，還會顯得滑稽過時 *。

45. so-called 之後不用引號

　　在 so-called（所謂的）一詞後面不要用引號。

　　例如，「所謂的文字編輯專家」不能寫成：

so-called "expert" in matters copyeditorial

而是要寫成：

a so-called expert in matters copyeditorial

　　在 so-called 後面加引號不僅多餘，還可能讓本來就顯批判的句子更加尖刻。

　　不過如果你覺得必須在 known as（常稱為）後面用引號，尤其是介紹陌生或新奇用語，我也不會反對，畢竟自己有時也會如此。例如，我提到嬉皮時可能會寫：

the long-haired, free-loving, peace-marching young folk known as

---

* 　有些人——包括貝爾・考夫曼（Bel Kaufman）筆下精彩小說《桃李滿門》（Up the Down Staircase）內席薇亞・巴雷特（Sylvia Barrett）的學生查斯・羅賓斯（Chas. H. Robbins），以及美國第四十五任總統等人——使用引號（查斯稱為 quotion marks）起來頗為隨性。在小說中教育程度不高的高中生筆下，這是很有趣的角色特質；但在所謂自由世界領袖的推文中，就沒那麼有趣了。

"hippies"

一頭長髮、熱愛自由、和平遊行的年輕人常稱爲「嬉皮」

前提是我還活在一九六七年 *。

46. 品味決定句子正式與否

在提到特定單字或片語時，有些人習慣加上引號，有些人偏好使用斜體，例如：

The phrase "the fact that" is to be avoided.
避免使用 the fact that 這個片語。

或是：

The phrase *the fact that* is to be avoided。

我覺得第一個版本略不正式，比較有口語感，第二個版本則略爲嚴謹，比較有教科書的味道。兩者單純是品味問題。

47. 留意引述結尾的標點符號

句子以引文作結又剛好出現驚嘆號或問號時，只要驚嘆號或問號屬於引文外頭的句子而非引文本身，就要加在引號外面，例如：

As you are not dear to me and we are not friends, please don't ever

---

* 根據韋氏詞典可敬專家們的說法，hippie 這個單字原指毛髮濃密的反文化分子，可以追溯到一九六五年，比我猜測的還要晚一些。關於詞典有件事很有意思，只要你想得到的字詞，詞典幾乎都能提供它進入英文的日期。假如你在創作特定時期的小說，希望用字遣詞反映時代背景，這項資訊便極爲實用，對話尤其如此。我曾編輯過一部以紐約一八六三年徵兵暴動（Draft Riots）爲背景的小說，當時才明白到我們現在口中的 hangover（宿醉）——這在一八九四年才出現——早期多半被稱爲 katzenjammer。請注意，我剛才使用了引號，因爲此時**正好需要**。

refer to me as "my dear friend"!

我們素昧平生也非朋友，拜託不要把我稱為「親愛的朋友」！

或是：

Were Oscar Wilde's last words truly "Either that wallpaper goes or I do"?[*]

奧斯卡·王爾德的遺言是否真的是「那張壁紙不消失，我就消失」？

假如引文與主要句子都要強調或詢問時，該怎麼使用標點符號？難道真的要寫出以下的句子：

You'll be sorry if you ever again say to me, "But you most emphatically are my dear friend!"!

你再對我說「但你絕對是我親愛的朋友！」你絕對會後悔！

或是：

Were Oscar Wilde's last words truly "I'm dying, do you seriously think I want to talk about the decor?"?

你再對我說「但你絕對是我親愛的朋友！」你絕對會後悔！

奧斯卡·王爾德的遺言是否真的是「我要死了，你真的以為我有心情討論裝潢嗎？」？

當然不是，而是要選擇哪裡加上！或？最適合（以上的例子中，我選擇留下第二個驚嘆號和第一個問號）如下。否則，乾脆重寫以免撞標點。

---

[*]　答案為「否」。

You'll be sorry if you ever again say to me, "But you most emphatically are my dear friend"!

或是：

Were Oscar Wilde's last words truly "I'm dying, do you seriously think I want to talk about the decor?"

48. 善用單引號和雙引號

美式英文中，我們習慣先加雙引號，就像前文的那些例子；如果需要在引號內另外引用內容，就會選擇單引號，例如：

"I was quite surprised," Jeannine commented, "when Mabel said to me, 'I'm leaving tomorrow for Chicago,' then walked out the door."
「我很驚訝，」吉妮表示，「美寶丟下一句話『我明天要去芝加哥』，然後就走出門了。」

如果你還要再加一層引文，就會重新使用雙引號：

"I was quite surprised," Jeannine commented, "when Mabel said to me, 'I've found myself lately listening over and over to the song "Chicago," then proceeded to sing it."
「我很驚訝，」吉妮表示，「美寶跟我說：『我發現自己最近狂聽〈芝加哥〉這首歌耶，』然後便唱了起來。」

不過，盡量避免把標點當成俄羅斯娃娃般堆疊，因為同時有礙視覺與理解。

此外，關於引號內的引號，我也要提醒你：引用時很容易忘自己在幹嘛，導致在雙引號中又加入雙引號，務必引以為戒。

49. 分號放在引號之外，句號和逗號放在引號之內

分號難以捉摸又神祕，因此放在引號之外，但句號和逗號永遠都要放在引號之內——這一點我強調千百遍都不爲過，別不相信我的毅力。

毫無例外。

連字號

50. 連字號到底在連什麼

翻開《韋氏大學詞典》第十一版第七百一十九頁，就會發現接連出現兩個單字：

light-headed　頭昏眼花
lighthearted　輕鬆寫意

這幾乎囊括了所有關於連字號的用法，換句話說：連字號的意義不大，是吧？

如果你打出 lightheaded（我注意到拼字檢查沒有跳出）或 light-hearted，連字號警察肯定不會找你麻煩，我甚至不會發現，但如果你想在複合形容詞、動詞和名詞中正確運用連字號，也喜歡聽命行事，就拿起詞典查閱吧。上頭都是「正確」的用法。

51. 連字號的兩難

話雖如此，假如你在工作或生活中多有留心，就會發現複合詞用得夠久便會丟掉連字號，然後把中間的空格補起來。我擔任文字編輯多年，已見證 light bulb（燈泡）演變爲 light-bulb，最後變成 lightbulb，babysit 取代 baby-sit（當保母），還有一個最明顯的例子：Web site（網站）變成 Website，最後成為 website[*]，真是值得慶幸。

這些變化如何發生？又為何會發生？在此透露一個小祕密：多虧你的推波助瀾。沒錯喔，就是你。你愈來愈受不了 rest room（洗手間）的寫法（這應該不是讓你休息的房間吧？），所以在裡頭加了一個連字號，忍受 rest-room 大約二十分鐘，隨即看膩這個連字號，然後乾脆刪掉變成 restroom。這個過程乘上數百個複合詞，你就會眼睜睜看著語言在你面前奔向未來，接著再看詞典追趕著你的腳步，因為本來就是如此。正如某位詞典編纂朋友有次吃壽司時所透露，詞典是從日常使用中取材：如果作者不改變文字的使用，詞典也不會改變收錄的內容。

如果你希望 best-seller（暢銷書）改以 bestseller 呈現，就必須助其一臂之力。如果你想打 videogame（電動）而不是 video game，就盡量拼成 videogame。

我期盼你藉此能感受到自己的力量，因為理應如此。

52. 毫無必要的連字號

如果上面那番話沒有讓你頭昏眼花，那我們就來認真探討幾項重點。

為了清楚呈現意思，我們會使用連字號接起名詞前面的修飾詞，例如：

first-rate movie　一流的電影

fifth-floor apartment　五樓的公寓

middle-class morality　中產階級的道德觀

nasty-looking restaurant　外觀破敗的餐廳

all-you-can-eat buffet　吃到飽自助餐

---

* 　在藍燈書屋，我很樂意幫 website 推一把，如果你每天遇到同一個單字幾十次，就會希望該字愈簡單愈好；但我對於接納 email（電子郵件）還是有一絲不甘願，e-mail 看起來不是更順眼嗎？更重要的是，這樣字形與字音不是比較相似嗎？但無論我喜不喜歡，眼下 email 確實愈來愈普遍：世事皆如此，不是跟上潮流，就是遭到時代巨輪淘汰。

然而依據慣例（也就是傳統、共識或約定俗成，所以吵也沒用），在不大可能發生誤讀的情況下也有例外，例如：

real estate agent　房地產仲介

high school students　高中生

雖然你現在盯著這些例子，可能會納悶那位仲介是真是假，或那群高中生的神智是否清醒[*]，但我勸你別再盯著看了，繼續往下讀吧（盯著文字絕對不是好主意。盯著 the 這個單字超過十秒，你就會覺得真實感逐漸消失）。

一般來說（除了例外情況囉，凡事總有例外嘛），這些名詞的前綴形容詞會使用連字號，以免讀者瞬間產生不必要的猶豫。

想想 a man eating shark（吃鯊魚的人）與 a man-eating shark（吃人的鯊魚）的區別，連字號對於釐清誰吃誰至關重要。a cat related drama 的含義是有隻能言善道的貓，喜歡談論戲劇，但 a cat-related drama（與貓相關的戲劇）則是本來的意思。

舉例來說，我還記得自己讀到以下句子時的疑惑：

Touch averse people who don't want to be hugged are not rude.

我納悶，averse people 到底是指什麼人，假如他們不想被人家抱，你幹嘛硬要我去碰他們咧，但等等，什麼——？

然後我才恍然大悟：不喜歡被觸碰的人和排斥擁抱的人並非無禮。原來如此。

好，請注意，這種疑惑在幾秒鐘內就消失了。而且我保證，自己並非假裝看不懂；你可能在第一次就讀對了，但我偏偏搞混了。但當然啦，假

---

[*]　如果分別把 real 和 high 當成獨立形容詞看待，就會有「真的」和「很嗨」的意思。

如當初這個句子單純寫成以下的版本，也許就能完全避免產生困擾：

Touch-averse people who don't want to be hugged are not rude.

如今，我們探討著這些令人頭痛（migraine-inducing）的瑣碎細節、難以理解（impossible-to-understand）的差異和應用不一致（inconsistently applied）的規則，你會不會好奇，為何我要在 migraine-inducing 與 impossible-to-understand 兩個複合形容詞中加上連字號，inconsistently applied 卻不加連字號呢？

因為 -ly 結尾的副詞和形容詞（或分詞）組成的複合形容詞不必加上連字號：

inconsistently applied rules　應用不一致

maddeningly irregular punctuation　令人抓狂的不規則標點

beautifully arranged sentences　接得漂亮的句子

highly paid copy editors　領高薪的文字編輯

為何如此？

因為據說誤讀的機率微乎其微，因此連字號毫無必要。

假如你想要更簡短的答案：沒為什麼。*

53. 與時俱進，不加連字號的現代文體

現代文體往往會無縫混合字首和字根（即名詞、動詞、形容詞等），不加連字號：

antiwar　反戰

---

* 腳注隨堂考：那為何我要在 scholarly-looking teenagers（看似學者的青少年）和 lovely-smelling flowers（聞起來芬芳的花朵）裡頭加上連字號呢？因為不是所有以 -ly 結尾的單字都是副詞，有時剛好是形容詞。你沒看錯，真是不好意思。

autocorrect　自動校正

codependent　過度依賴

extracurricular　課外

hyperactive　過動

interdepartmental　部門間

intradepartmental　部門內

nonnative　非原生

outfight　戰勝

preexisting　既有

pseudointellectual　假學者

reelect[*]　連任

subpar　低於水準

unpretentious　不做作

　　我建議你按照以上簡化的體裁（有些人想必已在咬牙切齒了），否則你看起來只會像老古板，甚至人們把你當成鄉巴佬[†]。

　　但如果你發現任何未含連字號的複合詞難以理解，或難看到無法忍受，保留連字號也沒關係——但拜託謹慎使用，偶爾為之就好。[‡]

54. 有沒有加上連字號，意思差很多

---

[*]　某本雜誌出了名（我會說是惡名遠播）地誇張，居然要作者放上分音符號（diaeresis）——即你可能習慣稱為變音符號（umlaut）的那兩點——表達包含重覆母音的字詞，像是preëxisting 與 reëlect。同一個雜誌還把青少年寫成 teen-ager。假如你要有文體指南，請勿突兀到從外太空都看得見。

[†]　我接下來會說明，別急。

[‡]　現在可以說了。雖然 coworker（同事）這個無連字號的複合詞廣泛遭嘲笑說看起來「牛味」（cow）很重，因此經常看得到 co-worker 的版本，但我對 coauthor（合著者）同樣感冒——可能只有我如此吧。因此，你會看到蘭登書屋的書衣和書封都是印 co-author。現在你大可以說「批評別人前先照照鏡子」，盡情發洩吧。

不過也有部分例外，應該不意外吧？

recreate 意思是享樂，但 re-create 是重新創造。你可以 reform（矯治）頑皮的小孩，但如果你真的把小孩拆開重組，就是在 re-form（重新塑造）。辭職是 resign，但重新簽訂合約是 re-sign。

55. 連字號與字尾

既有字首，就有字尾。我們通常不會思考是否要用連字號添加字尾，因為習慣都不會加連字號：-ing，例如 encroaching（侵蝕）；-ism，例如 Darwinism（達爾文主義）;-less 和 –ness，例如 hopelessness（無望）等等。但假如你不喜歡 rubelike（鄉巴佬似的）這類單字的模樣——這跟俄羅斯貨幣盧布有關嗎？還是像魔術方塊（Rubik's cube）一樣的玩具呢？——我建議是你找另一個沒字尾的單字來表達。好啦，字尾就到談到這裡囉。

56. 連字號和年齡

孩子年齡的表達方式難倒很多有孩子的人。

My daughter is six years old.

我的女兒六歲。

My six-year-old daughter is off to summer camp.

我六歲的女兒去參加夏令營。

My daughter, a six-year-old, is off to summer camp.

我的女兒今年六歲，她去參加夏令營了。

一般人經常會看到 a six-year old girl 或 six year-olds 的錯誤寫法（話回說來，假如說的是剛過一歲生日的六胞胎時，第二個版本並無錯誤。）

57. 分開、用連字號相接，還是合併？

你可能會（也可能不會）意外地發現，幾十年來，很多文字編輯的工時（man-hours[*]）都耗費於解決如何正確表示口交行爲（fellatio）那粗俗（又迷人）的版本。究竟原文那兩個字要分開，還是用連字號相接，還是乾脆合併呢？

合併就好。用連字號來接粗話未免太過講究，實在好笑。

58. 我敢打出這個字

以上說的就是 blowjob（口交），你以爲我不敢打出這個字嗎？

破折號

59. 長破折號和短破折號究竟有什麼不同

破折號分兩種：em dash（長破折號）和 en dash（短破折號）。長破折號（大多數人簡稱爲破折號）之所以稱爲 em，是因爲傳統上寬度等於任何字體的大寫字母 M（現在往往更寬一些）；短破折號的寬度相當於小寫字母 n。

這是長破折號：—

短破折號略短，但仍長於連字號：–

你們大概不需要我給太多關於破折號用法的建議，因爲平時似乎就很愛用了。

破折號很適合用來打斷對話，可以放在句子中間：

"Once upon a time—yes, I know you've heard this story before—there lived a princess named Snow White."

很久很久以前——好啦，我知道你們聽過這個故事——有一位名叫

---

[*]　我知道應該要使用 person-hours 或 work-hours 才對，但我過不了自己這關，還請見諒。

白雪的公主。

也可以表達來自外界的干擾：

"The murderer," she intoned, "is someone in this—" A shot rang out.
「兇手，」她說，「是在這個——」一聲槍響傳來。

這些破折號恰如其分地區隔一般敘事的部分文字，逗號就無法做到這點，因為那段文字較像括號的內容，卻又不適合用括號：

He packed his bag with all the things he thought he'd need for the weekend—an array of T-shirts, two pairs of socks per day, all the clean underwear he could locate—and made his way to the airport.
他把包包裝滿了周末所需用品——各式各樣的 T 恤、每天兩雙襪子、所有找得到的乾淨內衣褲——便出發前往機場。

　　根據文字編輯傳統——至少是我遵照的傳統——單一句子最多使用兩個長破折號，我認為這項建議很好——只是會有例外。
　　短破折號是文字編輯這一行的祕密，普通人既不會用到，也不大曉得用法，甚至不知道如何打出這個符號 *。我很樂意解開這個祕密。
　　一個多字專有名詞與另一個多字專有名詞（或其他字詞）連接時，短破折號就是扮演橋梁的角色，而不是一般標準的連字號。這到底是什麼意思？以下舉例說明：

a Meryl Streep–Robert De Niro comedy
梅莉史翠普與勞勃狄尼洛主演的喜劇

---

* 在 Mac 電腦上，只要同時按下 option 和連字號鍵，就會出現短破折號。在 iPhone 上，只要輕輕按住連字號，短破折號就會出現，另外還有長破折號與項目符號。在 PC 上，我記得只要同時按下 Ctrl 和鍵盤右側數字盤的減號就好。

a New York–to–Chicago flight

紐約到芝加哥的航班

a World War II–era plane

二戰時代的飛機

a Pulitzer Prize–winning play

贏得普立茲獎的劇作

基本上，你要連接的兩個字詞無法光靠連字號結合，就得仰賴短破折號。

請注意，上面第二個例子中，儘管 Chicago 是一個單字，我依然使用了兩個短破折號，而不是一個短破折號加一個連字號。為何如此？視覺平衡效果罷了。

假如寫成以下的模樣：

a New York–to-Chicago flight

在我看來有點歪一邊（希望從此以後你也有同感）。

我也看過有人設法使用多個連字號呈現最後一個例子，於是就成了：

a Pulitzer-Prize-winning play

這樣明顯不大好看吧。

你最好也不要過度使用短破折號。它們固然視覺效果好，但在達意上也有侷限，例如：

the ex–prime minister　前總理

當然行得通也符合規則，但是 the former prime minister 意思也一樣。

而如果是這個例子：

an anti–air pollution committee　反空汙委員會

換成以下版本比較好：

an anti–air–pollution committee

或乾脆想個全新寫法。

短破折號也可以用來當成以下用途：

頁數（pp. 3–21）

運動賽事分數（洋基痛宰大都會，分數為 14–2）*

法庭判決（最高法院維持前法院判決，投票結果是 7–2）

問號和驚嘆號

60. 有些問題的用意不在於提問

　　假如 —— 這項建議僅限比較隨性的文章或對話 —— 有個句子結構看起來像問題，但實際上不是在提問，你也許可以考慮句尾加上句號而非問號。例如：

That's a good idea, don't you think?

你不覺得這主意很好嗎？

That's a horrible idea, isn't it.

那個主意爛透了吧。

這兩句話的意義天差地遠。

---

* 我原本寫「大都會痛宰洋基」，但有位朋友讀了後堅持要我把兩隊對調以「符合事實」。這足以顯示我的棒球知識有多淺薄（我更不可能寫「足球」，有些笑話根本太簡單，連我都看得懂）。

61. 少用驚嘆號

　　驚嘆號少用為妙。一旦過度使用驚嘆號，就會顯得霸道、專橫，最終讀來令人厭煩。有些作家建議，每本書的驚嘆號數量不能超過一打，有些作家甚至堅持一輩子都不能超過這個數量。

62. 如果一定要用驚嘆號

　　話雖如此，如果不適當地使用驚嘆號來傳達 Your hair is on fire!（你的頭髮著火了！）這類句子的激動之情，那也是不負責任，畢竟要讓頭燒起來的那個人相信你。而像 What a lovely day!（真是美好的一天啊！）這類句子假如用句號而非驚嘆號，可能就諷刺意味十足，或帶有滿滿的憂鬱。此外，有些人會用「砰！」（bang）來代稱驚嘆號。

63. 成熟大人不使用雙問號或雙驚嘆號結尾

　　凡是超過十歲的人，而且沒有積極地創作漫畫，就不應該把雙驚嘆號或雙問號擺在句尾。

64. 絕不用問號加上驚嘆號

　　至於 ?! 或 !? 的用法則不在討論範圍內，因為你絕對用不到。*

65. 有教養的大人不使用疑問驚嘆號

　　在此也不會討論疑問驚嘆號（interrobang，將疑問號和驚嘆號合併而成的標點符號，寫為 ‽），因為大家都是有教養的成年人。

---

*　也許你會用到，但假如我是你的文字編輯就會設法阻止你，而你可能會聽我的話（這樣就萬歲），但你也可能堅持己見（我可能會皺個眉頭，但反正是你的書囉）。

66. I wonder 不是問句，而是說話者正在思索

由 I wonder 開頭的句子不是問句（只是宣告說話者在思索），所以最後不必加上問號。

I wonder who's kissing her now.

我很好奇現在是誰在親她。

I wonder what the king is doing tonight.

我在想陛下今晚在做什麼。

I wonder, wonder who—who-oo-oo-oo—who wrote the book of love.

我想知道是誰寫了愛之書。

67. Guess who 和 Guess what 開頭的句子不是問句而是祈使句

由 Guess who（猜猜誰）和 Guess what（猜猜看）開頭的句子都不是問句。真要說起來，這些句子是祈使句。

Guess who's coming to dinner.

猜猜誰要來吃一起晚餐。

第四章

數字面面觀

　　一般來說，在非技術類或非科學類文本中，凡是一到一百的數值（number）都用文字表達，大於一百的數值假如無法簡單拼寫出來，就用阿拉伯數字（numeral）表達。換句話說，兩百是 two hundred 兩百五十是 250，一千八百是 eighteen hundred，一千八百二十三是 1,823。有些紙本期刊為了節省空間，往往限制「九」或「十」以下的個位數才能用拼寫表達，但假如你空間多得很，我建議用拼寫呈現數值比較順眼。

　　話雖如此 —— 金融主題的文章自然例外，因為本來就包含一堆數值，幾乎凡是數值都會用阿拉伯數字表示 —— 你經常得視情況規避上述通則，考量到視覺效果是否良好、讀者是否能輕易理解，單一段落出現多個數值時尤其如此。顯而易見的是，假如遵守既定體裁，結果看起來的很怪或沒道理，就得重新考慮。

　　以下討論幾項細節：

1. 該用國字還是阿拉伯數字

　　假如在一個段落中（或一整頁），特定數值需要使用阿拉伯數字呈現，

那所有相關的數值都要寫成數字,因此以下這個句子有問題:

The farmer lived on seventy-five fertile acres and owned twelve cows, thirty-seven mules, and 126 chickens.
這位農夫住在七十五公畝的肥沃土地上,養了十二頭母牛、三十七匹驢子和 126 隻雞。

應該要改成:

The farmer lived on seventy-five fertile acres and owned 12 cows, 37 mules, and 126 chickens.
這位農夫住在七十五公畝的肥沃土地上,養了 12 頭母牛、37 匹驢子和 126 隻雞。

牲畜的數量要寫成數字 12、37、126,公畝數自成一格,因此可以維持文字 seventy-five。這項差異固然細微,但頁面看起來比較整齊,也方便讀者比較相同類別的名詞,比較延伸到其他段落時更要如此。

2. 對話和時間

● 對話中通常要避免使用阿拉伯數字:

"I bought sixteen apples, eight bottles of sparkling water, and thirty-two cans of soup," said James, improbably.
「我買了十六顆蘋果、八瓶氣泡水和三十二罐湯。」詹姆斯意外地說。

不要寫成:

"I bought 16 apples, 8 bottles of sparkling water, and 32 cans of soup," said James, improbably.

「我買了 16 顆蘋果、8 瓶氣泡水和 32 罐湯。」詹姆斯意外地說。

上面句子看起來很像應用題，彷彿接下來會接「假如詹姆斯給蘿拉半數的蘋果」，我們不會想要有這種效果出現。

但也不要規避數字到走火入魔，你絕對不希望寫出以下這段冗長的對話：

"And then, in nineteen seventy-five," Dave recounted, "I drove down Route Sixty-six, pulled in to a Motel Six, and stayed overnight in room four-oh-two, all for the low, low price of forty-five dollars and seventy-five cents, including tax."

「然後，在一九七五年，」戴夫回憶著，「我開車沿著六十六號公路行駛，停在六號汽車旅館前，在四零二號房住了一晚，房價低到不行，含稅只要四十五美元七十五美分。」

● 該用國字還是阿拉伯數字表示時間

書中人物要怎麼用英文表示「我在四點三十二分抵達」呢？是 I arrived at four thirty-two 還是 I arrived at 4:32？

除非你是在科茲窩（Cotswolds）古色古香的村莊內進行鑑識，設法重建一連串懸而未決謀殺案的時間軸，否則拜託直接讓角色說 I arrived at four-thirty（我在四點半抵達）。

而書中人物當然也可能說 I left at 4:45（我在四點四十五分離開），我覺得這看起來很順眼（如果非得要龜毛，就寫成 I left at four forty-five），但改成 I left at a quarter to five 也無不可。

3. 句子要避免以數字開頭

一般認為，句子要避免以數字開頭。

不佳：

1967 dawned clear and bright.

尚可：

Nineteen sixty-seven dawned clear and bright.

略好但冗贅：

The year 1967 dawned clear and bright.

一九六七年的黎明到來，一片晴朗。

較好的辦法：

改寫句子，避免用年份開頭，應該兩三下就能改好了。

4. 避免贅詞

例如，我寫時間時偏好如此表示：

five A.M.

早上五點

4:32 P.M.

下午四點三十二分

善用這些迷你馬般的大寫字母（有個可愛的名稱叫「小大寫 *」，也就是字級略小的大寫），而不是看起來笨重的大寫 A.M./P.M. 或散漫隨便的小寫 a.m./p.m.（完全不必考慮 AM/PM 和 am/pm）。

對了，在此提醒你一下，6 A.M. in the morning 這類的寫法是贅詞，卻

---

* 在 Microsoft Word 中，打出小大寫的方法有二：先打出字母大寫並加以選取，再按 Ctrl+Shift+＜縮小字級；假如記不起來的話，就先打出字母小寫並選取，再選取螢幕上方工具列調整大寫和字級。

太常在書面文字中出現，戒之慎之。

5. 把縮寫擺對地方

以下是年份的寫法：

53 B.C.

A.C. 1654

你應該注意到了吧，B.C.（大概不用提醒你，這是 before Christ（基督誕生前）的縮寫）必定放在年分後面，而 A.D.（雖然也大概不用提醒你但還是說一下，這是拉丁文的 anno Domini，意思是造物主年）必定放在年分前面。

也許你曾學過另一種非基督爲主的記年法 B.C.E.（公元前）和 C.E.（公元）。這樣的話，兩個都要放在年份後面：

53 B.C.E.

1654 C.E.

我要特別指出，至少就我的經驗來看，大部分作者依然偏好用 A.D. 和 B.C.，而 B.C.E. 和 C.E. 在美國大概就跟公制（metric system）一樣不普遍。

但拜託一下，務必把縮寫擺對地方。假如我這輩子有機會登陸月球*，第一件事絕對是拿麥克筆修改人類首次登月紀念碑的文字：July 1969, A.D.†。

---

* 你很可能遇過截然相反的文體規範，例如 Moon/moon（在此僅指我們的月球）、Sun/sun（同前）和 Earth/earth（指地球而非土壤），以上下文爲依歸。

† 這個紀念碑還有其他錯誤，但改天再說。

6. 年代和街名

我會把一九六○到一九六九年 * 寫成 the sixties（一九六○年代，有必要的話寫成 '60s），曼哈頓六十街到六十九街則寫作 the Sixties。有些人的習慣正好相反，但這件事我們就別吵了。

要吵可以，反正我贏。

7. 日期

如果你是按照美國習慣書寫日期，注意年分兩端都要加上逗號，例如：

Viola Davis was born on August 11, 1965, in St. Matthews, South
Carolina.
薇歐拉・戴維斯生於一九六五年八月十一日，地點是南卡羅萊納
州聖馬修市。

如果你是在世界其他地方書寫日期，就可以省略逗號：

Viola Davis was born on 11 August 1965 in St. Matthews, South

---

*　注意不要寫成 the years from 1960–1969，因為如果有了 from，你就需要加上 to。

Carolina.

另外也要注意，即使你的腦袋浮現 August eleventh，都不要寫 August 11th，任何語境都一樣。我也不曉得原因，不會這樣表示就對了。

8. 市話和手機號碼

555 開頭的電話號碼 *，無論是在電影或電視上聽起來，或是白紙黑字印出來都一樣蠢（The use of 555 phone numbers looks just as silly † on the page as it sounds in movies or on television）。小小的巧思就能規避這個問題：

"What's your phone number?"

I jotted it down on a scrap of paper and handed it to her.

「你的手機號碼是……」

我在一張廢紙上寫下電話，然後遞給她。

9. 溫度、聖經章節、球賽比分和最高法院裁決

- 溫度的度數（a balmy 83 degrees〔晴朗的華氏八十三度〕）和經緯度（38°41'7.8351"，注意不僅要用度數符號，還要用垂直角分符號，不要跟彎引號混為一談）都最好用數字呈現。
- 《聖經》中提到的章節也是如此（例如，出埃及記 3:12）。
- 對話之外的百分比應該用數字表示，不過我建議你用 percent 這個單字，而不是用百分號──除非你的文章主軸就是百分比，在這種情

---

* 譯按：美國電影或電影中提到的虛構電話常以 555 開頭，因為這些電話號碼都由電信公司刻意保留不讓民眾使用，以免有心人士打電話騷擾。

† 要避免寫出 555 phone numbers are just as silly-looking as they are in movies or televsion 這樣不對稱的句子談何容易？我覺得相當容易。

況下，儘管寫出 95% 而不是 95 percent。

- 主要都是數值的內容，譬如球賽比分(The Yankees were up 11–2〔洋基隊以 11 比 2 領先〕) 和最高法院的裁決（the 7–2 decision in the Dred Scott case〔德瑞‧史考特案子最後裁決為 7 比 2〕) 都最適合用數字來表達。此外，還讓你有機會好好利用短破折號。

10. 陸軍各師、法庭案例和古典音樂作品

面對按編號排列的陸軍各師、法庭案例和古典音樂作品，包括將莫札特作品編號的柯歇爾（Köchel）目錄，我很樂於跑去翻閱自己的厚重文體指南，你不妨也去找本文體指南來參考。

11. 仔細計算並查核數字

無論呈現方式為何，文章中數值的**關鍵**前提是：必須準確無誤。

只要有作者寫出「大學畢業生就業的十二條黃金準則」，文字編輯就會開始計算是不是真的有十二條。你一定想不到，一大堆號稱有幾項要件的清單，往往最後都會少一項。這是很容易忽略的事，但務必從頭算到尾。否則，你就會發現本書第三章明明是「標點符號的六十七項用法（與禁忌）」，卻只有六十六項用法。因為我故意漏掉第三十八項，你注意到了嗎？

第五章

_____

英文外事通

1. 以斜體標示外來的單字片語

標準做法是使用斜體來標示外來的單字片語。如果相關外文字詞已收在《韋氏大學詞典》第十一版的正文中，就可以當成英文；如果是收在書末附錄的外文字詞中（或完全找不到），則視為外文。

因此，以下字詞都是英文：

bête noire　忌諱

château　城堡

chutzpah　膽大妄為

façade　門面

hausfrau　主婦

karaoke　卡拉 OK

mea culpa　認錯

ménage à trois　三人行

non sequitur　謬誤推論

retsina　希臘葡萄酒

schadenfreude　幸災樂禍

weltschmerz*　厭世

以下字詞視為外文：

concordia discors　協和

dum spiro, spero　但願如此

n'est-ce pas?　不是嗎？

und so weiter[†]　諸如此類

2. 分音符號（重音符號）

　　分音符號（diacritical mark）──你也可以說是重音符號──是很多裝飾著外文字詞的小圓點，一般在字母（大多是母音）上方，有些情況下在字母下方（例如 façade 中的那個 ç，還有些情況下會穿過字母，部分東歐語言尤其如此。在書面英語中，這些符號偶爾會被省略，詞典通常也會允許你省略，但在 chateau 旅居的樂趣可遠不及在 château 裡好玩，如果你寄來的履歷英文是 resume 而不是 résumé，我可能不會雇用你[‡]。

3. 外來語一定要拼對，否則根本不要用

　　順帶一提，如果你一定要寫 n'est-ce pas?（這個法文相當於那個毫無意義的美式發語詞 you know?，對英國人來說則是 innit），就一定要拼對。除

---

*　雖然德文名詞習慣大寫，但我覺得既然已融入日常英文，就應該跟其餘英文中普通名詞一樣小寫。

†　相當於英文中的 and so on。

‡　即使你不喜歡重音符號，也不得不承認 resume 看起來根本不會發音成 rezz-ooh-may，而我猜拼成 resumé 來區別兩者的人住在卡羅萊納州或達科他州中部。

非你是用法文寫作，否則我建議你根本不要用。

4. 將敘述或對話裡的外來語標示為斜體

但我忽然想到：假設你正在寫一本小說，裡面人物說話很容易在英語和西班牙語之間轉換，可以考慮不把西班牙語標成斜體。使用斜體強調了異國感。如果你本來就要表示人物說話切換流暢，使用羅馬字體便會讓文字正常化。幾年前，我在編輯一本回憶錄時就發現了這點，回憶錄中菲律賓裔美國人一般都說英語，偶爾會摻雜一點塔加洛語（Tagalog）從此我便向多位作者推薦這項技巧。他們似乎都覺得這招很高明，而且還有一項額外好處——可以減少斜體的使用，斜體字用多了實在刺眼 *。

另一方面，如果你正在寫的一本小說，主人翁是一位獨居於巴黎的年輕英國女性，她對於巴黎的風俗、人民和語言一頭霧水，那把她在敘述或對話中遇到的所有法文標成斜體實屬必要，好讓法文每次出現都具有陌生感。

5. 文本中謹慎使用外來語

猶記得青少年時期，我讀十九世紀小說時備感挫折，裡頭有大量古希臘文和拉丁文，以爲讀者全都精通，因此我盼望你把一堆英文之外的語文丟進文本時，謹慎爲之，不要以爲（許多作者似乎都以爲）大家都會說法語之類的外語。並沒有這回事。

6. 專有名詞必定使用羅馬字體

不管你打算怎麼標示外文素材，專有名詞必定使用羅馬字體

---

* 如果你希望讀者跳過一大段文字，就放心使用斜體吧。只要連續幾段下來都如此，往往會讓讀者覺得這是「冗長的內心獨白」或「就算不是也想跳過的內容」。

（Roman），例如：

> Comédie-Française
> 法蘭西戲劇院
>
> Déclaration des Droits de l'Homme et du Citoyen[*]
> 《人權與公民權宣言》
>
> Galleria degli Uffizi
> 烏菲茲美術館
>
> Schutzstaffel
> 納粹親衛隊

　　雖然我們現在已不怎麼說或寫法郎（francs）和里拉（lire）了，但假如真的在書面中提到，都不會用斜體。

7. 外來語的縮寫

　　你可能會需要在注釋部分和參考書目中使用源自外文的縮寫，例如：

et al.　等人

ibid.　同上注

op. cit.　參照前文引用

---

[*] 由於這份文件類似《美國獨立宣言》，因此不像《悲慘世界》（Les Misérables）這類小說或《追憶似水年華》（À la recherche du temps perdu）等大部頭小說使用斜體。順帶一提，法文書名體裁可能會讓只懂英文的讀者備感困惑，因為法國人只會在書名第一個單字的首字母標成大寫，假如第一個單字是冠詞，就是第二個字首字母大寫，除非其他單字跟前兩個同等重要……反正就是如此。身為文字編輯，面對這種體裁上的難題，我通常上網搜尋相關資訊，按個別書名尋找可靠原則。設法套用美式書名規範——即名詞、動詞、形容詞等詞性大寫，冠詞和介詞等詞性小寫——不僅要知道法文單字的詞性，還會看起來十分不道地，像是 À la Recherche du Temps Perdu 對了，按照傳統，你還可以省略大寫字母上的重音符號，所以會寫成 A la Recherche。有鑑於此，我寧願針對英文進行文字編輯。

當然還有：

etc.　等等

這些都要以羅馬字體呈現。

說到外國人，現在正好適合聊聊以下這件事：

如何避免寫作帶有英國味

我們在大洋另一頭的表親曾主宰過世界和語言。後來到了某個節骨眼──我記得是跟印花稅法和茶葉傾倒入海有關──我們決定分道揚鑣，不僅開始打造自己的政治體系，更在諾亞‧韋伯斯特專心致志的協助下，發展起自己的語言。

我出於好玩，不時會跟其他人一樣借用英國*詞彙，但也會有深遠的影響，就連我看到有人過度使用英國詞彙，也會感到抓狂。

美國人住的公寓不叫 flat，而是叫 apartment；英國人的毛衣是 jumper，但美國人叫 sweater；美國人的 jumper 是不大好看的無袖連衣裙（英國人可能會稱爲 pinafore dress）；美國人搭的電梯叫 elevator，英國人稱爲 lift 英國人到加油站需要加 petrol，美國人則是加 gasoline。

美國人的 chips 是一包包洋芋片，英國人的 chips 是薯條，例如常見的 fish and chips，而且把洋芋片稱爲 crisp。美國人吃的櫛瓜、茄子和芝麻菜

---

*　此時適合說明一下：愛爾蘭東部島嶼稱爲 Great Britain（大不列顛）或單純 Britain（不列顛）。大不列顛包括北邊的蘇格蘭、西南邊的威爾斯和中間的英格蘭。蘇格蘭人和威爾斯人可以容忍被稱爲 British 但可別把他們跟 Englishpeople（英格蘭人）搞混囉。然後**絕對不要**把愛爾蘭人稱爲英國人，他們是愛爾蘭人，而不是英國人。

分別是 zucchini、eggplant 和 arugula，英國人則稱爲 courgette、aubergine 和 rocket（不得不說，rocket 當成沙拉生菜的名稱眞是太響亮了）。英國人愛笑我們說 do math（算數學），因爲他們會說 do maths。兩者的差異說也說不完 *。

當然，還是有部分字詞飄洋過海、落地生根。我記得當初在一九八〇年代，首次遇到 twee 這個單字，翻了詞典卻遍查不著；如今這個單字似乎已融入美國文化，尤其是提到認眞可愛的流行音樂類型，包括烏克麗麗（ukulele）。我們也不時用上英式英文的 queue（排隊），但愛國心滿滿的美國人依然不會說 queue up，堅持說 get in line（假如是特定年紀的紐約人，則會說 get on line）。

但不能因爲看膩美式英文，就無止境地借用英式英文。美國人如果把字母 z 唸成 zed 絕對吃不完兜著走，假如忍不住在美國的對話中用上 cock-up（搞砸）這個詞，聽起來就會像是 —— 待我查一下手邊的英文片語手冊 —— cockwomble（蠢貨）。

以下是其他各式用法、拼寫和標點符號的差異：

- 在美國，藍燈書屋出版一本書是 Random House is publishing a book；在英國，這句話會寫成 Random House are publishing a book。英國人通常（雖然不是絕對）會把集合名詞視爲複數。
- 英國人覺得 gotten 這個字很蠢，而且會不吝當著你的面指教。
- 在美國，小寫 l 要省著點用，以下單字均是美式拼法：traveled（旅行）、canceled（取消）和 marvelous（美妙）；英式拼法則是 travelled、cancelled 和 marvellous。

---

* 英美用詞不同而鬧出的笑話還包括 pissed（美式英文：發飆；英式英文：爛醉）、fanny（美式英文：屁股；英式英文：陰戶）和 fag（美式英文：臭玻璃；英式英文：菸），但我想目前的笑話暫時夠多了。

● 避免使用英式英文的 ou，像是 neighbour（鄰居）、colour（色彩）、harbour（港口）和 labour（勞力），改用簡約版本的美式拼法：neighbor、color、habor 和 labor[*]（專有名詞則遵照各國自己的拼法，因此美國人提到英國的工黨要寫成 Labour Party 而非 Labor Party，英國人提到美國的珍珠港要寫成 Pearl Harbor 而非 Pearl Harbour）。

　　假如你喜歡追求一致，絕對會很高興看到 glamour（光采）在大西洋兩頭都是同一種拼法。在美國，偶爾──但非常罕見──會看到 glamor 的拼法，但實在嚼之無味、毫無光采，對吧？而形容詞唯一正確拼法是 glamorous，沒有 glamourous 這個字。

　　我得承認，自己比較喜歡英式英文中盔甲的拼法 armour 而不是我們美式英文的 armor──多了那個 **u**，感覺增添了金屬錚錚之感──但我還是得遵守規則（提醒一下，這點也有例外，像是專有名詞：美國專門供應各式冷盤與肉醬的那家公司稱為 Armour，源自於姓氏；而那家亮面貼身運動服的製造商則自稱 Under Armour）。

● 英式英文中的 -re，例如 mitre（主教冠）、sceptre（權杖）、fibre（纖維）和 centre（中心）內的字尾，就是美式英文中的 -er，等於 miter、scepter、fiber 和 center。

　　雖然不是經常出現，但美國人也會用 sepulchre 表達墓室，這比 sepulcher 看起來更加陰森，這一點你有詞典當靠山。

　　真正引起爭論的單字是 theatre（劇院），這在美國存在的時間夠久，很多大劇院都使用這個拼法，而如果是專有名詞，同樣要尊重原本名稱。大多數百老匯劇院都是 Theatres，例如 Shubert Theatre（舒伯特劇院）和 St. James（聖詹姆斯劇院），但要注意別把 -re 用

---

[*] 上頭有著燙印文字的邀請函要你撥冗回覆（requesting the favour of a reply），通常提到的午宴舉辦時間格式會是 twelve-thirty o'clock（十二點半鐘）這類英式寫法。隨你解讀囉。

錯地方：特別注意曼哈頓上城的 Lincoln Center Theater（林肯中心劇院）與市中心 Public Theater（公共劇院）的拼法（我對《紐約時報》有一點特別不滿，該報堅持把自己對 theater 拼法的偏好，強加於國內外非此命名的劇院和公司上頭，像是不斷把倫敦的國家劇院拼成 National Theater，這很討厭，因為**這明明不是人家的名字啊**）。

　　有些美國人堅持認為搬演戲劇的場所要稱為 theatre，而放映電影的場所則稱為 theatre（你沒看錯，美國人口中的電影院不是 cinema），或堅稱建築本身是 theater，但劇場則是 theatre。對於這些人，我只有一句話要說：你們之所以這樣區別，明明就是因為覺得 -re 的拼法比較文青，請不要這麼假掰。

- 英國人會在 encyclopaedia（百科全書）中研讀 foetus（胚胎）的條目；美國人則是在 encyclopedia 中讀到 foetus 的條目。話雖如此，我們的考古學和美學這兩個單字則選擇了 archaeology 和 aesthetic 的拼法。

- 英國獨樹一幟地把「技倆」拼成 manoeuvre，我每次看到都覺得這個單字發音聽起來像是貓咪嘔出毛球的聲音。

- 英式英文的這句話 things are learnt and burnt and spoilt and smelt，在美式英文會寫成 things are learned and burned and spoiled and smelled*，除非是說燒赭色（burnt sienna）。

- 美國人口中的 zero（零），英國人稱為 naught。

- 拜託把 whilst、amidst 和 amongst 留給我們親愛的表親就好，你使用美式英文就乖乖拼成 while、amid 和 among 吧。

- 英國人傾向使用 backwards（向後）、forwards（向前）和 towards（朝

---

* 　對，用來形容「做賊喊捉賊」的諺語（He who smelt it dealt it〔誰先聞到屁就是誰放的屁〕）除外。

向）表達方向，美國人習慣寫成 backward、forward 和 toward。[*]

- 族繁不及備載：英國人分析是 analyse 美國人則是 analyze；美國人的詢問是 inquire，英國人是 enquire；英國強行分開是 prise，美國人則是 pry（不得已的話會用 prize）；英國人犁田是 plough，美國人會寫成 plow；英國人喜歡把 practise（練習）當成動詞、practice 當成名詞，美國人則一律使用 practice；英國人的執照是 licence，美國人則是 license（當然，專有名詞除外，像是詹姆斯・龐德的電影《殺人執照》英文片名就是 Licence to Kill）。英國人的判斷在 judgement 和 judgment 之間游移不定，美國人則是拼成 judgment……

- 喔對了，我最愛的是這一點：英國人在形容灰燼和女神雅典娜的眼睛時習慣使用 grey（灰色），美國人則偏好拼成 gray。但在進行文字編輯時，你要是叫一些美國作者改用 gray 他們不發飆才怪。就我多年來修改別人拼寫的經驗，最常在這點上遭遇作者頑固抗拒。個人長期以來的理論是──但隨你自己判斷──部分人對於 grey 的既定印象來自備受歡迎的經典童書，因此就產生了情感上的連結。

　　再不然，我猜啦，就是冥頑不靈囉[†]。

- 正如我在標點符號一章中所提，美國人習慣把引文先用雙引號夾住，引文中的引文則用單引號夾住，例如：

"Mabel," I said, "whether you spell the word 'armour' or 'armor' is of no consequence to me."

英國人經常──但偶爾有例外──正好相反，例如：

---

[*]　美國報章雜誌上不乏出現 s 結尾的版本，但大多數美國的文字編輯會刪掉這些多餘的 s，除之而後快。

[†]　請我喝一兩杯調酒，我就會向你詳細說明我異想天開的看法：真要說起來，gray 和 grey 是兩種不同的顏色，前者有著近乎銀閃閃的光澤，後者色調更爲沉重、陰暗和潮濕。

'Mabel,' I said, 'whether you spell the word "armour" or "armor" is of no consequence to me.'

「美寶，」我說，「無論你拼成『armour』還是『armor』，對我來說都不重要。」

　　我發覺，英國人還很喜歡把單引號稱為倒逗號（inverted commas），我想這麼說也沒錯，所以也懶得吵了。

● 英國人經常把句號或逗號擺在結尾的引號外頭。

英式：When it comes to Beatles songs, Queen Elizabeth is particularly fond of 'Eleanor Rigby', but her absolute favorite is 'Drive My Car'.

說到披頭四的歌，伊莉莎白女王特別喜歡〈Eleanor Rigby〉，但她的最愛莫過於〈Drive My Car〉。

美式：When it comes to Beatles songs, Queen Elizabeth is particularly fond of 'Eleanor Rigby,' but her absolute favorite is 'Drive My Car.'

● 如果要說英國人對美式標點符號有什麼鄙視，當屬這件事：他們會咆哮：「歌名本身並沒有逗號和句號啊！你為什麼硬要擺在引號裡面？」不知為何，他們不滿意「美式英文就是這樣」這個答案。但這確實就是美式英文，雖然我也理解英式用法的邏輯，但當然不會企圖顛覆美國約定俗成的用法。此外，我覺得句號和逗號掛在引號外的模樣令人唏噓。在我看來，它們就是孤單沒人愛。

● 在英國書籍中，你常常會看到一些囉哩囉嗦的拙劣藉口，主張短

破折號可以用來打斷行文（– something like this –），而我們在美國
會用真正的破折號（——definitively——）。我們的破折號當然比較
好。

第六章

文法一知半解最危險

我要告訴你一個小祕密：我恨死文法了。

好啦，不完全如此。我沒有恨死文法，而是恨死文法術語。

我猜除了自己以外，還有不少讀者在求學階段未曾學過英文文法的細節。我開始當文字編輯時，發覺自己所知道的大部分文法觀念都是本能習得而來。換句話說，我知道大部分（當然不是全部）文法的使用原則，只是不曉得專業術語。

即使是現在，我也很難說得出獨立主格（nominative absolute）的定義，我覺得 genitive（屬格）這個單字聽起來隱約有點猥瑣*，我當然更不懂、也不在乎如何用樹狀圖來分析句子。

希望我這番話沒嚇到你。

但在某個時刻，我心想，假如自己打算以修改文法為生，學習一點相關知識應該會很有幫助，於是我也就付諸行動，真的學了一點文法觀念，而且夠用就好。如今我仍然會在稍有疑惑時，跑去翻閱又大又厚的文體指

---

* 譯按：此處作者應該是聯想到 genital（生殖器）這個單字。

南，這個習慣八成戒不掉了。

　　不過我相信，假如作者自己曉得如何正確構句，是否懂得文法術語並不是非常重要。因此，本章固然涵蓋了我最常碰到的文法絆腳石，但我會盡量以簡單好應用的方式說明，跳過不必要的術語。

1. 經常惹毛一堆人的文法規則

　　Here's one of those grammar rules that infuriate people:

　　以下介紹一條經常惹毛一堆人的文法規則：

　　上面的句子就是規則，或至少是一個例子：這個句子正確的動詞是 infuriate，而不是 infuriates。

　　我知道你想把 one 搭配單數動詞，但在這種情況下……

　　我手邊那本《英文用字遣詞》（*World into Type*）第三百五十五頁上黏了張便利貼，因為我發現多年來，很多人根本懷疑我對以上規則的堅持，而引用別人書上的內容往往有助支持個人論點。

　　這條規則就是：「關係子句中的動詞必須與關係代名詞的先行詞一致，先行詞是最靠近關係代名詞的名詞或代名詞，通常是介系詞後的受詞，例如 one of those who 或 one of the things that。」

　　如果你跟我一樣，對「關係子句」* 這類術語很感冒，就只能用其他方法來記住這條規則了（我的方法是，只要看到 one of those 或 one of the 等字詞，就拿起我的《英文用字遣詞》，然後翻開黏著便利貼的第三百五十五頁）。

---

* 　relative clause；我大可在這裡開個「耶誕老太太」（Mrs. Santa Claus）的玩笑，但就連**我**都有所不為。譯按：作者的冷笑話是同音異義詞，把 relative clause 當成「Claus 的親戚」，帶出耶誕老公公（Santa Claus）的另一半耶誕老太太。

值得一提的是，平時用字遣詞無懈可擊的詞曲家柯爾・波特*（Cole Porter）寫下 one of those bells that now and then rings / just one of those things（三不五時鈴聲響 / 不過都只是日常）這段歌詞時，押韻押得很好，卻犯下文法錯誤。

同樣值得注意的是，無可挑剔的蓮娜・荷恩†（Lena Horne）至少在某次翻唱〈Just One of Those Things〉時，唱出 one of those bells that now and then ring 而不是 rings，雖糾正了文法卻破壞了押韻。

我的文字編輯生涯至今，最常遭受強烈質疑的文法莫過於這點：作者的反應有時只是「真的嗎？」有時則說「嗯，也許這是美國的習慣囉。」所以，我也許會承認，這類規則的存在只是要讓文字編輯可以唬弄非專業外行人（so perhaps I'll concede that this is simply one of those rules that exist so that copy editors can confound laypeople）。

沒錯，我就是使用了複數動詞 exist，以後仍會繼續使用下去。

2. 關於 whom 的二三事

Even as I type these words, I'm listening to a wonderful singer whom I saw onstage repeatedly and who I didn't realize had died twenty years ago.

我在打字的當下，正在聆聽著一位優秀歌手演唱，我曾多次在舞台上看到他的表演，卻渾然不知他已去世二十年了。

很多傳聞提到 whom 這個單字即將消失，套用馬克・吐溫‡（Mark

---

* 譯按：Cole Porter（1891-1964）：二十世紀美國詞曲創作者，編寫多齣百老匯音樂劇。
† 譯按：Lena Horne（1917-2010）：二十世紀美國知名爵士歌手，作品橫跨影視圈。
‡ 譯按：Mark Twain（1835-1910）：本名 Samuel Langhorne Clemens，十九世紀美國知名作家，筆鋒多幽默、故事富哲理，畢生閱歷豐富。

Twain）從未說過的話 *，根本純屬誇大不實，所以你最好學會正確的用法，更重要的是至少學會避免誤用 †。

基本 whom 的用法應該不會造成太多困難。如果你記得把 who 當成 I、he、she、they（進行動作的人事物，即主詞）的表親，whom 則是 me、him、her、them（接受動作的人事物，即受詞）的表親，就差不多大功告成了。

The man whom Shirley met for lunch was wearing a green carnation in his lapel.

雪莉共進午餐的那名男子，衣領上別著一朵綠色康乃馨。

你會發覺，這個句子如果刪掉 whom 並不影響句意的完整度，前文有關歌手的那個句子也是一樣。

To whom did you give the shirt off your back?

你把衣服脫下後交給誰了？

至於信件開頭的 to whom it may concern（敬啓者）和書名 *For Whom the Bell Tolls*（《戰地鐘聲》）‡ 就更不用說了。

一定要避免的是，一時情急之下想佯裝文雅，明明想使用 who 卻寫成 whom。這類錯誤一般稱爲「矯枉過正」（hypercorrection）。但我並不喜歡這個用詞，況且容易把人搞糊塗，因爲「矯枉過正」的重點並不是超級正

---

*　他原本所說——確切來說是寫在筆記裡——是這句話：「我的表親詹姆斯・羅斯・克萊門斯兩三個星期前在倫敦生了場重病，但現在身體已無恙。傳聞我被他感染、甚至重病身亡的消息，根本純屬誇大不實。」

†　我重視的是寫作而非口說，因此假如你常把 It's me 而非 It is I 掛在嘴邊，或是說 Who do you love? 而非 Whom do you love?，在我看來完全不成問題，只要希望自己說的英語跟正常人一樣，都不會覺得有問題。

‡　譯按：二十世紀聲譽卓著的美國作家海明威（Ernest Hemingway, 1898-1961）筆下作品，他以《老人與海》獲得諾貝爾文學獎與普立茲獎。

確，而是滿腦袋想要正確，導致最後反而犯下錯誤。但在有人發明更適當的術語前，我們也只能將就將就了。

whom 的矯枉過正──順便也提一下 whomever 的矯枉過正──往往可以分成兩大類：「插入語」錯誤和「誤判動詞」錯誤。

第一類的矯枉過正，我們不妨以這個句子為例：

Let's think of Viola, the heroine of Shakespeare's *Twelfth Night,* and
her brother, Sebastian, whom she believes has drowned in a shipwreck.
我們來思考莎士比亞《第十二夜》中女主角薇歐拉（Viola），還
有她誤以為遭逢船難溺斃的哥哥塞巴斯蒂安（Sebastian）。

這個句子後半的 whom 用錯了，因為 she believes 是插入語，可以使用逗號隔開，或直接刪掉也無所謂，於是成了以下的句子：

…her brother, Sebastian, whom has drowned in a shipwreck

嗯，這樣明顯有文法錯誤嘛，所以應該改成：

…her brother, Sebastian, who has drowned in a shipwreck

讀到這個例子，你心中應該要響起矯枉過正的警報，諸如 she believes、he says 和 it is thought 等等插入語皆等同視之。

那這個例子有沒有可能寫出 whom 的正確用法呢？當然可能，例如以下的版本（有點拗口就是了）：

…her brother, Sebastian, whom, supposedly drowned in a shipwreck,
she mourns

「小心動詞」的矯枉過正，往往出現在看似完美無瑕的句子中：

I gave the candy to

你超級確定下一個單字絕對是受詞──him、her、them 之類──於是就繼續寫出這樣的句子：

I gave the candy to whomever wanted it the most.
我把糖果給了最想要的人。

這樣寫就錯了，後頭的動詞 wanted 需要主詞，因此正確句子為：

I gave the candy to whoever wanted it the most.

當然也可以改成 give the candy to whomever you like，這樣也沒錯。

讀到這個例子，即看到後頭接著動詞，你心中也應該響起矯枉過正的警報，而且大多數情況下，動詞都會是 is，例如：

I will give the candy to whoever is most deserving.
我把糖果給了功勞最大的人。

就文法術語來說，這就是「關係代名詞是後面動詞的主詞，而非前面介系詞或動詞的受詞。」（再度參考《英文用字遣詞》的指南）。

3. 關於 not only X but y 和 either x or y

I wrote a note to myself not only to write about "not only x but y" constructions but to write about "either x or y" constructions.

I wrote a note to myself to write not only about "not only x but y" constructions but about write about "either x or y" constructions.

I wrote not only a note to myself to write about "not only x but y" constructions but a note to myself to write about "either x or y" constructions.

我特別寫了筆記，提醒自己要談談 not only X but y 的句構，也要談談 either x or y 的句構。

別誤會，我並沒有讀書讀到腦袋傻掉（All work and no play makes[*] Jack a dull boy），上面三個句子的重點在此：

在 not only x but y、either x or y、x nor y 和 both x and y 的句構中，務必確保 x 和 y 的結構相符──換句話說，必須是平行結構。

我發現，很多人死腦筋地認爲這個句構一定要加上 also，所以不能只寫 not only x but y，而是要寫 not only x but also y。在我看來，這裡加上 also 簡直多餘。假如眞的要使用 also，我大概會寫出這個句子：

Not only did I write a note to myself to write about 'not only x but y' constructions; I also wrote a note to myself to write about 'either x or y' constructions.

但我想自己不會如此表達。

我憑著第一手的經驗，可以拍胸脯向你保證，平行結構眞的很容易就被遺忘，不小心就會寫出以下的句子：

She achieved success not only through native intelligence but perseverance.
她之所以有所成就，不僅仰賴與生俱來的聰穎，還憑藉了自身的毅力。

而且還渾然不覺。但想必你也希望自己寫出正確的句子，所以要修改

---

* 這是電影《鬼店》（*The Shining*）中的父親傑克・托倫斯（Jack Torrance）使用的動詞。要是我的話，就會使用 make，但兩者都算正確。原因爲何？因爲傑克選擇把 all work and no play 當成一大串集合名詞──我們可以稱爲概念上的單數，像是 law and order（法治）或 peas and carrots（豌豆拌胡蘿蔔）──代表後面要接單數動詞，這當然完全説得通。相較之下，我傾向把 all work and no play 視爲複合主詞，因此需要接複數動詞，同樣完全合乎邏輯。

如下：

She achieved success not only through native intelligence but through perseverance.

She achieved success through not only native intelligence but perseverance.

同理可證：

錯誤：I can either attempt to work all afternoon or I can go buy a new shower curtain.

正　確：I can either attempt to work all afternoon or go buy a new shower curtain.

同樣正確：Either I can attempt to work all afternoon or I can go buy a new shower curtain.

我要嘛可以花整個下午工作，要嘛可以去買新的浴簾。

我曾說艾略特（T. S. Eliot）所寫的：「湯姆，Not with a bang but a whimper 不對，應該是 With not a bang but a whimper 或 Not with a bang but with a whimper 才對，我們改過來吧。」

喔對了，還有一點：

在 neither x nor y 的句構中，假如 x 是單數、y 是複數，後面就要接複數動詞。假如 x 是複數、y 是單數，後面就要接單數動詞。簡單來說，只要看 y 的單複數就好了。

Neither the president nor the representatives have the slightest idea what's going on.

Neither the representatives nor the president has the slightest idea what's going on.

主席與眾代表都搞不清楚發生什麼事。

4. It is I who is late 還是 It is I who am late

問：究竟是 It is I who is late 還是 It is I who am late ？

答：I'm late 就好啦，何苦把簡單的句子弄得那麼複雜？

5. 中性單數代名詞 they

If someone were trying to kill you, how do you think they'd go about it?

萬一有人想殺你，你覺得對方會怎麼做？

讀到這個句子──先不管我想出這句話有多病態，也不管你可能會成為一具屍體──你是否覺得刺耳或情感受到傷害了？假如沒有，你大可以跳過本節，直接去讀下一個部分。如果你讀了覺得不對勁，請繼續往下讀，因為我們得好好聊一下。

在文章中使用單數的 they（以代名詞 they 來指稱中性、性別不明或當時不重要的個人）會讓很多我們這些有一定年紀的人皺起眉頭，因為我們在人生旅途中某些時刻，不是聽老師耳提面命過，就是經過單純推論──因為從來沒有在閱讀的報章雜誌看過這麼使用──判斷這樣的文法並不正確。

我們往往會看到以下的句子：

[A] beginning writer... worries to think of his immaturity, and wonders how he ever dared to think he had a word worth saying.

　　　　　　　　　　　　　　─DOROTHEA BRANDE, *Becoming a Writer* (1934)

一個初出茅廬的作家……煩惱著自己的不成熟，百般納悶自己哪

來的膽量認爲自己有話好說。

　　——摘自桃樂西亞・布蘭德《成爲作家》（一九三四年）

　　一九三四年的文字編輯可能會說，在這類情況下，代名詞 he 使用上完全妥當，因爲我們**當然**使用 he 來指涉任何人。

　　嗯，身爲二十一世紀的文字編輯，我想指出本世紀的民眾會對此大爲不滿，甚至覺得遭到排擠，他們的反應理所當然更理直氣壯，而且反對的人不會全部都是女性。

　　一九九〇年代初期，原本對於所謂無性別 he 的低聲不滿，愈來愈強烈地展現於我經手的稿子中，我發覺，當時部分作家嘗試各種變通辦法。

　　據我印象所及，最流行的是以下幾項辦法：

- 使用 he or she，譬如：A student should be able to study whatever he or she likes（學生應該要能挑自己喜歡的來學）。這讀來也許冗贅，絕對很快就會讓人受不了，但不失爲避免得罪人的辦法。
- he 和 she 交替使用，有時逐段交替、有時逐句交替，像是：

　If your child is reluctant to eat vegetables, don't force him. But neither can you give in to a child's whims, because this may lead her not only to malnutrition but to a belief that she's the master of her own destiny.
　如果孩子不願意吃蔬菜就不要強迫他。但也不能屈服於孩子的任性，因爲這不但可能導致她營養不良，還可能讓她以爲什麼事都可以自己做。

　立意良善，但讀來有點令人頭暈。

- 從第一頁到最後一頁，一律使用 she 這個代名詞。

● 使用 s/he。老實說，幸好我不常看到，只能說醜到不行。

然而，單數 they 顯然是普遍的禁忌，我只有在極少數的情況下碰到用 they 的作者。當時凡是自重的文字編輯都會予以刪除，我也不例外。

但怎麼做呢？刪掉了非指涉男性的 he 之後，又不想使用非指涉複數的 they，行文不就等於打結了嗎？

簡單的解決辦法就是，乘機把單數名詞變成複數名詞，這樣就不需要單數代名詞了，例如把 A student should be able to study whatever he or she likes 改成 Students should be able to study whatever they like。

假如沒辦法改成複數，我便會努力思考，如何不用任何代名詞就讓句子通順。這並沒有想像中困難，只要東刪西修一下，我發覺結果往往讓句子顯得更加緊湊、簡潔和有力，至少我能如此說服自己。

好，現在我們回到二〇一〇年代，時不時會遇到詞典編纂家與文人墨客莫不熱情地叮嚀我們，they 當成單數代名詞的書面用法已有幾百年的歷史*，也樂於列舉偉大文學作品中的諸多例子†，盡責地指出使用單數they的禁忌根本是維多利亞時代另一條無中生有的文法規則，卻困擾了我們這麼久，最後絕招就是鼓勵我們坦然接納 they 當成單數的用法，藉此提升代名詞的使用效率，因此不必想方設法變通，也不必當成問題解決，單純是長期存在的習慣。

單數 they 不是未來的趨勢，而已是當前的浪潮。老狗如我，恐怕難以

---

* 我在此之所以強調書面，是因為多數人說話時都不假思索地使用單數的 they，像是 Once you've hired a copy editor, please remind them not to allow the singular "they," OK?（只要聘請了文字編輯，就記得提醒他們不要允許把 they 當單數使用好嗎？）

† 我把這個說法視為「珍・奧斯汀都這麼用所以沒問題」流派，但恕我無法支持。我使用標點符號的方式不同於珍・奧斯汀，也不會因為跟珍・奧斯汀的英文不同就受到良心譴責。假如具有無限可能的英文在拓展、創新與再造過程中有所獲益，想必偶爾也能透過栓緊螺絲，讓句子更加精準與清晰。而單字在經年累月下來，自然演化出愈來愈多的意義，並非每個都很實用，因此不見得需要保留有數百年歷史的定義。

欣然接受。以後遇到不分性別的 he 或單數的 they，我還是會祭出自己屢試不爽的編輯招式來處理。

不過，在繼續下個主題之前，我要提出幾項值得注意的要點：

- 假如我們所有人都說法語，可能就不會有這樣的討論了，因為法文每個名詞都有區分性別，像是 le professeur（老師／陽性）、le livre（書／陽性）、la bibliothèque（圖書館／陰性）與 la pomme（蘋果／陰性），不接受就拉倒。所以就算 amis（至少包含一位男性朋友／複數）或 amies（全是女性朋友／複數）之間，有個 il（他或它／陽性）性別不明，也沒什麼大不了，對吧？

- Every girl in the sorority should do what they like（姊妹會裡每個女孩都應該做自己喜歡的事）或 A boy's best friend is their mother（每個男生的摯友都是自己的母親）* 這類句子實在很蠢。

- 我不禁注意到，不少注重文體的散文作家大聲提倡使用單數的 they，自己卻死也不會使用，從他們的文章便可找到如山的鐵證。你自己判斷吧。

- 另外，這本書的原文從頭到尾（除了無辜的例句之外）都沒有使用 he 或 she 來指涉不分性別的狀況，也看不到 he or she 的用法。

- 多年來，我發覺，就處理代名詞來說最棘手的莫過於育兒用書，因為作者——除非主題明確是雙胞胎，有關雙胞胎教養的書籍之多，可能超乎你的想像——往往會想把內容迎合不同的個人，包括剛長乳齒的寶寶、活蹦亂跳的學步兒和愛發脾氣的六歲小孩。在這些書籍中，幾乎一定會使用到單數的 they。但恕我直言，我有本破破爛爛的珍貴藏書，版權可追溯至一九二三年，書名是《當代禮儀指南》

---

* 我尚未在經過好好編輯潤飾過的文章中看到這種粗糙的句子，但現在網路上卻層出不窮，所以我決定在此先發制人。

（*Vogue's Book of Etiquette*），針對非特定的嬰兒或小孩，書中建議的代名詞是 it。

還有一點供你思考：

我草擬這一小節時，原本把針對非屬二元性別——即生理性別認同非男也非女——代名詞如何使用的討論擺在簡短的腳注中，提到最近有人發明了一批代名詞（我自己最常遇到 ze/zir，但還有其他的新代名詞，這肯定會阻礙普及），以及愈來愈多人使用專指單數的 they，最後我在腳注中大刺刺宣告，這已成為文化的問題，而不是文字編輯的問題，請容我不再繼續討論下去。

換句話說，我逃之夭夭了。

沒想到，我現在就有一位同事選擇使用代名詞 they，因此這不再是抽象的文化問題，而是面對面的切身問題，我無法再說服自己這不關我的事，而是關乎基本的人性尊嚴，我得選擇欣然接納（我很樂於面對自己的缺失，就是老愛回避這件事，直到真正切身相關才醒悟。照理來說不該如此，卻往往知易行難）。

我的同事加入藍燈書屋後幾個月內，我都在迴避這件事，無論是講話當下或寫電子郵件，都直呼該位同事的名字，絞盡腦汁避免使用 you 以外的代名詞。沒過多久，我對於自己如此刻意實在受夠了，同時也感到無地自容。有次在聊天當下，我渾然不覺地脫口說出了 they，結果就此解脫了。

6. 掌握平行結構

這是我最近差點公開的一個句子：

I think of the Internet as a real place, as real or realer than Des Moines.
我認為網路十分真實，堪比狄蒙市，甚至更加真實。

如果你立刻發覺這句的問題，代表已掌握平行結構的觀念。如果你沒有發現任何不對勁，也不要對自己太嚴苛，因為我遇到的每位作者，偶爾都會犯下同樣的錯誤。以下是正確的版本：

I think of the Internet as a real place, as real as or realer than Des Moines.

重點在於句子中第三個 as。為何如此？在此引用《英文用字遣詞》簡便的定義：「所謂平行結構的原則，係指一個句子中意義對等的部分，結構也應該對等。」在這種情況下，as real 和 realer than 在結構上並不對等，如果你把原句中兩者對調就會發現：

I think of the Internet as a real place, realer than or as real Des Moines.

一般很容易就寫出缺乏平行結構的句子，以下的例子也是：

A mother's responsibilities are to cook, clean, and the raising of the children.
母親的責任是煮飯、打掃和養兒育女。

正確的寫法應該是：

A father's responsibilities are to cook, clean, and to raise the children.
父親的責任是煮飯、打掃和養兒育女。

這樣一來，各個部分就剛好對稱了。
富有平行結構的句子，讀來格外具有吸引力：

He was not beholden to, responsible for, or in any other way interested in the rule of law.

他不受法治的約束、不必對其負責、更不感興趣。

7. am I not? 或 amn't I?，而不是 aren't I

你的人生活到某個時刻，也許就是現在，可能會驚覺 aren't I 根本是慘不忍睹的文法。這時你可以決定後半輩子使用 am I not? 或 amn't I? 或接納其他偷偷溜進英文卻普遍流行起來的詭異用法，同時還因為心存僥倖而沾沾自喜。

8. 孤懸語

Flipping restlessly through the channels, John Huston's *The Treasure of the Sierra Madre* was playing on TCM.

不停地轉著電視頻道的同時，TCM 正在播放約翰・休士頓執導的《碧血金沙》。

休士頓，我們遇到問題了 *。

我們文字編輯把前面的引導子句（即 Flipping restlessly through the channels）稱為「孤懸語」（dangler），因為它不當地修飾主要子句的主詞（即 John Huston's *The Treasure of the Sierra Madre*）。

這類孤懸語的全名是「孤懸分詞」（dangling participle），但並不是所有孤懸語都是分詞，反正使用「孤懸分詞」這個術語，就是要你記住何謂分詞。「孤懸修飾語」（dangling modifier）──又稱為「誤搭修飾語」（misattached modifier）或「錯置修飾語」（misplaced modifier）──比較適合作為統稱的術語，但「孤懸語」一詞更簡單易懂，我們就姑且一用吧。不管正式名稱為何，我認為孤懸語是優秀文章中最常見的錯誤，迄今也是

---

* 譯按：原文 Huston, we have problem. 是電影《阿波羅十三號》的經典名言。

經常到付梓都沒被揪出的最扯錯誤。作者不時會使用孤懸語，文字編輯可能會漏看，校對人員也沒掃視到。這可不是什麼好現象。

　　簡單來說，引導子句和主要子句得正確結合，我喜歡運用「需要相互對話」來比喻。假如引導句子開頭是 Flipping restlessly through the channels 那主要子句的主詞——很可能是下一個字——就必須表達是誰手持遙控器，可能是 I、he 或「瑟西莉亞」，但肯定不會是 John Huston's *The Treasure of the Sierra Madre*。

　　這樣寫不對：

Strolling through the park, the weather was beautiful.
漫步穿越公園，天氣晴朗舒適。

　　這樣寫才對：

The weather was beautiful as we strolled through the park.
我們漫步穿越公園，天氣晴朗舒適。

　　這樣寫不通：

Arriving at the garage, my car was nowhere to be found.
到了車庫，我的車子不見了。

　　這樣寫才通：

When I arrived at the garage, my car was nowhere to be found.
我到了車庫，發現車子不見了。

　　也許你覺得這類文法訛誤十分明顯——尤其是我們正在討論這點，並且認真盯著句子瞧——但正如我所說，假如你一不留神，就有可能漏看。

　　舉例來說，請你倒回去看本節的開頭段落，原文是：

Improperly attaching itself to the sentence's subject—that is, "John Huston's *The Treasure of the Sierra Madre*"—we in the copyediting business call that introductory bit (that is, "Flipping restlessly through the channels") a dangler.

沒錯，Improperly attaching itself 是孤懸語。

以下是諾曼・梅勒[*]（Norman Mailer）一九九一年出版的小說《哈洛特的鬼魂》（暫譯，原書名 *Harlot's Ghost*）開場白：

On a late-winter evening in 1983, while driving through fog along the Maine coast, recollections of old campfires began to drift into the March mist, and I thought of the .... Algonquin tribe who dwelt near Bangor a thousand years ago.

一九八三年冬末的夜晚，沿著緬因州海岸驅車穿越大霧，昔日營火的回憶開始飄進三月的霧氣中，我因而想起……在一千年前棲居於班戈附近的亞岡昆部落。

好，除非回憶本身可以穿越大霧，否則這個句子就有問題。那要如何修改呢？這還不簡單：

On a late-winter evening in 1983, as I drove through fog along the Maine coast, recollections of old campfires began to drift into the March mist, etc., etc., etc.

一九八三年冬末的夜晚，我沿著緬因州海岸驅車穿越大霧，昔日營火的回憶開始飄進三月的霧氣中，我因而想起……在一千年前棲居於班戈附近的亞岡昆部落。

---

[*]　譯按：Norman Mailer（1925-2007）：二十世紀美國作家，筆下作品多描繪其服役經驗，曾獲普立茲獎。

在正確的版本中，開著車的是敘事者，飄浮的是回憶，堪稱歲月靜好、人世安穩。

梅勒在作品出版後，針對孤懸語提出了反駁：

「這個孤懸修飾語……是我刻意使用，數個月下來咀嚼了數次，決定維持不變。我喜歡原本的節奏。假如把句子修改得合乎文法，就找不到更好的用詞了。況且，句意本身清楚……孤懸分詞也許會讓部分讀者產生強烈的反感，但整體造成的傷害，可能還不如理順文法、破壞氛圍後的不和諧感。」

這個嘛，容我向你說：

Having read that defense, Mailer is utterly unconvincing.
讀完這番辯解，梅勒簡直是毫無說服力。

唉呀寫錯了。

Having read that defense, I find Mailer to be utterly unconvincing.[*]
讀完這番辯解，我發覺梅勒簡直毫無說服力。

我動不動就會看到孤懸語，它們經常出現在作家慷慨讚美同行的文字中——簡單來說就是宣傳文案。An intoxicating mix of terror and romance, Olga Bracely has penned her best novel yet!（恐怖與浪漫揉合成迷醉人心的作品，奧嘉・布雷斯利交出了她迄今最棒的小說！）

文法錯了。

---

[*]　《哈洛特的鬼魂》剛剛出版、梅勒尚未提出那番辯解之前，有人惡劣地把這個建議公諸於世，那個人理應是文字編輯，或至少知道文字編輯沒揪出這個錯誤。確實很可能是文字編輯疏忽了，但沒有理由公審領著低薪的文字編輯吧。我知道你在猜那位編輯就是我，在此澄清：並不是我。但現在可以說了，我是那本書的外包編輯之一。我是不是漂亮又勇敢地指出錯誤，卻遭無視呢？我完全沒印象。我敢打賭，自己當時應該沒發現。

9. 喜感

　　一個句子部分排列錯誤在無意之間產生喜感，有可能是孤懸語的一種，但大多數情況下，我認為只是單純排列錯誤而產生的喜感。

　　但也可能是刻意營造喜感，前提是你得像格魯喬‧馬克思（Groucho Marx）：

> One morning I shot an elephant in my pajamas. How he got into my pajamas, I'll never know.
> 有天早上，我射殺了睡衣裡的一頭大象。至於大象怎麼跑進睡衣裡，就不得而知了。

　　你可能也聽過那個經典笑話：一名男子有條木腿叫史密斯（a man with a wooden leg named Smith*）。

10. 假設語態

　　有件事你可能始料未及：即使這輩子都不曉得何謂「假設語態」（subjunctive mood）的意思，對生活也不會有太大影響（英文規則就夠討厭了，居然還有語態），但既然我提起這個主題，就來面對一下吧。

　　假設語態用來表達非屬事實的各種狀況。舉例來說，假設語態決定了電影《屋頂上的提琴手》（*Fiddler on the Roof*）的歌曲〈如果我是個有錢人〉（If I Were a Rich Man）動詞使用 were 而非 was，以及法蘭克福香腸的廣告曲以 I wish I were an Oscar Mayer（但願自己是奧斯美香腸）開頭。

　　大部分人似乎自然而然就會使用 I wish I were 而非 I wish I was，對此

---

*　譯按：原本的笑話出自迪士尼電影《歡樂滿人間》（*Mary Poppins*），對話如下：

My friend said he knew a man with a wooden leg named Smith.
So I asked him, "What was the name of his other leg?"
我朋友說，他認識一名男子有條木腿叫史密斯。
我便問他：「那另一條腿叫什麼名字？」

我們只要說聲「阿們」，安然接受即可。以下這些字詞的組合才眞正棘手：

if

I、he 或 she[*]

was 或 were

好，假如你運氣好，寫出的句子包括 as if，單純使用 were 表達準沒錯：

I felt as if I were a peony in a garden of dandelions.

我覺得自己彷彿是長滿蒲公英的園子裡的一株牡丹[†]。

He comports himself as if he were the king of England.[‡]

他的舉手投足彷彿英國國王。

但假如你的句子只有 if，何時應該使用 was？何時又應該使用 were？

嗯，重點來了：我剛開始擔任文字編輯時，主管就告訴我，如果作者無法自然地使用假設語態，就不要勉強他們。也就是說，如果作者寫出以下句子：

If I was president of the United States, I'd spend a bit more time in the Oval Office and a bit less time in Florida.

假如我是美國總統，就會多花點時間待在橢圓形辦公室，少花一點時間在佛羅里達州。

我們不必加以糾正，大可以保留 was。

---

* 當然，you、we 和 they 必定搭配 were，所以不成問題（也可以說少了三個問題）。

† 譯按：意指在雜草叢中。美國人視蒲公英爲討厭的雜草。

‡ 的確是 the king of English 而非 the King of England。當敬語使用時才會把頭銜大寫，像是 Presdient Barack Obama。不過，諸如 the president of the United States、the pope 等等一般情況，都不必大寫。我曉得，保皇派人士和過度恭敬的作家讀到這裡臉色會很難看，但拜託放下充滿階級意識的想法與文體，好嗎？

這道命令我可是遵守了好長一段時間，如果你也能接受，儘管照辦就對了。

但如果你覺得有點手癢，我們就再來想想辦法，不妨依循這條原則：如果你描寫的情況不僅僅非屬事實，而是不大可能或根本是天方夜譚，當然可以使用 were：

If I were to win the lottery tomorrow, I'd quit my job so fast it would make your head spin.
萬一我明天中樂透，就會立刻辭職。

如果你描寫的情況不是事實但有可能，就可以選擇使用 was。

If he was to walk into the room right now, I'd give him a good piece of my mind.
假如他現在走進房間，我就會強烈表達自己的不滿。

我經常會這樣想：假如我可以在 if I 後面加上 in fact（實際上），就很可能使用 was 而不是 were。

另外，假如你坦承某個行爲或狀態八成發生了——換句話說，你所謂的 if 眞正的意思是 in that（進一步說明）——就要使用 was。

If I was hesitant to embrace your suggestion yesterday, it was simply that I was too distracted to properly absorb it.
昨天我對你的建議顯得猶豫不決，是因爲當時我心不在焉，沒有好好地聽進去。

第七章

小說裡的大學問

　　拋開拼寫、標點符號、文法等繁雜又機械化的基本修改工作，編輯文章與認真傾聽有很大的關係。細心的文字編輯應該適應作者的聲音並沉浸其中，最後要徹底消化作者的意圖，過程儼然成爲一種書面的對話。

　　這樣的對話在小說的文字編輯工作中尤爲重要。在小說中，藝術性（無論你想怎麼定義此一流動的概念）可以超越傳統上認爲「正確」的概念；在小說中，作者的聲音最爲重要，即使可能特立獨行、標新立異或稀奇古怪；在小說中，文字編輯再具善意，如果聽不懂作者的聲音，或至少設法理解，就很容易毀了小說。遺憾的是，這件事確實偶爾會發生（havoc is occasionally wreaked*）。

　　我想起一件令人捏把冷汗的往事：某位我心目中最優秀的文字編輯細心、敏銳又俐落，各大編輯都搶著要她幫忙，卻在一次編輯工作中，出於莫名又惱人的原因，她沒讀懂作者的意圖，確切來說，最糟糕的是她不懂

---

* 我不懂爲何有人堅稱 wreak 的過去式是 wrought——好啦，騙你的，我**真的**懂，但不想要鼓勵這些人——但過去式確實是 wreaked。

這位作者的笑話，因而把笑話修改得「笑」果全無，活像給壓路機壓得扁平無味 *。幸好，這類災難極為罕見，即使發生這種情況，解決辦法也很簡單，就是請另一位文字編輯從頭到尾重新編輯原稿，幫助作者把內容恢復原狀。

雖然我不能在此實際展示同理傾聽這般難以捉摸的技巧，但絕對可以透露文字編輯在編校小說作品的常見方法，像是仔細審視一切、不輕視任何內容、勤問問題、多做筆記，並運用數十個小技巧 †。另外，我也可以根據多年來學到的教訓，指出你在寫作時可能犯下的某些小毛病。

小說赤裸裸的真相

小說雖然是虛構的故事，但如果缺乏邏輯和連貫性，那可不行。

- 人物年齡必須隨著時間增加。換句話說，一九六〇年五月出生的人，到了一九八五年五月就得是二十五歲、二〇〇〇年五月得是四十歲，依此類推，而且要與其他人物的成長速度一致。如果二位小說人物相識的年齡分別是三十五歲和十八歲相遇，後來相遇的場景中，就不可能一個人已五十歲，另一個人卻只有二十六歲。我偶爾會發現，小說中的祖父母和曾祖父母活了幾十年，但無論往前或往後算，都違反常理。

- 記下確切經過的時間，特別是幾天或幾星期內有關鍵發展的敘事情節。我遇到不少次星期二過兩天成了星期五，還有把很多「隔天」加起來後，某個三年級學生居然是星期日在學校上數學課。

---

* 至少這位文字編輯沒有一再告訴作者，書中主角絕對不會做出這麼有違本性的事，我經手過的一份工作，就曾發生這種慘劇（敬告所有文字編輯：千萬不要做出傻事）。

† 請容我此處使用的「小說」（fiction）一詞，包括從作者回憶湧現的各式各樣敘事型虛構作品，包括非小說，但不是指爬梳多年檔案與成堆筆記後淬煉出的正式報導。

- 身高、體重、眼睛和髮色；鼻子、耳朵和下巴的大小；左撇子還是右撇子等等細節都務必要一致。

- 舞台監督和走位：注意人物上了閣樓後，是否立刻又直接踏上車道；是否在五分鐘內脫了兩次鞋襪；是否明明前幾段才在另一個房間裡放下水杯，如今卻用同樣的杯子喝水 *；是否手中讀著的報紙突然變成雜誌。

- 順便一提：我記得有一份小說原稿裡，將近半數人物名字都是以 M 開頭，結果原來作者的名字也是以 M 開頭。這可不是什麼好事 †。

- 我不懂爲何作家們竟然能費盡心思、花大篇幅描述餐廳菜色，讀起來卻好像自己從來沒品嘗過一樣，但總之：仔細思考。

- 我也不懂爲何作家們竟然能費盡心思、花大篇幅虛構新聞報導，讀起來卻好像自己從來沒讀過新聞一樣。好歹要記得把人、事、時、地、物交代清楚，畢竟這在高中就學過了，行文也要稍微簡潔。

　　虛構的新聞報導想要顯得既逼眞又自信，不妨運用以下這招來玩玩：把所有序列逗號全部刪掉就好。

現實世界的細節也必須如實反映，你可能以爲讀者不會留意這些小事，但我向你保證他們絕對會發現。

- 假如你打算把故事設定在一八六五年九月二十四日星期日，就要確定一八六五年九月二十四日眞的是星期日，上網就可以搜尋到萬年

---

* 一般來說，喝飲料這件事不如多位作家想像得那般值得一提。

† 影集《唐頓莊園》（*Downton Abbey*）中有兩名人物都稱爲湯瑪斯 —— 就我看來毫無必要 —— 而且姓氏都是以 B 開頭。

曆[*]（另外也請記得，假如你在翻找舊報紙資料庫，想看看一八六五年九月二十四日的時事，最好順便看看一八六五年九月二十五日的報紙）。

- 猶記得我曾編過一本小說，故事主角在三小時內就搭乘小黃、火車和地鐵、然後後又換搭一輛小黃，但經過我我比對地圖、時刻表和限速資訊，整趟旅程少說也要十小時才能完成。

- 假如你的故事設定在紐約市，最好查查哪幾條大道的車流是由南往北、哪幾條是由北往南，還有街道的東西分布。

- 你很可能已注意到，一年下來日出日落的時間並不相同，寫作時務必記得這件事[†]。

- 不是所有的樹木和花朵都能在地球上任何角落生長喔。

- 如果你希望跟多位作家一樣，精準表達小說人物觀賞電影或收看電視的習慣，就要確認《真善美》（*The Sound of Music*）是在一九六五年夏天上映[‡]，《那個女孩》（*That Girl*）則是固定於星期三播出[§]。如果你無意著墨細節，大可提供少一點資訊，或乾脆虛構聽起來煞有介事的電影和電視劇名稱，我覺得這樣反而好玩多了。

- 五位數的郵遞區號一九六○年代才問世（一九八○年代才多加了四位數），我們現在習慣不加句號的州名縮寫也是那時才出現。因此，一九五○年代的信封上不可能有以下的標示方法：

　　Boston, MA 02128

---

* 　本人已把 timeanddate.com 加入「我的最愛」。

† 　Google 上搜尋「日出日落」，除了會看到一些實用的網站，也會看到艾迪・費雪（Eddie Fisher）用哀愁的噪音翻唱名曲〈屋頂上的提琴手〉（*Fiddler on the Roof*）。

‡ 　年份沒錯，你可以自己到 IMDb 網站查詢。

§ 　應該是星期四才對，查這類資訊上維基百科就對了。

應該是按照一九四○年代發明的郵遞分區制度，寫成：

Boston 28, Mass.

假如你的小說是橫跨數十載的書信體，需要使用這類東西，最好要符合史實。[*]

- 符合時代背景也得講究技術與社會的合理性，包括電話答錄機的發明與報廢（特別是讓人無意中聽到給他人留言的答錄機，造成劇情急轉直下的尷尬）、各代 iPhone 的不同功能、九一一事件前後機場與辦公大樓的維安層級，到特定藥品的問世和普及等等[†]。

- 以下這則冷知識，可能對於部分歷史小說家很有用。歌曲在錄音技術剛問世時，通常是在蠟筒上由司儀之類的角色引介，例如：

  "All Going Out and Nothing Coming In," by Mr. Bert Williams, of Williams and Walker, Edison Records!
  以下是愛迪生唱片旗下威廉斯暨沃克公司伯特‧威廉斯先生演唱的〈All Going Out and Nothing Coming In〉！

- 時代專屬詞彙也是問題。作家在創作一部以十八世紀倫敦為背景的小說時，當然不會局限於該時代的既有詞彙（與文法、標點符號），但確實得注意不要插入明顯不符時代的詞彙。我遇過故事中出現 maverick（奇葩）一詞，但時代設定卻比薩繆爾‧麥佛里克（Samuel A. Maverick）的出生早了幾百年，而偏偏這個字就是因為他才會進入英文；另外還有故事提到一九二○年代曼哈頓女子的服裝 matchy-matchy（同色），這也是時代錯置。

---

[*] 我相信自己把重點講清楚了。接下來就交給你去研究電話號碼、總機、區碼、強制區碼和每根手指／腳趾編號的歷史囉。

[†] 有人說，加上我有時也認為，對現代小說最糟糕的事是手機的發明與抗憂鬱藥物的問世；但這個主題可以再寫一本書了。

詞典可以告訴你單字已知的首次使用年代，所以務必好好利用。

- 如果你要嘗訪歷史的擬仿（pastiche）——即不惜一切要模仿筆下故事所處時代的用字遣詞習慣——就要自己決定擬仿的程度多深。一部以二十世紀初爲背景的小說，可能不會像我們現在把「燈泡」寫成 lightbulb，而是 light bulb 或 light-bulb，提到電話、公車和流感時，你也得自行判斷要不要按習慣寫成 'phone、'bus 和 'flu。

- 有時候，你就是必須妥協。很久以前，在網路出現前的年代，當時要瞬間查到一切資訊並不容易，我編輯了一套以一九六○年代早期爲背景的小說，其中提到了一家漢堡王。我在空白處寫道：AU: PLS. CONFIRM THE EXISTENCE OF BURGER KINGS IN THE 1960s（致作者：請確認漢堡王在一九六○年代就有了）。作者最終選擇把漢堡王改成了他自行虛構的烤三明治餐館，向我坦承雖然他仔細研究了食物鏈歷史，引用的資料也準確無誤，但在我之前讀過稿子的人都問過同樣的問題。他決定，不值得爲這件小事中斷閱讀興致 *。

好故事的基本要素

很多作家對代名詞過於依賴，但我並不建議如此。我認爲，這件事屬於「寫作並非口說」的範疇。我們說話時，即使大量使用指涉模糊的 he 和 she，別人通常依然可以自己聽懂。但寫作出現過多代名詞容易令人一頭霧水。我強烈建議、甚至可以說堅持，你務必要避免在同一個句子中，使用同一個代名詞指稱兩個人；坦白說，我建議在同一個段落中都要避免此事

---

* 　我的文字編輯針對我使用片語 his own devise（他自行虛構）提出疑問，指出這個片語是否太過古色古香又容易讓人誤認爲打錯字；但幸好我們有腳注可以說明並釐清此事。

發生（我認識幾個專寫同性愛情小說的作者，經常爲這種事給逼哭）。

　　直接重覆人物的名字當然是可能的辦法，儘管身爲作者的你，起初可能會認爲在七個句子中出現第三個「康斯坦絲」（Constance）是矯枉過正，但身爲你的文字編輯，我堅信讀者會更樂於不必琢磨你說的是哪個 she；我認爲這只是基本的架構，相信讀者不大會注意名字有所重覆。另一方面，假如你的段落中充斥著名字和代名詞，你又覺得實在太龐雜了，那就認眞進行修改，刪除過量的名字或代名詞。這做起來也許很麻煩，但終究值得，很可能會讓文章更加精簡、更顯有力。

- 假如你想區分幾個無名小卒，不得不描述「第一位女子」和「第二位女子」的言行，也許可以至少採取折衷方案，不取名也至少賦予她們明顯的外表特徵，使用一兩個形容詞來打發，像是紅髮女子、年長女性之類。

- 我認識一位可愛的作者，好像只會使用 a couple 這個單一片語來描述不確定的數量，甚至不是 a couple of 這是片語，而是像 a couple hours（數小時）、a couple days（數天）、a couple cookies（數片餅乾）、a couple guys（數名男子）。久而久之，我設法要我換著用 few、several 和 some 等等單字，但她依然故我，我便幾乎不再拿這件事煩她了。奉勸各位用字遣詞要有變化。

- 你想出令人眼睛一亮、與眾不同、令人驚嘆的完美形容詞時，可能會──根據我的編輯經驗──滿意到不知不覺地立即再度使用。舉例來說，你在第二十七頁說某個想法 benighted（愚昧無知），就不應該在第三十一頁又使用 benighted 形容另一個想法*。不妨在使用你最愛的做作單字時，順手寫在筆記本上，確保它們只在稿子上出現

---

* 我最近得知一本小說裡，spatulate 這個單字──我本來也沒看過，它是形容詞，意爲「形狀如鏟子」──光兩頁內就出現了兩次，形容兩個毫無關係的名詞。噢，眞是受不了。

一次。

● 即使是稀鬆平常又區別不大的名詞、動詞、形容詞和副詞，都要留意是否重覆，最好不要離彼此太近──除非有特殊目的，這樣的話就儘管用吧。

　　舉例來說，以下引文就是絕佳的例子。我一直珍藏這個段落，只要有機會就愛拿出來說明，因爲它展現了一位不常受推崇的作家高超的寫作技巧：

> When Dorothy stood in the doorway and looked around, she could see nothing but the great gray prairie on every side. Not a tree nor a house broke the broad sweep of flat country that reached the edge of the sky in all directions. The sun had baked the plowed land into a gray mass, with little cracks running through it. Even the grass was not green, for the sun had burned the tops of the long blades until they were the same gray color to be seen everywhere. Once the house had been painted, but the sun blistered the paint and the rains washed it away, and now the house was as dull and gray as everything else.

　　桃樂西站在門口向四周望去，只見整片的灰色大草原，其餘什麼也沒有。寬闊的平原向四面八方伸向天際，沒有樹木也沒有房子。陽光把耕地烘成灰撲撲一團，細小裂縫貫穿其中。就連草地也不再油綠，因爲太陽已把長長葉片的頂端曬焦，直到到處都是千篇一律的灰色。房子曾經過粉刷，但太陽把油漆曬得斑駁，雨水又一再沖刷，如今房子呈現黯淡的灰色，融入周遭的一切。

> When Aunt Em came there to live she was a young, pretty wife.

The sun and wind had changed her, too. They had taken the sparkle from her eyes and left them a sober gray; they had taken the red from her cheeks and lips, and they were gray also.

艾嬸剛搬來時是位年輕漂亮的妻子。太陽與大風也改變了她，不僅奪走了她眼神的光彩，留下了肅穆的灰色，也奪走了她臉頰與雙唇的紅色，同樣只剩下灰色。

She was thin and gaunt, and never smiled, now. When Dorothy, who was an orphan, first came to her, Aunt Em had been so startled by the child's laughter that she would scream and press her hand upon her heart whenever Dorothy's merry voice reached her ears; and she still looked at the little girl with wonder that she could find anything to laugh at.

她如今身材削瘦，笑容早不復見。孤兒桃樂西初來乍到時，艾嬸被這孩子開朗的笑聲嚇得不知所措，每當桃樂西歡樂的聲音傳到耳邊，她就會邊尖叫邊把手擺在心窩。她現在仍會納悶地看著眼前的小女孩，不解為何這小傢伙如此容易發笑。

Uncle Henry never laughed. He worked hard from morning till night and did not know what joy was. He was gray also, from his long beard to his rough boots, and he looked stern and solemn, and rarely spoke.

亨利叔叔從來不笑。他從早到晚努力工作，不曉得快樂的滋味。他也是一身灰色，從長長的絡腮鬍到那雙粗靴子皆然，神情嚴肅，鮮少開口說話。

It was Toto that made Dorothy laugh, and saved her from

growing as gray as her other surroundings. Toto was not gray; he was a little black dog, with long silky hair and small black eyes that twinkled merrily on either side of his funny, wee nose. Toto played all day long, and Dorothy played with him, and loved him dearly.

　　托托是桃樂西的開心果，也是她的救星，才能避免像周遭一切變得灰濛濛。托托一點也不灰，而是一隻小黑狗，有著長長滑順的毛髮，還有一雙開心眨啊眨的黑眼睛，落在古怪的小鼻子兩旁。托托整天都在玩，桃樂西在旁陪著，深愛著托托。

只見灰色、灰色又是灰色，四個段落就出現九次，毫不喧囂──如果我沒叫你刻意尋找，你會注意到嗎？──卻產生應有的效果 *。

即使是 he walked up the stairs and hung up his coat（他走上樓梯，掛好外套）這樣的句子，只要有心都可以簡單微調：只要把 walked up 改成 climbed（爬）† 即可。我同樣會依照此標準，建議你避免使用聽起來類似的字詞，例如不要把 twilight（暮）與 light（光）擺在相距五個字以內 ‡。

- 也請小心不經意造成押韻，像是 Rob commuted to his job（羅伯通勤上班）或 make sure that tonight is all right（確認今晚沒問題），所謂「小心」的意思是：務必避免。

- 我發現，作家的腦袋常常變出小把戲，自己卻渾然不知。我在進行文字編輯工作時，不時會遇到詭異的雙關語、前後呼應和其他不自

---

* 這段引文摘自李曼・法蘭克・鮑姆（L. Frank Baum）的《綠野仙蹤》（*The Wonderful Wizard of Oz*）開頭段落。

† 除了刪除重覆的 up 之外，你也運用更精準的單字動詞取代原本的介系詞片語，這樣十之八九能讓句子更加精煉。

‡ 對於普通讀者來說，這類細微的重覆造成多大的困擾呢？我也說不上來，畢竟有幾十年沒當過普通讀者了，但身為文字編輯，我對此高度關注，也絕對會在稿子中指出，但就看作者自己是否想更改囉。

覺的文字遊戲。每次我閱讀雪莉‧傑克森的〈樂透〉，以下句子都會卡住我：

> She watched while Mr. Graves came around from the side of the box, greeted Mr. Summers gravely, and selected a slip of paper from the box.
>
> 她看著格雷夫斯先生從包廂（box）邊上繞過來，滿臉嚴肅地向薩默斯先生打招呼，並從盒子（box）裡挑了一張紙條。

不知爲何，我實在無法想像傑克森會沉淪到刻意安排這麼尷尬的小笑話。

● 當代小說裡動不動就有人在點頭或搖頭，居然還沒有任何人扭到脖子，真是令我意外。對了，一般點頭不必寫成 nod their heads，因爲實在沒其他地方可點了。聳肩也是同樣的道理，實在不必寫成 shrug shoulders，畢竟你還能聳什麼地方嗎？聳你的手肘嗎？

● 如果你的故事角色老愛把眼鏡往鼻子上推，麻煩叫他們把眼鏡拿到眼鏡行修理。

● 你平時會眼神空洞盯著不遠不近的一點（stare into middle distance）嗎？我也不會。

● 以下簡單列出其他常見的莫名行爲，理智尚存的作家最好永不使用：

nostrils flare angrily　　鼻孔憤怒撐大

lips purse thoughtfully　　若有所思地抿嘴

the head cocks quizzically　　狐疑地晃著腦袋

let out the breath　　吐出那口氣（但先前明明沒憋氣）

the extended mirror stare

凝視著鏡子許久（通常是陷入往事的前奏，回憶的內容洋洋灑灑就持續十頁之多）

以下字詞同樣太過浮濫：

blinking　眨眼

grimacing　做鬼臉

huffing　慍怒

pausing (especially for "a beat")　停頓半晌

smiling weakly　淡笑

snorting　嗤之以鼻

swallowing　吞嚥

doing anything wistfully　心事重重地做著某事

- After a moment（過了一會兒）、in a moment（等一會兒）、she paused a moment（她停頓片刻）、after a long moment（過了好一會兒），實在太多 moment 了，多到不行。

- 這條原則可能是我個人的地雷，但反正我是本書作者，就是想提出來：單純為了炫耀而動輒提到冷門的小說、極小眾的外國電影或自己珍藏的獨立樂團，明明無關乎情節，卻還安排小說角色刻意閱讀、觀看或聆聽，實在非常愚蠢。小說並不是標題為「你的最愛」的部落格文章 *。假如你非得如此（認真說，這真的有必要嗎？）務必提供充分的脈絡。

- 對於由過去式寫成的小說，在此分享一個處理倒敘法的技巧，這是我多年前偶然發現，至今分享給很多作家，他們得知都開心不已：倒敘一開始先使用兩三個標準由 had 組成的過去完成式：

Earlier that year, Jerome had visited his brother in Boston.

那年稍早，傑若姆到波士頓拜訪兄弟。

---

* 不過本書明顯就是「我的最愛」大集錦。

然後再把一兩個 had 小心地改成縮寫 'd：

After an especially unpleasant dinner, he'd decided to return home right away.

吃完一頓格外不愉快的晚餐後，他決定直接回家。

然後，偷偷把過去完成式改成簡單過去式：

He unlocked his front door, as he later recalled it, shortly after midnight.

他事後回想，當時剛過午夜，他打開了前門的鎖。

這個處理倒敘法的技巧屢試不爽。

- 你們這些作家實在太愛使用 and then（然後），通常可以簡短寫成 then，或根本可以完全省略。
- 你們也太愛使用 suddenly（突然）了。
- He began to cry（他哭了起來）等於 He cried（他哭了），刪掉所有 began to。
- 我最痛恨的句子是 And then suddenly he began to cry。

再談雪莉‧傑克森

　　幾年前*，我有幸幫自己最愛的作家雪莉‧傑克森擔任文字編輯，這是我夢寐以求的工作。她在我小學一年級時就去世了，因此我先前未有此榮幸與她共事。藍燈書屋簽妥合約，打算把傑克森以往未收錄或尚未問世的故事和散文集結成冊†，我開心地毛遂自薦，參與一切清理灰塵、整理素材等雜事。

　　不出所料，以前出版的東西幾乎不需要我花時間編輯，早已由固定提供傑克森豐厚收入的雜誌所包辦，包括《女人日》（Woman's Day）、《好管家》（Good Housekeeping）和《麥考爾》（McCall's），更不用說《紐約客》了。撇開一些雞毛蒜皮的修改不談，這些作品基本上是按照傑克森生前的原稿重新出版。

　　但很多未發表的稿件，都是以傑克森招牌的全小寫初稿影本呈現在我們面前。我想像著她在打字機上喀噠喀噠地打字，創造力無窮無盡，根本懶得去按 SHIFT 鍵切換大寫。無論作家是否在世，都不應該讓他們的作品完全沒經過編校就付梓‡，大寫字母就更不用說了。

　　我向該書的編輯保證（他們恰好是傑克森兩名成年子女和遺稿

---

*　我看了一下紀錄，所以可以確切告訴你，「幾年前」（a few years ago）就是二〇一四年，我之所以提到此事，只是因為剛好能藉機提醒你，資訊往往少就是多。A：這個故事發生在二〇一四年，但年份在此並沒有特別的意義，對吧？B：作者提供的細節愈具體，就愈容易在細節上出紕漏。a few 不大容易會出錯。

†　這套文集換了幾個書名才定案，最後是《讓我告訴你》（Let Me Tell You），如今稍微有點水準的書店均有販售。

‡　no writer dead or alive deserves to have their material sent to press without at least some review. 我想看看單數 they 使用起來的感覺，感覺……還行，但還是怪怪的。

保管人）身為他們母親作品的畢生忠實讀者，我幾十年來反覆閱讀她的作品，自認對於傑克森用字遣詞瞭若指掌的程度，不亞於任何文字編輯。我向他們保證，這些稿件交給我來處理萬無一失，頂多只會修正少數錯別字罷了。

但我開始著手編稿時，發覺原稿品質固然始終保持一流水準──簡潔俐落得令人吃驚，無法想像這些文字直接從傑克森的腦袋轉移到手指再轉移到紙上，就再也沒有人修改過了──卻仍需要一點點（真的只有一點點）潤飾。

由於已故作者無法供人詢問（雖然可以肯定的是，任何編修都要經過其子女的同意）我掙脫這個困境的方法，便是畢恭畢敬地訂下的基本原則：允許自己自由調整標點符號，偶爾把不清楚的代名詞改成更清楚的名詞（或假如名詞似乎沒有必要，就換成代名詞），其他方面則努力不增刪超過兩個字詞──例如 the、that、which 和 and 等小東西。

結果證明，我絕大部分時候都能堅守這些規定。除此之外，我還發現了大概六七個打結的句子，但都能簡單地解決問題──我相信，傑克森要是自己檢查第二遍或第三遍時也會修改過來。我也很快就發現，傑克森頗為頻繁地使用 suddenly 和 and then──最後定稿中這兩個詞減少了不少──而且偶爾會太過仰賴分號的便利。

我有次盯著一個段落足足讀了二十分鐘，好想把最後一句換成第一句（還是把第一句換成最後一句？）當時，我最終意識到作者並沒錯，錯的人是我，於是就沒去動那個段落了。

不過有一次，也是唯一一次，我冒昧地建議在某個句子中添

加兩個字，否則我怎麼讀都覺得不大通順，這兩個字＊最後也納入書中。我常沾沾自喜地想，自己居然敢敢闖入雪莉・傑克遜的地盤，文字再也不屬於自己，成爲了她的文字。時至今日，我還沒有遇過家中窗戶突然炸開、或餐具莫名其妙碎掉的靈異事件，所以我寧可認爲雪莉・傑克遜也很滿意。

對話與對話的缺陷

- 雖然我喜歡分號，但擺在對話裡就是彆扭，盡量避免。
- 平日生活中，你很常在對話中直接說出對方的名字嗎？不大常對吧？那爲何書中人物動不動就有此毛病呢？
- 現今小說中，實在有太多 murmur（自言自語）的段落。有位作家就表示，跟我多次合作後，他索性讓筆下人物盡情地自言自語，因爲他曉得我會替他把關，屆時他再刪減就好。我也注意到，小說中有一大堆的 whisper（輕聲細語），還有一大堆的 hoarse（沙啞）。你也許能幫這位聲音沙啞、氣若游絲的仁兄倒杯茶或給顆喉糖。
- 對話中使用斜體表示強調固然可以產生效果，但儘量少用。首先，讀者不喜歡老是有人叮嚀閱讀的方式，還是用如此明顯的方式來提醒。另外，如果在不使用斜體的情況下，就無法讀出該行對話中想要強調的內容，那麼對話很可能需要修改一下。至於其他的辦法，可以試著把需要強調的部分擺到句子結尾，不要放在中間跟其他內容混作堆。

＊　現在可以說了，就是 garden-variety（隨處可見）。

　　我記得在編輯一本大師級小說時，幾百頁下來都小心翼翼地在十幾處使用斜體字，標注我認為可能需要凸顯的重點。但作者婉拒了每處標斜體的建議（她婉拒得沒錯，作者往往都是對的。真正優秀文章的編輯工作有一大風險：你可能會自認要做點什麼以盡本分，因而提出一些多餘的建議）。

- 對話中少用驚嘆號，不對，應該說能不用就不用。你完全沒用驚嘆號嗎？這樣很棒。

- 歐文‧明尼（Owen Meany）說話時也許全都是大寫，但我敢打賭你不必使用大寫也可以展現筆下人物的情緒。真要使用的話，就以斜體字來表示喊叫；對了，還要加上驚嘆號──只要加一個就好。拜託，千萬不要使用粗體字。

- 有個很受歡迎的學派主張，對話只要以普通的 he said 和 she said 區隔就好。我讀到太多角色動不動就 importune tearily（語帶哭腔地糾纏）或 bark peevishly（狠狠地大吼），因此可以理解這項要作者節制的建議，但如此嚴格也沒有道理，畢竟你筆下人物偶爾也會想要 bellow（低吼）、whine（唉聲嘆氣）或 wheedle（哄騙），不過一切以適度為原則，以下這些例子就太超過了：

> he asked helplessly　他無助地問
>
> she cried ecstatically　她樂翻天地大喊
>
> she added irrelevantly　她打岔地說
>
> he remarked decisively　他堅決表示
>
> objected Tom crossly　湯姆怒斥
>
> broke out Tom violently　湯姆突然厲聲說

　　我想我應該跟史考特‧費茲傑羅（F. Scott Fitzgerald）聊一聊，因為這些例子全都摘自《大亨小傳》（*The Great Gatsby*）第一章。

● 如果你的人物怒火攻心，必須發出 hiss（嘶聲／噓聲）—— 你再想想，真的有必要嗎？—— 就要確定他們說話真的有這個聲音。

"Take your hand off me, you brute!" she hissed.
「把你的手拿開，你這個畜生！」她嘶吼著。

—— 查爾斯・賈維斯（Charles Garvice），《比生活更美好》（*Better Than Life,* 1891）

呃，這個句子原文明明就聽不出來嘶嘶聲，不信你唸看看：

"Chestnuts, Chestnuts," he hissed. "Teeth! Teeth! My preciousss; but we has only six!"
「老套啦老套！」他嘶吼著，「是牙齒！牙齒！我的寶貝，但我們只有六顆！」

—— 托爾金（J.R.R.Tolkien），《哈比人》（*The Hobbit,* 1937）

有囉，這樣才像話嘛 *。

我見過有人提出這樣的論點：各種緊繃壓抑的低語都可以算是嘶嘶聲。對此我只能說，在大約四百三十萬種用來描述語言的方式中，缺乏 s 齒擦音在句子中最好不要選擇 hiss。另外再挑一個字嘛，像是 snarl（低吼）、grumble（嘟噥）、susurrate（低喃）。好吧，最後一個單字不大適合。

在我看來：沒有齒擦音（sibilant）就等於沒有嘶嘶聲（hiss）。

● 角色喋喋不休地說了六句話之後才插入 she said 一點意義也沒有，

---

* 唉，咕嚕 —— 因爲這段就是他在說話 —— 緊接著再一次 hiss：Not fair! Not fair!（不公平！不公平！）這裡用嘶聲就不對了，但後來的那一句話 It isn't fair, my precious, is it, to ask us what it's got in its nassty little pocketses? 漂亮示範了 hiss 的齒擦音。

如果你不在角色說話之前事先預告，那至少也要早點註明，最好是在第一個停頓點。

● Something, something, something, she thought to herself.

除非她能把念頭灌到別人腦袋裡——而且這名人物可以心電感應——拜託立即把這個 to herself 刪掉。

● 在以前的年代，經常會看到內心獨白——也就是存在角色腦袋中、未說出口的話語——像對話一樣用引號隔開。後來有一陣子，以斜體標示（沒有引號）風靡一時。現在，大多數這樣的內心獨白都僅用羅馬字體表示，例如：

I'll never be happy again, Rupert mused.

魯伯暗忖：我再也不會幸福了。

由於這完全讀得懂，加上沒有人喜歡讀大量斜體字，所以我舉雙手贊成 *。

● 說到表達內心獨白，我不大相信一般人習慣——應該說根本不會——沒來由地把心裡的念頭說出口。

即使他們真的說出口，我也不相信他們會突然用手捂著嘴。

● 看看以下句子：

"Hello," he smiled.

"I don't care," he shrugged.

「你好。」他笑了笑。

「我無所謂。」他聳聳肩。

---

* 我的文字編輯表示：「這點你先前說過了。」我回覆：「我就是要常常說。」

才怪咧。

說話可以用 say、shout、sputter、bark、shriek 或 whisper，甚至能用 murmur，但微笑或聳肩純粹是動作。

偶爾甚至會遇到以下的句子：

"That's all I have to say," he walked out of the room.

「我要說的就是這些。」他走出了房間。

以下是文字編輯上最簡單的解決辦法：

"Hello," he said with a smile.

"Hello," he said, smiling.

或更直接了當：

"Hello." He smiled.

最好的辦法是一開始就不要使用這類句構。

"Hello," He smiled
理察・羅素（Richard Russo）的故事

故事開頭如下：

Try to preserve and author's style if he is an author and has a style.

設法保留作者的風格，前提是對方是作者、也有個人風格。

　　這是《紐約客》雜誌編輯沃科特·吉布斯（Wolcott Gibbs）[*]的金句，大約可以追溯到一九三〇年代中期，出處是《不露眞面目的天才》（*Genius in Disguise*）這本由湯瑪斯·孔克爾（Thomas Kunkel）爲該雜誌共同創辦人[†]哈洛德·羅斯（Harold Ross）所撰寫的精采傳記，我在書中後半偶然讀到。

　　我非常喜歡吉布斯的這句名言，還特地加以繕打，以大字列印，貼在我辦公室的門上，還是貼在靠走廊的那一面。

　　我回頭算算，當時是一九九五年，我不過是名生嫩的文字編輯，剛加入藍燈書屋擔任出版編輯，年輕氣盛（雖然青春漸逝）並自認懂很多，實則不然。我太常把沃科特·吉布斯那個有如雙面刃的金句，當成要修改稿子的聖旨，而不是尊重作者的選擇，擅自套用自己一路學會的規則，硬要作者接受我有幸習得的知識和專業。

　　當時的我，想必非常難搞。

　　所以，我就這樣把座右銘貼在門上，監督著十來本書籍的製作，包括《配角》（*Straight Man*）。作者是優秀小說家理察·羅素，他在二〇〇〇年初以《帝國瀑布》（*Empire Falls*）榮獲普立茲獎（我覺得可惜的是，《配角》並不廣爲人知，但那本小說超級滑稽好笑，去找來讀讀吧）。

　　書籍製作過程之初，手稿剛剛寄給我委託的外編進行文字編輯，羅素因公來到出版社的大樓，客氣地來我的辦公室拜訪。我

---

[*]　原文是 *The New Yorker*'s Wolcott Gibbs，小心不要把撇號或代表名詞所有格 s 標注成斜體。

[†]　另一位創辦人是他妻子珍·格蘭特（Jane Grant），不知爲何人們經常漏掉她。

不記得我們聊了些什麼，但他平易近人，語帶期待與感謝，我猜想自己當時也畢恭畢敬。兩人就此道別。

幾星期後，編輯過的《配角》稿子已寄給羅素待其回稿，眼不見就心不煩——至少我自己心不願——而我也忙著處理其他工作，卻接到一通電話。

「班傑明，我是理察・羅素。」

彼此寒暄幾句後：

「班傑明，你覺得我算是個作家嗎？」

我聽了一頭霧水。「噢，當然是啊。」

「那你覺得我有個人風格嗎？」

一切開始明朗起來，但我的腦袋依然渾沌。「呃，當然有啊。」我再度肯定，語氣卻有點戰戰兢兢。

原來，我的文字編輯——理察也立即要我放心，表示編輯本身非常盡責——多次採取標準的編輯校勘原則，每當遇到類似以下的例子：

"Hello," he smiled.

就要修改成類似以下的版本：

"Hello," he said with a smile.

或是：

"Hello," he said smilingly.

或直接寫成：

"Hello." He smiled.

可能你已推論出來了，關鍵在於你可以說 hello，也可以 smile，就是不能 smile hello 或用 smile 代表其他話語。打招呼必定要說出口，這是文字編輯的基本常識。

「假如我承認，」理察接著說，「自己完全同意文字編輯的修改沒錯，錯的是我，也了解原稿的版本邏輯不通、絕對應該禁止，那有沒有可能保留本來的文字呢？因為我只是比較喜歡這種表達方式。」

這個嘛，究竟該怎麼回答呢？他是作者，又魅力十足，而我最承受不了魅力的攻勢。這些年來，很多把我吃得死死的作家想必無比清楚。而且說穿了，重點當然是這是他的作品。至少我曉得誰是老大。

「當然可以囉。」我笑了笑。

就這樣，理察‧羅素如其所願，《配角》出版後，印象中沒有任何評論家不顧一切地批評、譴責這種句構，而我立即又重拾編輯工作，想方設法確保其他類似的句構再也不會付梓——因為說真的，我當時覺得這個寫法很拙劣，現在仍抱持相同看法。但我永遠都會感謝理察‧羅素替我上了寶貴的一課。

首先，無論學校或文體指南手冊教了我們哪些通用的寫作規則，我同意吉布斯所言，作者確實可以保有自己的風格，而文字編輯最重要的責任是從旁協助並提出建議，而不是東批西改——即不硬要把一本書變成文字編輯認定的好書，而是單純抱持某種程度的虛心，幫助作者實現他們心目中的願景，以最理想的方式呈現每一本書。

> 而我另外一項體悟就是，即使理察・羅素默不作聲，但他的
> 觀察力極爲入微，能注意到別人辦公室門上張貼的東西。

關於話說一半的幾項叮嚀

● 假如你筆下人物說話說到一半，被另一個人物的話語或動作給打
斷，就使用破折號：

> "I'm about to play Chopin's Prelude in—"
> Grace slammed the piano lid onto Horace's fingers.
> 「我正準備要彈蕭邦的前奏曲——」
> 葛蕾絲重重地按下鋼琴蓋，壓到霍瑞斯的手指。

● 一段對話被某個動作所打斷時，注意破折號要擺在動作的前後，而
不是擺在對話裡頭：

> "I can't possibly" —she set the jam pot down furiously—"eat such
> overtoasted toast."
> 「我絕對不可能」——她憤怒放下果醬罐——「吃烤得這麼焦的
> 吐司。」

作家經常寫出以下的版本：

> "I can't possibly—" she set the jam pot down furiously "—eat such
> overtoasted toast."

那句插入的敘述彷彿飄在半空中，肯定你也會覺得讀來毛骨悚然。

- 假如你筆下人物說話說到一半，就做起白日夢了，就不要使用破折號，改用刪節號來表示。

> "It's been such a spring for daffodils," she crooned kittenishly.[*] "I can't recall the last time…" She drifted off dreamily in midsentence.
> 「這真是適合水仙花生長的春天哪，」她低聲哼著，「我想不起來上次……」她說著說著，整個人就神遊太虛去了。

- 小說人物打斷自己說話後又立即接話，但明顯換了個念頭，我建議用長破折號、空格與大寫字母三合一來呈現，例如：

> "Our lesson for today is— No, we can't have class outside today, it's raining."[†]
> 「我們今天要上的課——不對，我們今天不能到戶外上課，正在下雨。」

- 另外，假如你筆下的人物習慣滔滔不絕，一開口就好幾個段落，記得每個段落結尾先不要添下引號，等到最後一個段落結尾再加上即可：

> "Only then do you properly conclude the dialogue with a closing quotation mark.
> "Like so."
> 「下引號僅加在對話最後一個段落的結尾。
> 「像這樣。」

---

[*] 我本來寫 such a summer for daffodils. 多虧文字編輯幫我揪出錯誤。

[†] 此處說話者逗號連句，但我覺得沒有關係。出現零星的逗號連句無傷大雅，你大可以把最後那句話拆成兩個句子，但整體效果就打了折扣，也無法傳達本來的語氣。

稍嫌囉嗦的叮嚀

- 如果你在寫的英文小說場景在法國，書中所有角色顯然都說法語，就不必把對話塞滿你小學四年級學過的那些基礎法文單字片語——像是 maman、oui 和 n'est-ce pas。此舉傻氣、俗氣又匠氣十足，我願意用上任何形容詞來阻止你這麼做（我讀到這些自認有地方色彩的片段時，都會以為人物突然開口說起英語）。

- 我發覺，現實生活中非英語母語人士，鮮少只會使用母語來說「對」、「不對」或「謝謝」。

- 我也要拜託你們，現在是二十一世紀，不要使用難懂的語音拼寫、不要老是用撇號來取代結尾的 g，來表達人物口中的非標準英語（為了方便起見容我如此稱呼），畢竟有些寫作方式也許適合馬克・吐溫、柔拉・涅爾・賀絲頓或威廉・福克納，但我可以保證不適合你。運氣好的話，讀者只會覺得你有階級意識又高高在上；運氣差的話，某些情況甚至會被當成種族歧視。

  想要表達特殊的說語方式，用字遣詞和字詞順序就可以辦到了，好好利用這兩個方法 *。

- 你當然大可以按照高爾・維多（Gore Vidal）筆下不朽的媚拉・布瑞金里奇（Myra Breckinridge）的標準：「我很幸運，因為自己沒有任何天賦在文章中忠實傳達他人說話特色，所以基於寫稿目的，我寧願讓每個人聽起來像我一樣。」

- 我以前提過這項技巧，適用於所有的寫作，但尤其適用於小說的作

---

* 雖然相對沒那麼嚴重，我會勸你同樣避免使用特殊語音來呈現言語障礙，像是 And if the truth hurtth you it ithn't my fault, ith it, Biff?（同樣出自吉普西・蘿斯・李的小說《G 弦謀殺》）第一次讀也許覺得好笑，但實在有些沒品，還有點無聊。

者與文字編輯：大聲朗讀小說可以凸顯優點、暴露缺點。這一招我由衷地推薦。

第二部分

擺在後頭的東西

第八章

集合啦！容易混淆的英文錯別字詞

　　二○一六年十二月某個早上，當時美國總統當選人按平時習慣上推特貼文，指控中國政府惡劣挑釁，奪取一架美國無人潛航器，是 unpresidented act（前所未見的行徑，正確拼法為 unprecedented）。讀到的一瞬間，我便想到拼寫的重要性。

　　實際上，很多人在打字時都沒有開啟自動校正或拼字檢查的功能＊──或者說，我認為即使他們開啟了兩項功能，也不會多加理會。儘管如此，無論是†自動校正還是拼字檢查，都避免不了你打出某個恰好不是你想要或理應打出的單字。關於這一點可以參考第十章：傻傻分不清的單字。

＊　此處無意冒犯經常用筆或鉛筆在紙上寫字的人。多年來，我除了手寫生日卡片的簡短問候語外，再也沒手寫過長篇大論了，而且我已習慣把寫作視為運用電腦鍵盤進行的行為。因此，我時常輪流使用 write（寫字）和 type（打字）。

†　neither autocorrect nor spellcheck... 此處 neither 是本章首次出現要用來反駁小學生都學過的 i before e, except after c（先拼 i 再 e，除非前有 c）順口溜，這個與拼寫口訣 The principal is your pal（校長是你的朋友）同樣都是胡說八道（順口溜後半是 Or when sounding like a, as in 'neighbor' or 'weigh'〔或除非聽起來像長母音 a，譬如 neighbor 或 weigh〕，但你早就懶得聽了對吧）。英文中有很多常見單字都有 ei 的組合，但偏偏前面沒有 c（或長母音 a），像是 foreign（外國）、heist（搶劫）、seizure（扣押）、weird（奇怪）、albeit（儘管）、deify（神化）等不勝枚舉。

　　不用說──雖然我很樂意說──沒有人指望你牢記那些臭名昭彰不規則又難記的英文單字拼法。我和多數文字編輯同事擺在辦公桌上的詞典，是第十一版的《韋氏大學詞典》（我們暱稱為「韋氏十一」）；我還在附近的小桌上放著一大本《韋氏第三版新國際詞典》，雖然現在早就不像一九六一年初版時那般新了，但大多數時候那本大部頭只是靜靜躺在那裡，散發著權威感。你還可以在網路上找到不少一流的詞典，包括韋氏詞典線上版，網址為 merriam-webster.com（如果你習慣使用推特，就應該追蹤風趣博學的 @Merriam-Webster），還有充滿密密麻麻實用定義的「免費詞典」（Free Dictionary；網址：thefreedictionary.com）。此外，如果你想 Google 一下 * 任何單字加上 definition（定義），就會出現 Google 自己的詞典，品質水準之上又可靠，只不過偏單調些。

　　儘管如此，我還是認為懂得拼寫是項值得稱讚的能力，所以接下來我要帶你重溫小學時光，提供我最常遇到的錯別字詞清單──其中有些單字，我敢大方承認自己也不時搞混──以及關於拼寫技巧與常見陷阱等一般問題的看法。如果你現在就（或之後才）能分清楚以下所有單字，那就給自己一顆亮晶晶的鋁箔星星當獎勵囉。

accessible　可進入／可取得／可到達／易懂

　　凡是以 -ible 和 -able 結尾的單字都很容易混淆，恐怕也沒有萬無一失方法可以記得兩者區別。不過原則上，大部分以 -able 結尾的單字把 -able 刪掉後，本身依然自成單字（像是 passable 和 manageable）；大部分以 -ible 結尾的單字在拿掉 -ible 後就不是獨立的單字了（像是 tangible 和 audible）。但既然大部分如此，就代表原則有例外，正如 accessible 以及

---

* 就文字編輯的角度來說，商標動詞化顯得拙劣。但假如你非動詞化不可（對啦，我知道你自認非用不可），建議你至少改成小寫。不好意思啦，全錄公司（Xerox）；譯按：影印同義詞，現為富士全錄（Fuji Xerox）。

confusable，沒有 confus 這個單字吧？

accommodate, accommodation　容納／住宿

單字裡有兩個c都很麻煩，更何況有兩個c又有兩個m，簡直是災難一場。

acknowledgment　認可／知悉／答謝

這是美式拼法，英國人偏好 acknowledgement*；但不過是晚近才如此，而且沒有太多人喜歡這麼拼。

ad nauseam　喋喋不休

不要拼成 ad nauseum。

aficionados　……愛好者

編輯常見問答：

問：我怎麼知道哪些 o 結尾的單字變複數時加 s 還是 es ？

答：沒有好方法，查就對了。

anoint　塗聖油

拼成 annoint 也沒錯，屬於古老冷僻的變體，但不代表你平常就應該這樣拼。bannister（樓梯欄杆）同樣也屬於變體。

antediluvian　老掉牙

你大概不大常用到這個單字，但真的要用時務必拼對。

---

* 還有證據顯示，英國人並不像自己想像中或傳言中那麼愛把 judgment 拼 judgement。這時我就會叫你去探索一下 Google Books Ngram Viewer 資料庫，不過我警告你，很容易上癮後栽進去唷（你開始用就會懂我的意思了）。

assassin, assassinate, assassinated, assassination　刺客／暗殺

不要吝於使用 s。

barbiturate　巴比妥類藥物

我猜，一般人普遍對發音的誤解導致對拼寫的誤解，才會出現 barbituate 這個錯誤拼法。

battalion　軍隊營部

共有兩個 t 一個 l，不要記反了，可以用 battle 這個單字幫助聯想 *。

bookkeeper　記帳人員

這是我所知的英文單字中，唯一連續出現三對雙字母 † 的單字，平時很容易漏掉第二個 k ‡。

buoy, buoyancy, buoyant　浮起／浮力／浮著

那個 uo 實在古怪，不知為何總是看不順眼，很容易就拼成 ou；因此我動不動就會看到 bouy、bouyancy 和 bouyant。

bureaucracy　繁文縟節／官僚體系

首先，你必須搞定 bureau（桌子／機關）的拼法，這就夠難了。一旦你駕馭了 bureau，才可能拼對 bureaucrat（官僚）和 bureaucratic，但要注意不要像我一樣，常常被 bureaucracy 絆得頭破血流，因為老是想寫成 bureaucrasy。

---

* 　但這類記憶術偏偏對我不管用，因為我連記憶術本身都記不得。

† 　沒錯，bookkeeping（記帳）也是，但 sweet-toothed（愛吃甜食）不算。

‡ 　也可以說是漏掉第一個 k 啦。

cappuccino　卡布奇諾

共有兩個 p 和兩個 c。另外，espresso（濃縮咖啡）裡沒有 x，但這點你想必知道了。

centennial　百年紀念

還有 sesquicentennial*（一百五十周年紀念）和 bicentennial（兩百周年紀念）等類似單字。

chaise longue　躺椅

不要懷疑，這個詞真的是這樣拼 —— 借自法文中的長椅。但 chaise lounge 的拼法也老早在英文中根深柢固（美式英文更是常見），而且不可能消失了，也很難再稱之為拼寫錯誤，特別容易出現在小說中那些不會自然說 chaise longue 的人物對話。

commandos　突擊隊員

我與大部分人一樣，傾向把 commando 複數只加 s；在我看來，commandoes 好像是一群手持烏茲衝鋒槍的雌鹿（doe），不過根據字典比 aficionadoes 來得普遍一點。

consensus　共識

concensus 是錯字。

---

* 我不懂為何英文需要描述一百五十周年的單字，但仔細想想，我們有單字描述倒數第三件事物（antepenultimate），還有單字描述跳出或丟出窗外（defenestration），也就不意外了。

dachshund　臘腸狗

共有兩個 h。

Daiquiri　代基里酒

共有三個 i。

dammit　該死

damnit 是錯誤拼法，另外還有 goddammit ／ damn it all to hell，我真心希望大家不要再亂用了。

de rigueur　時尚必備

這個形容詞超級新潮，意思是「時尚必需品」，拼錯無疑是裝假掰失敗。

dietician, dietitian　營養師／營養學家

兩個拼法都正確，但第二個更流行。但不知為何，前者較容易讓我想起當年小學午餐打飯阿姨的髮網與白袍。

dike　防護堤

這是保護荷蘭免於洪水泛濫的設施，我們知道這個意思就好。

dilemma　兩難

隨便問在場的人，過去生活中是否曾以為這個單字拼成 dilemna，一定會得到相當多肯定的答案。但那明明是錯誤的拼法，這個單字從來沒這樣拼過。問題是，dilemna 從何而來？至今依然成謎。

Diphtheria　白喉

diptheria 是錯誤拼法，應該要有兩個 h。

doppelgänger　外貌極相似的人

常見的錯誤是把 el 寫成 le。

dumbbell　啞鈴

連續兩個 b，沒提醒的話你很可能會拼成 dumbell，就好像會不小心寫出 filmaker、newstand 和 roomate 一樣。嗯，別亂拼。

ecstasy　狂喜

不要拼成 ecstacy，你大概把它跟 bureaucracy 搞混了。

elegiac　輓歌

不要拼成 elegaic，但不幸的是，這個錯字經常付梓。

enmity　敵對

我年紀到了二十好幾才驚覺，這個單字的發音和拼法都不是 emnity。此後，我才明白自己不是這個誤解的唯一受害者，事後想想多少感到寬慰。

fascist　法西斯人士

唯有指墨索里尼（Mussolini）的法西斯主義者、英國法西斯主義者聯盟（British Union of Fascists）等組織的成員時使用大寫，否則一律小寫 *。

---

* 另一方面，也許是個人任性使然，我提到納粹（Nazis）時一律使用大寫 N，不分希特勒的納粹黨員或單純美國土生土長的納粹信徒。還有，如果我們要當朋友，拜託永遠不要把我或任何人稱為「文法納粹」，這個用詞實在太侮辱人又狗眼看人低。

filmmaker, filmmaking　電影製片

　　上頭提到 dumbbell 時已特別叮嚀，但有鑑於我太常讀到 filmaker 和 filmaking 這兩個錯誤拼法，顯然值得我一再強調。

flaccid　鬆弛

　　發音不是我的守備範圍──我不需要說出來，只需要拼對就好──但這個單字的發音可以讀成 flaksid（本來的發音）或 flassid（最近比較普遍的讀法）。無論如何，別忘了中間連續兩個 c。

fluorescence, fluorescent　螢光

　　又是奇特的 uo 字母組合。

fluoride　氟化物

　　再度出現 uo 字母組合。

forty　四十

　　單獨出現幾乎不會有人拼錯，但後頭只要加上了 four，偶爾就會有人莫名拼成 fourty-four。

Fuchsia　吊鐘花／紫紅

　　經常拼錯成 fuschia，這對植物學家萊昂哈特・福克斯（Leonhard Fuchs）太失禮了，畢竟這個植物（顏色）是以他命名。

garrote　金屬絲／勒斃

　　即使明知道自己沒寫錯，我還是覺得應該拼成 garotte。

genealogy 族譜

我曾一時疏忽讓 geneology 這個字付梓，也許我當時想到 geology（地質學）吧？數十年過去了，回憶起來還是很痛心。

glamour, glamorous 魅力／光鮮亮麗

諾亞・韋伯斯特在十九世紀開始規範美式英文標準，譬如把 neighbour（鄰居）精簡為 neighbor、honour（榮譽）精簡為 honour，但他偏偏忘掉把 glamour 改成 glamor，因為奇怪的是，在他一八二八年初版詞典或日後詞典中，完全沒有收錄這個單字。報章雜誌上確實時常出現 glamor，但肯定缺乏魅力。但請注意，形容詞只能拼成 glamorous，而不是 glamourous，動詞則一定是 glamorize，絕對不是 glamourize。

gonorrhea 淋病

中間連續兩個 r，參見 syphilis（梅毒）。

graffiti 塗鴉

中間有兩個 f，而不是兩個 t，但偶爾會看到有人寫錯。對了，這個單字是複數，單數是 graffito，但似乎從來沒有人使用，也許是因為塗鴉很少單獨出現吧？

guttural 粗啞低沉

雖然發音一樣，但不要拼成 gutteral。假如你懂拉丁文，可能認得這個單字的字源是拉丁文中的 guttur（喉嚨），形容喉嚨發出的難聽嗓音。但如果你不懂拉丁文，就只好把拼法背起來囉。

heroes　英雄

描寫英勇的鬥士時，複數無一例外是 heroes。按照詞典的說法，hero 的意思是潛艇堡時，複數就可以是 heros，但我行走江湖多年沒碰到幾次，實在不大喜歡這個拼法。

highfalutin　裝模作樣

這個單字專門形容裝腔作勢，似乎（連字典都不肯定）是由 high 和 fluting（柱身凹槽）合併而來；儘管如此，也不能把它當成 comin' 或 goin' 等漫畫《小阿布納》(Li'l Abner) 常見的縮略語，更何況字尾也沒有撇號（中間也沒有連字號）。

hors d'oeuvre, hors d'oeuvres　開胃小點

這個單字是所有人的噩夢，都是被 oeu 害的。只要把 oeu 牢牢記住，其他就水到渠成。複數加 s 是英文獨有；法文中 hors d'oeuvre 可當單複數。

順便一提：hors d'oeuvres 包括所有可擺在托盤上小點心，基本上一口就可以吃掉。canapés 則是其中一種類別，有麵包、烤吐司、餅乾、泡芙點心等為基底，上面鋪上配料或塗上抹醬。Amuse-bouches 泛指任何食材製成的小點心，是大廚端上正餐前（pre-meal*）帶來的小驚喜，通常用迷你的杓狀（ladle-like）湯匙盛裝。現在你曉得了吧。

---

* 現代文字編輯體例傾向於不用連字號，直接合併前綴與單字，例如 antiwar（反戰）、postgraduate（研究生）、preoccupation（心事）和 reelect（連任），但假如合併後難以閱讀或不常見，就應該儘量保留連字號。後綴也是相同原則，例如 hyphenlessly（無連字號）。因此，我選擇寫成 pre-meal 而不是 premeal，我覺得就連時下常見的 premed（醫學預備課程）乍看之下已很難辨認，更不用說 premeal 了。你也會注意到自己視線回到正文時，我用了 ladle-like（杓狀），因為 ladlelike 感覺在考驗讀者眼力。對了，絕對不要用 dolllike（洋娃娃般），你自己看看效果就知道了。

hypocrisy　偽善

參照 bureaucracy 的條目。

idiosyncrasy　怪癖

同上。

indispensable　不可或缺

微軟的拼字檢查功能認為 indispensible 是正確拼法，我認識的人看法都相反，而且鮮少在書報雜誌上看到。

indubitably　毫無疑問

中間有個 b，不是 p。

infinitesimal　極小

只有一個 s。

inoculate　接種

字母 n 與 c 各一個。

leprechaun　愛爾蘭神話中的妖精

這個單字看起來好像沒比拼錯好到哪裡，但正確拼法如上。

liaison　聯繫

單字接連有三個母音完全是找麻煩。

近年來該字經由反向構詞（back-formation*）出現的動詞形式 liaise 惹毛了很多人，但我倒覺得很讚，滿實用的。

liqueur　利口酒

又是一個連續三個母音的單字！你要怪就怪法國人囉。對了，不要在 q 前面加上 c，偶爾會看到有人畫蛇添足。

marshmallow　棉花糖

兩個 a，沒有 e。

medieval　中世紀

現在就連英國人都不拼成 mediaeval，而 mediæval† 就更少見了。

memento　紀念物

不要拼成 momento，不妨想想 memory（回憶）這個單字，因爲你買紀念品收藏是爲了要保留回憶。

millennium, millennia, millennial　千禧年／千禧世代

每個單字裡都有兩個 l 和兩個 n。好笑的是，網路上常會看到有人想罵千禧世代，可是連 millennials 都拼錯。

---

* 反向構詞（back-formation）指的是新字詞（也就是新創的字詞）方法是從現有字詞衍生出來，一般是掐頭或去尾。英文中常見的反向構詞如下：aviate 來自 aviator（飛行員）；burgle 來自 burglar（強盜）；laze 來自 lazy（懶惰）；tweeze 來自 tweezer（鑷子）等等。嗯，族繁不及備載。但這類不費吹灰之力就流行起來的反向構詞，常常會引發不滿或憤怒，例如 conversate（對話）和 mentee（徒弟）我就覺得很難看，而已出現近兩百年的 enthuse（表現熱情）我則覺得無傷大雅，但有些人一直對它看不順眼。

† 這種字母黏在一起的現象稱爲 ligature（連字）。

minuscule　極小

不要拼成 miniscule，看起來很合理不代表正確。

mischievous　愛搗蛋

mischievious 的拼法和發音已有數百年的歷史，但一直以來都被視為非屬主流標準，而且斧鑿痕跡太深。林中妖精也許可以這麼拼，但凡人就不應該如此。

misspell, misspelled, misspelling　拼錯

連 misspell 這個單字都會拼錯，套句劇作家田納西‧威廉斯[*]（Tennessee Williams）的話，這簡直是「低俗悲劇」（slapstick tragedy）。

multifarious　形形色色

中間的字母是 f，不是 v。

naïve, naïveté　天真

雖然詞典可能會（勉強）允許你不加重音符號，但省略重音符號就不好玩了，而 naivety 固然獲得詞典認可，看起來卻只能用可悲形容。

newsstand　書報攤

中間連續兩個 s，拜託記得是兩個 s。

---

[*] 把劇作家田納西‧威廉斯稱為「知名劇作家田納西‧威廉斯」並沒任何差別，假如一個人的名氣夠大，就沒有必要加上「知名」二字。同樣地，「已故的田納西‧威廉斯」或甚至「已故的偉大田納西‧威廉姆斯」也沒太大差別，反而太多愁善感。偶爾會有人問我，人死後多久才稱得上「已故」，而不是普通的死亡。我不知道答案，別人想必也不知道。

non sequitur　不當推論

不要拼成 non sequiter，也不要加連字號。

occurred, occurrence, occurring　發生／事件

幾乎每個人都會拼原形 occur，但幾乎沒有人會拼對 occurred、occurrence 或 occurring。

odoriferous, odorous　難聞

兩個都是單字，另外還有 odiferous，但出現頻率很低。三個單字的意思都一樣：臭*。

ophthalmic, ophthalmologist, ophthalmology　眼科／眼科醫師

這幾個字令人眼花撩亂，太容易拼錯了。

overrate　過譽

類似的單字還有 overreach（好高騖遠）、override（推翻）、overrule（駁回）等。

parallel, paralleled, parallelism　平行

年輕時，我超希望 parallel 可以拼成 paralell 或至少 parallell，但願望從來沒有實現。

paraphernalia　各種同類用品

中間的 r 很容易就漏掉。

---

*　雖然 moist（溼潤）是最令人不舒服的英文單字，但我個人對 stinky 和 smelly 最嗤之以鼻。

pastime　消遣

只有一個 t（可能有幫助的記憶法：把它當成 pass 和 time 的合體，而不是 past 和 time 的合體）。

pejorative　貶抑的

有些人可能是把代表輕視的 pejorative 與意為說謊的 perjury（偽證）搞混，因而誤拼成 perjorative。

pendant　垂飾

有時明明要說的是 pendant 卻拼成 pendent，pendent 當然也是一個單字，只是通常跑錯場子。pendant 是名詞，pendent 是形容詞，意思掛著或垂著——這就是 pendant 的功能，懸垂在那裡。

persevere, perseverance, perseverant　持之以恆

我發覺 v 前面很容易就多加一個 r。

pharaoh　法老

多年前，我讀著阿嘉莎・克莉絲蒂（Agatha Christie）一九三七年出版的小說《尼羅河謀殺案》（*Death on the Nile*）第一版復刻本，意外發現拼錯的單字 pharoah，覺得十分有趣。在那之前我還以為這個問題近年才出現*，事實顯然並非如此。

二〇一五年，有四三冠王賽馬的正式名字（誤）拼成 American Pharoah（而牠老爸的名字更是難看，是 Pioneer of the Nile〔尼羅先鋒〕，

---

*　我偶爾會收到讀者寄來憤憤不平的信件，似乎滿腔「出版業何去何從」的怒火，指出在我們的書中意外發現的某個錯別字。我跟你一樣都不喜歡錯別字——可能我比你更討厭錯別字——但書的歷史有多久，錯別字的歷史就有多久。人非聖人嘛。

原因我就不贅述了），引發大眾對這個錯字的關注，所以也許這個單字日後拼對的頻率會增加。

pimiento　甜椒

時下流行的拼法 pimento 不能算錯字，但文字編輯一定會改掉。值得玩味的是，第十一版《韋氏大學詞典》中，pimento cheese（甜椒乳酪醬）是獨立條目，裡頭的甜椒卻是 pimiento。

Poinsettia　一品紅，俗稱聖誕紅

不論 poinsetta 或 poinsietta 都是錯誤拼法。

prerogative　特權

不要拼成 perogative，但偏偏時常有人拼錯或讀錯。

protuberance, protuberant　隆起

不要拼成 protruberance 或 protruberant，我知道你腦袋浮現 protrude（凸出）這個動詞。大家都會這樣，所以錯字才會一直出現。

publicly　公開地

較不常見的 publically 一般認為是非標準拼法──說得難聽點，就是依照正統的標準，這樣拼就是錯的。

raccoon　浣熊

racoon 的拼法現在鮮少出現，但一度非常普遍。雖然不能說錯，但在有些人眼中就是怪怪的。

raspberry　覆盆子

中間有個 p。

remunerative　有報酬的

不要拼成 renumerative。我多半會乾脆避免使用這個單字，不只是因為我記不住它的拼法，還因為我讀起來必定噎到，所以我寧願選擇同義詞 lucrative。

renown, renowned　著名

不要拼成 reknown 或 reknowned。

repertoire, repertory　全部劇目／定目劇

兩個單字各有三個 r。

restaurateur　餐廳老闆

不要拼成 restauranteur，這點不容置喙。

rococo　洛可可風格

不要拼成 roccoco、rococco，或更離譜的 roccocco（但我沒有說你會拼成這樣）。

roommate　室友

參照 dumbbel 和 filmmaker 的條目，直到你不會搞錯為止。

sacrilegious　褻瀆的

一定有人想拼成 sacreligious，不准。

seize, seized　抓住／扣押

動不動就有人誤拼成 sieze 和 siezed，都是因爲牢記「先拼 i 再拼 e」的規則。

separate, separation　分開

不要拼成 seperate 和 seperation。

shepherd　牧羊人

有些人的名字稱爲 Shepard，但牧羊的人要寫成 sheperd，有些狗是 German shepherd（德國牧羊犬），而馬鈴薯泥肉派叫 shepherd's pie。

siege　包圍

即使你僥倖沒拼錯 seize，仍可能（因爲違反直覺）一時不察，把 siege 拼錯成 seige。

skulduggery　詭計

美國近來流行拼成 skullduggery 這個變體。由於這個單字源自蘇格蘭的「通姦」一詞，加上跟盜墓偷撿人骨沒有關係，因此我傾向採用不會誤導人的單一 l 拼法。

stomachache　胃痛

我猜這個單字看起來很奇怪，但明明跟 earache（耳痛）和 headache（頭痛）同類，卻沒有人覺得那兩個字看起來奇怪。

straitjacket　拘束衣

strait 的意思是「限縮」，不要拼成代表筆直的 straight*，類似的單字還有 straitlaced（古板拘謹）。

stratagem　計謀

開頭很像 strategy，但結尾不像。

supersede　替代

不要拼成 supercede，我自己這輩子還沒一次就拼對過。

surprise, surprised, surprising　驚喜

這三個單字中，拜託別忘記第一個 r，漏掉的頻率高得出乎意料。

syphilis　梅毒

裡頭只有一個 l。

taillight　尾燈

記得共有兩個 l。

tendinitis　肌腱炎

不要拼成 tendonitis，雖然這個拼法可能難以避免（我發現，拼字檢查功能居然沒有用小紅點標出這個錯誤）。

---

* 一九六四年瓊‧克勞馥（Joan Crawford）拍的驚悚片中，扮演手持斧頭的殺人魔，片名就是 *Strait-Jacket*——這部真的值得你去看，精采又出乎預料（一般來說，美國人喜歡把斧頭拼成 ax，但我更寧願當 axe-murderess，你呢）。

threshold　門檻

不要拼成 threshhold，你包準想到 withhold（收回）這個單字。

tout de suite　立即

不要拼成 toute suite，無論拼對拼錯，這個法文詞彙跟 n'est-ce pas（不是嗎）一樣惱人，我在第五章〈英文外事通〉已提過。那要用什麼單字才好呢？ now。

underrate, underrated, underrating　低估

或有任何是 under 搭配 r 開頭單子的複合詞。

unprecedented　前所未有的

真的搞不懂，這個到底有多難記？

unwieldy　難以移動的

不要拼成 unwieldly，我三不五時就會遇到。

villain, villainous, villainy　反派／壞心的／惡行

中間的字母是 ai，不是 ia。

vinaigrette　油醋醬

不要拼成 viniagrette，也別誤以為是 vinegarette。

weird　奇怪

我碰到太多人拼成 wierd 了，實在出乎意料。

whoa　哇

網路經常會寫成 woah，導致有人可能以爲這是另一項可接受的拼法。才怪。

withhold　收回

參照 threshold 的條目。

y'all　你們大夥

絕對不要拼成 ya'll。

身爲美國北方人，我很驚訝南方人對於 y'all 是否可以指一個人居然沒有共識（還吵翻天）（我改天再討論 all y'all 這個一直沒有消失的拼法）。但非南方人都不應該這麼使用。

第九章

英文中的大小地雷

　　英國人的說話方式絕對反映了個人階級：只要開口說話，就會遭到某些同胞鄙視。

　　——摘自艾倫‧傑伊‧勒納（Alan Jay Lerner）作詞歌曲〈Why Can't the English?〉

　　我遇過的作家或其他文字工作者，全部都有一些語言的偏好和怪癖——即特定的用字遣詞，讓平時理智正常的人，轉眼展現不大理智的暴怒或情緒失控——凡是否認自己藏著語言癖好的人，我應該都不大會信任那個人。

　　每個人對橄欖、歌劇，或李奧納多‧狄卡皮歐（Leonardo DiCaprio）的演技各有好惡，當然也有自己鍾情或嫌棄的文字。我發現，即使拿出有數世紀文壇用法的證據，或引用《韋氏英文用法詞典》破除語言癖好、令人耳目一新的條目，都不大容易改變他們的偏見。他們肯定不會聽信英語本來就會不斷演化的說法，就算知道以往老一輩要是發現我們把 store 和 shop 混用或把 host 當動詞，絕對會叫我們用肥皂洗嘴巴，他們勢必也無動

於衷。好吧，我也只能聳肩攤手，如果英文本身是出了名地一堆例外又不大理性，為什麼我們不能隨性地使用英文呢？

問題是，每個人的怪癖與偏好＊都不一樣。有些人對於 could care less（毫不在意）這個片語毫不在意，看到 impact（影響）被當成動詞使用，卻會厲聲反對；而有些人對於近來 begs the question 被當成 raises the question[†] 的同義詞會高談闊論兩者的細微差別，但看到 comprised of[‡] 卻很可能連眼睛都不眨一下。

身為一名文字編輯，我傾向引導作者使用較溫和的用字遣詞，因為我覺得假如你想要惹怒讀者，還不如故意惹怒他們，而且盡量挑比較重要的東西，而不是 eager（急切）和 anxious（焦急）這種一目了然的差異。另外，由於不少作家向我反應，我明白作家通常都不喜歡讀者拿無關緊要的事大做文章，不管批評本身有理還是無理，他們很感謝偏保守的文字編輯提供了安全感。（不過可以肯定的是，文字編輯不能保守到強加某些愚蠢的假規則，譬如前面提到不能分裂不定詞，或不能把連接詞 And 擺在句首等等）

某個週六早上，我一邊折著手指準備撰寫本章，一邊登入推特這個二十一世紀的網友集散地，上頭有一大堆理應要寫作的作家與理應要編輯的編輯在閒逛。我在字字斟酌之後，詢問大家的「個人用法地雷」（personal usage flashpoints），還拋出 literally（用來表示「比喻」）和 irregardless（其

＊　我得向同業約翰・麥恩泰爾（John E. McIntyre）致上最高敬意，他是《巴爾的摩太陽報》的文字編輯，創造了 peeververein 這個令人拍案叫絕的單字，定義為「一群自稱是語言專家的群體，他們對文法與用法錯誤的牢騷通常沒有根據或吹毛求疵」。這才叫高明的侮辱，不是嗎？這個單字絕對比 stickler（老頑固）、pedant（迂腐派）或「文法納粹」更加到位。

†　譯按：原本 beg the question 是指哲學上的「論證丐題」，即論證的前提偷藏了結論，但現在英美常拿來把它當成 raise the question（提問）的同義詞。

‡　譯按：傳統的用法是 comprise（由……組成），但漸漸有人與同義詞 consist of 混淆，因而出現 comprise of 的寫法。

實根本沒這個單字）當成誘餌，凡是想吸引「語言食人魚」的注意，這項方法可謂屢試不爽。

半天下來，累積了數百條多采多姿的回覆，我整理出一份清單，經過些許刪減後提供給讀者參考，不免俗地添上個人評論。我承認在這些條目中，有些規則也是我個人的癖好與堅持，畢竟自己也有理性與不理性的一面，而有些是受到我平時敬重的學者大力擁護，但我自己看了卻是皺額蹙眉，不禁斜睨以對（look askance）——用時下流行的片語則是側目（give side-eye to）。

喔，還有一點很關鍵：務必記得，個人的偏好與怪癖，是細細品味英文的韻律與意義之後，所形塑而成的合理喜好。至於別人的地雷與怪癖，當成病態思維的產物就好囉。

好了，我們開始吧。

aggravate

如果你使用 aggravate 時，不是指「讓一件壞事惡化」，而是想表達「激怒某人」，絕對會惹惱很多人，儘管這個用法存在了數百年，你最好還是換成 irritate。假如你覺得 irritate 太過無趣或看了礙眼，不妨改用同義詞，譬如 annoy、exasperate 和我的最愛 vex，這樣便 save yourself the aggravation（省得自找麻煩），猶太母親自古以來就常把這句話掛在嘴邊。

agreeance

瞧不起這個單字的人以為，這個單字近年才在敗壞英文，它是早已被扔進垃圾堆的古老用詞，不時會在多數人使用 agreement（同意）的場合出現。它出現的頻率太低，根本沒資格當洩憤的目標，但卻實困擾著部分人士。

anxious

以 anxious 來形容對幸福的期待十分常見也行之有年，但這個用法偏偏讓某些人焦慮不安。身為容易焦慮的人，我認為這不值得耗費力氣去爭論，寧願把 anxious 用來形容讓我如臨大敵的事物、把 eager 用來表達急切的渴望。話雖如此，anxious 依然適合形容讓人興奮卻又緊張莫名的事物，例如第一次約會。

artisanal

artisanal 跟其他一夕爆紅又隨處可見的單字一樣，原本用來形容你得花大錢才買得到的手工製品，但已迅速從行銷賣點變成了令人翻起白眼的訕笑目標。由於我並未涉足醃菜、啤酒或肥皂產業，因此很少在工作時遇到這個單字，但如果你打算使用，可能要多想一下——多想兩下 * 也不為過。

ask

動詞 ask 的名詞化，我看到都會噗哧一笑，覺得很有創意。譬如 That's a big ask（這個要求太為難人了），或是 What's the ask on this?（這個要價多少？）但我也不得不說，本身可以當名詞或動詞的 request 就十分好用了。動詞轉換成名詞的正式術語是「名詞化」（nominalization）讓人又愛又恨，就像很多其他的新詞一樣，通常源自企業界與學術界，即刻意以過度誇張——有人會說多餘——的新創字詞 † 來取代傳統的詞彙，藉此翻新舊有的觀念。

---

* 這裡本來超級適合針對布魯克林的文青好好嘲諷一番，但這類嘲諷早是老生常談，所以我才打住不談。對了，否認自己有所指涉的修辭技巧稱為 apophasis（故抑其詞）。

† 話說回來，假如你沒有偶爾自創單字，我也可能會認為你沒認真工作。對了，nouning（變名詞）不是我發明的，本來就有人使用了。

based off of

不准用，不准就是不准。有位朋友說這個片語「用介系詞撼動國際」，正確的片語絕對是 based on，別跟我吵了。

begs the question

這個片語用來表示「帶出問題」時，早已脫離怪癖的範疇，簡直是核武級的威脅，快去找掩護躲起來，認真聽好囉。

這個片語在傳統上是指一種邏輯謬誤 —— 即拉丁文中的 petitio principii，喔，這些東西我本來也不曉得，得跟正常人一樣查資料 —— 藉由引述尚未證明的證據來合理化自己的結論，就是所謂的「循環論證」（circular reasoning）。舉例來說，主張蔬菜對你有益處，因為吃蔬菜有益健康，或主張我是一流的文字編輯，因為在我編輯過後的文章都更易讀，這就稱為「丐題」（beg the question，在前提裡偷藏結論）。

只不過現在鮮少人明白這個原意，更不用說使用 begs the question 來表達這類邏輯謬誤了。這個片語已被絕大多數人用來指「不得不提出某個問題」，例如 The abject failure of five successive big-budget special-effects-laden films begs the question, Is the era of the blockbuster over and done with?（連續五部特效滿滿的高預算電影票房慘澹，不禁令人想問：賣座鉅片的時代是否已結束了？）*

對於 begs the question 這樣新潮的用法，有些人真的是恨得牙癢癢，而且公開表示反對。只不過，即使換成 raises the question 或 inspires the query 等其他同義片語，依然騙不了人；讀者總是能發覺 begs the question 被刪了，彷彿透露著文章更改的線索（prose pentimento），假如有讀者認真修過

---

* begs the question 偶爾也有「迴避問題」的意思，但我遇到的頻率很低。

藝術史的課，或讀過莉蓮・海爾曼*（Lillian Hellman）那本驚心動魄又精準得令人懷疑的回憶錄，就會懂我的意思。

bemused

　　愈來愈多人把 bemused 拿來表示「自我解嘲、眼神閃爍地感到開心，彷彿同時戴著羅緞領結、喝著曼哈頓調酒」，而不是原本的「煩惱和困惑」，恐怕遲早會讓這個單字失去意義與用處，果眞如此就太糟糕了。這個單字明明很好用。我自己抱持著不願屈服的態度，只當成「困惑」的意思來使用，但我漸漸開始有大勢已去的感覺。

centered around

　　我以前上地理課時分不清楚東西南北，只能靠著塗鴉、打瞌睡度過，但連我也曉得 centered around 說不通†，所以都會選擇 centered on 或 revolved around，這點你應該學我。

chomping at the bit

　　你想得沒錯，傳統片語是 champing at the bit（迫不及待），而現在很多人拼成 chomping（咬／嚼東西），很可能是因爲 champing（馬匹發出咬合聲）這個詞對他們來說很陌生。由於 champing 和 chomping 的定義和拼法幾乎沒有差別，所以譴責 chomping 在我看來是小題大做了。

cliché

　　這個名詞本身就討人喜歡，但直接當成形容詞就會惹人不快，不妨多

---

* 　譯按：Lillian Hellman（1905-1984）：二十世紀美國劇作家，參與左翼運動，筆下回憶錄《舊畫新貌》（Pentimento）部分情節眞實性引起爭議。

† 　譯按：作者應是想表達 center（集中）與 around（環繞）兩者語意矛盾。

加個字母拼成 clichéd（陳腔濫調的）再拿來用吧。

comprise

我承認，自己幾乎不記得這個單字的正確用法與錯誤用法了，所以每次遇到它——或者起心動念想用它——都會先查查詞典。

這個句子正確無誤：

The English alphabet comprises twenty-six letters.
英文共有二十六個字母。

這個句子也沒問題：

Twenty-six letters compose the English alphabet.

但 make up 聽起來較沒 composed 那麼呆板，對吧？

The English alphabet is comprised of twenty-six letters.

警笛響起，因為文法警察來囉。

只要用一般的 comprise 來表示 made up of，就不會有事。可是一旦你打算把 of 加到 comprise，趕緊抬起手來自我修正一下。

could care less

你用這個片語來表達「漠不關心」，等於在自找麻煩，因為這會引起很多人憤怒譴責。我滿欣賞這個版本間接諷刺的意味。大家愈討厭它，我就愈要使用。

curate

以下是適合 curate 的用法：當成名詞是指初級神職人員；當成動詞（發

音與名詞不同）表示博物館員工籌畫和展示藝術品的策展工作。

　　以下是不大適合 curate 的用法：用來指編排健身房歌曲播放列表、挑選早午餐的煙燻魚、或者設計文青店人類學家（Anthropologie）襯衫、草編鞋和美美的舊書的陳列。

data

　　這個單字既是複數、也是單數，既是令人耳目一新的薄荷糖，也如錦上添花的甜點配料。

　　根據資料顯示，時下 data 已普遍當成單數名詞使用，不值得浪費時間吹毛求疵，或刻意提出 datum 這個單數的存在。

　　放下堅持吧。

decimate

　　有些人只用 decimate 來指殺死叛兵十分之一的懲罰 —— 剛好十分之一，不是九分之一，也不是十一分之一。有些人則會用這個單字來形容一般的毀滅。

　　想當然耳，後者會覺得這個單字的用途更廣。

different than

　　不要管別人怎麼批評，這個片語一點也沒問題。

　　如果你習慣用 different to，代表你可能是英國人，但也完全沒問題。

disinterested

　　如果你把 disinterested 來表明公正無私，我會比較欣慰，而提到缺乏興趣時，使用現成的 uninterested。這個要求應該不過分才對。

enormity

　　有些人堅持只能用 enormity 來形容滔天大罪：the enormity of her crimes（她的罪行天理難容），這基本上是這個單字當初進入英文的原意，所以enormousness 或 largeness、immensity 和 abundance 來描述尺寸。

　　這點我願意妥協，儘管用 enormity 來描述巨大又怪異的東西，或形容艱巨的事物，例如 the enormity of my workload（龐大的工作量），但避免在正面的脈絡下使用，例如 the enormity of her talent（巨大的才華），以免引起不必要的側目。

enthuse

　　假如你不喜歡 enthuse 這個單字，後頭還有 liaise 等著你。

epicenter

　　嚴格來說，epicenter 是指地震源頭正上方的地球表面。

　　稍微不嚴格來說，epicenter 是活動的中心，而且通常是指不良的活動。

　　假如你運用的比喻是 the epicenter of a plague（瘟疫溫床）就沒問題，但把巴黎說成 the epicenter of classic cooking（經典烹飪的起源）就可能會引起部分人士的不快。

　　我自己並不大喜歡 epicenter 用得如此隨性，主要是因為我認為 center 就夠了。

factoid

　　如果你用 factoid 這個單字，來指「清單體」（listicle）* 中好消化的真實

---

*　我喜歡 listicle 這個單字，如果新創字詞真正凸顯現有詞彙無法表達的概念，給人耳目一新的感覺，我覺得就不妨從善如流、加以推廣。

資訊，我們這些堅持原意的人會很難過。根據諾曼・梅勒的說法——他理
應曉得原意，畢竟他是最早發明這個單字的人——factoid 是指「僅存在於
報章雜誌上的事實，這些內容與其說是謊言，不如說是操縱沉默多數人情
緒的產物。」從月球上可以看到中國的長城（甚至連繞行地球的太空人也
看得到）就是 factoid，另外還有喬治・華盛頓嘴巴裡有木製假牙、奧森・
威爾斯（Orson Welles）的「世界大戰」廣播劇引起全美恐慌，以及塞勒姆
（Salem）遭判刑女巫被綁在火刑柱上活活燒死等等 *。

fewer than/less than

　　也許你早就對兩者的差異有了偏執。嚴格來說並不難記，差別在於
fewer than 適用於可數的受詞：fewer bottles of beer on the wall（牆上少了幾
瓶啤酒），而 less than 適用於僅限單數的名詞，像是 less happiness（較不幸
福）、less quality（較差品質）；以及視為整體的名詞，像是 fewer chips（較
少薯片）、less guacamole（較少酪梨醬）。

　　但是——凡事總是有個但書——平時在討論距離，像是 less than five
hundred miles（少於五百英里），以及討論時間，像是 completing a test in
less than sixty minutes（六十分鐘內完成測驗），確實會使用 less than（當然
你可能會說 in under sixty minutes，那也沒關係）。

　　另外，一般在討論金錢與重量時，也可能使用 less than。《紐約時報百
年經典寫作指南》（*The New York Times Manual of Style and Usage*）便提到，
less than 適合用於「視為單一個體的數量」，因此以下例子都屬正確：

I have less than two hundred dollars.
我有不到兩百塊錢。

---

* 華盛頓的假牙材料包括象牙、金屬、動物與他人牙齒。那個廣播劇並沒有引發全美恐
　慌。至於塞勒姆的事件，她們不是女巫，而是被活活吊死才對。

I weigh less than two hundred pounds.

我的體重不到兩百磅。

a country that's gone to hell in less than five months

某國在五個月內萬劫不復

最後一個例子中，重點並不是單一月分，僅僅惡化的時間相對短暫。

話雖如此（又是一個但書）平時不大會說 one fewer，既是因為太不符合習慣用語，也因為破壞了巴克瑞克與大衛（Bacharach-David）的經典曲名〈One Less Bell to Answer〉。

至於反對超市快速結帳通道貼出 10 ITEMS OR LESS（十件以下）這類公告的人士，我懂你的堅持啦，但建議你培養個嗜好，像是去學插花，或學拼貼畫也可以。

firstly, secondly, thirdly

這幾個單字就像指甲刮黑板的聲音一樣惱人。

如果你不願意寫 firstly（第一）、secondly（第二）和 thirdly（第三），偏好 first、second 和 third，不僅可以節省字母，還可以告訴所有朋友有個神奇的東西叫做單純形副詞（flat adverb）──副詞與形容詞同形，不以 -ly 結尾，而且百分之百正確。這就是為何我們可以說 sleep tight（睡個好覺）、drive safe（開車注意安全）和 take it easy（放輕鬆），但不會按照這個順序說出來囉。

for all intensive purposes

我本來不打算把 for all intensive purposes 列入這個清單，因為就我記憶所及，除了刻意訕笑那些說出或寫出 for all intensive purposes 的人之外，我從來沒有遇到任何人用這個片語。但現實就是有人使用（它從一九五○

年代就出現了，又多了一個討厭那個年代的理由），而且三不五時在白紙黑字中出現。

正確版本是 for all intents and purposes（實際上／本質上）。

fortuitous

使用 fortuitous 來表示幸運或有利的意思，只要幸運或有利是碰巧出現，普遍來說可以接受，因為這個單字的意思就是偶然（雖然原意並不保證有美好的結果）。如果你是辛苦地用汗水換來了好成績，另外找個單字來彰顯自己的成就吧。

fulsome

數百年來，這個單字的意思已累積得多到令人咋舌，其中包括豐富、慷慨、過度大方、太多、令人反感、充滿惡臭（它也可以形容偏向鎏金和鍍金的室內裝潢品味，儘管那類東西最適合的單字仍然是 ungapatchka〔俗麗〕）。雖然你可能很想把 fulsome 用在正面的情境，但假如寫出 fulsome expression of praise 這段文字，一大票的讀者腦海只會浮現阿諛諂媚的跳舞景象，所以就換個單字吧。

gift (as a verb)

如果你厭倦了 bestow、proffer、award、hand out、hand over 或其他英文演化多年出現的絕佳動詞，描述給予他人東西的行為，儘管把 gift 當動詞吧。我甚至不認為這件事可惡透頂，因為我自己並不是那種人，也是因為絕對有一大堆人已迫不及待地要出來指責了。*

---

* 　另一方面，regift（轉送）是很棒的新創單字，因為沒有別的單字能精準傳達這個意思了。

grow（用來指 build）

有些人會主張我們不能使用 grow a business（發展事業）這個片語（應該改用 build a business〔打造事業〕更適當），因為 grow 只能當不及物動詞（即後面不接受詞），但為什麼這番說法站不住腳呢？因為 grow 也可以當及物動詞，你肯定知道 grow dahlias（種大理花）或 grow a mustache（蓄鬍）等用法。

不過，你可以儘量討厭 grow the economy（發展經濟）這類官腔用語，因為這些用語只能用「嗯」來形容。

hoi polloi, the

Hoi polloi 是古希臘文中「普羅大眾」的意思，有些人想侮辱不如自己的人時，卻嫌 the great unwashed 或 prole 不夠炫，就會使用這個詞。由於這個詞從衍生字詞與定義的角度來看，已包含了冠詞 hoi，經常有人（不限古希臘人）肯定地說，the hoi polloi 根本冗贅又失禮。我不會覺得 the hoi polloi 很礙眼（意思就是根本不困擾我），但看到某某事物受到 hoi polloi 青睞的句子，我很可能會覺得不舒服。

我真的覺得困擾或至少困惑的是，一般人時不時地用 hoi polloi（不管有沒有 the）來指稱有錢人。對於這種混用，一項常見的原因是，hoi polloi 被當成 hoity-toity（勢利傲慢），即 fancy-schmancy（講究新潮）*的同義詞，但找到理由並不代表它是正確用法†。

---

* 如果你想知道得更詳細，hoity-toity 和 fancy-schmancy 都是語言學中所謂的重疊（reduplication），另外還有 easy-peasy（簡簡單單）、knickknack（小東西）、boogie-woogie（布基烏基風格的音樂）等。

† 在二〇一三年電影《遲來的守護者》（*Philomena*）中，茱蒂・丹契（Judi Dench）飾演的女主角——我姑且中立地說是工人階級——確實一度把她在愛情小說中讀到的貴族稱為 the hoi polloi 我猜可能是編劇的一時疏忽，但傾向認為這恰如其分地描述了角色的性格。

hopefully

There was a terrible car accident; thankfully, no one was hurt.

路上發生了一場嚴重車禍，幸好無人受傷。

如果你可以接受上述這個句子，當然就可以接受以下這句：

Tomorrow's weather forecast is favorable; hopefully, we'll leave on time.

明天天氣預報很不錯，希望我們能準時離開。

thankfully 和 hopefully 在上述例句中是分離副詞（disjunct adverb），意思是並不修飾句子內特定的行為，不像 she thankfully received the gift（她感激地收下禮物）或 he hopefully approached his boss for a raise（他滿懷希望地向老闆要求加薪），而是修飾說話者整體的心情（或單純修飾句子本身）。

我不確定為何偏偏 hopefully 被挑出來當所有分離副詞的箭靶，但這樣未免太不公平，不應該就此忍氣吞聲。

對了：「坦白說，親愛的，我他媽的不在乎唷。」嗯哼。

iconic

這個單字被濫用到已變得像 famous 一樣乏味又失去意義。此外，famous 至少適用於具備一定聲譽又廣為人知的人士，但 iconic 最近似乎動不動就被用在那些缺乏知名度的人士身上。

impact (as a verb)

明明可以使用 affect 來貼切並充分地表達「影響」，卻偏偏使用 impact（衝擊）這個動詞，勢必會引起哀嚎遍野，說不定你就在哀嚎了。

　　假如我個人的工時改變，我不確定自己的工作是否必定受到衝擊，但也許對於較在意時間的人來說便是如此。

　　我並不完全同意動詞 impact，只能用來形容隕石造成地球恐龍滅絕之類的可怕事件，但拜託儘量把這個單字用在大事上頭。

impactful

　　又是一個商業氣息濃厚的單字，但這種氣息令我不大爽快。如果再也沒有人使用這個單字，我敢打包票沒有半個人會懷念。

incentivize

　　唯一比 incentivize 這個冒天下之大不韙還糟糕的單字，只有它那壞透的兄弟 incent。

invite (as a noun)

　　如果你的人生短到連 invitation（邀請函）都不想使用，寧願把 invite 當名詞，勸你還是不要辦派對了吧。

irony

　　好笑不是 irony，巧合不是 irony，怪異不是 irony，結婚當天下雨*不是 irony。irony 指的是「反諷」。我曾編輯過一部作品，作者在其中使用了十幾次 deliciously ironic（諷刺至極）這個片語。問題是，他的每一句話既不 delicious 也不 ironic，有位同事就說，這件事本身才是 irony。

---

* 譯按：出自艾拉妮絲・莫莉塞特（Alanis Morissette）的歌曲〈諷刺〉（Ironic）。

irregardless

這個單字像可怕的變蠅人，是 irrespective（無關乎……）和 regardless（不管……）生下的雜種，完全沒有存在的必要。況且，你明知道自己使用這個單字只是要來惹惱他人——別裝傻喔，你才沒那麼笨。

learnings

你難道不懂大是大非嗎？難道不懂明辨對錯嗎？

正確用法是 lessons。

liaise

這個來自 liaison 的反向構詞是部分人士的眼中釘。我倒覺得很不賴，反而同義詞 cooperate（合作）和 collaborate（協力）足以描述 go-between（中介）的感覺（難不成你希望我用 go-between 嗎），而且這絕對比侵犯個人空間的 reach out（伸出援手）好太多了。

literally

這個單字本來好好的，卻被扭曲成該死的加強語氣用詞。你不可能 literally die laughing（真的笑死），我才不管你那群很潮的朋友都這樣使用 literally；假如你那群朋友全都真的（literally）跳下帝國大廈，你會跟著跳嗎？*

loan (as a verb)

在我聽起來，loan 當成動詞使用老是帶有紐約黑幫（Bowery Boys）的語氣——Hey, Sach, can you loan me a fin?（喂，小沙，可以借我五塊

---

*　我現在講話活像我媽。

嗎？）──我在稿子中看到時，通常會自動改成 lend。如果你想維持不改，我也不會覺得困擾，因爲 loan 當動詞使用完完全全沒問題。

more (or most) importantly

假如你堅持不用 firstly、secondly 和 thirdly，很可能對 more importantly 也有類似的抗拒，但希望你對此有容乃大啦。

more than/over

兩者的區別，尤其就計算方面，引起的爭議不如 less than 和 fewer than，這主要是因爲在意兩者差異的人太少了，也因爲在文字工作領域很難找到支持者。因此，一本書超過六百頁，究竟是 over six hundred pages long 還是 more than six hundred pages long 超過六百頁，或小吉米突然間長到超過六英尺，是 suddenly more than six feet tall 還是 or suddenly over six feet tall……隨你高興，不必爲此臉紅脖子粗。

myriad

myriad 原本應該是名詞，後來才有人當成形容詞使用，所以我固然曉得 myriad travails（數不清的磨難）比 a myriad of travails 更簡潔，但兩者都可以，反對名詞用法的人也站不住腳。假如你想賣弄學識，儘管跟別人說英國詩人約翰・彌爾頓（John Milton）把 myriad 當成名詞，梭羅也是。

nauseated (vs. nauseous)

我想自己直到大學畢業後才知道有 nauseated 這個單字。每逢我想吐的場合，都覺得說 nauseous 就夠了。後來，我才明白 nauseous（引起噁心感）與 nauseated（即將嘔吐）兩者的傳統差異。但對我來說，改過自新爲時已晚，所以我仍然安於 nauseous。

noisome

noisome 意思是「發臭」、「有害」，也許還可以指「令人噁心」。目前，實在不必擔心它被誤認成 noisy（吵雜）同義詞，因爲正常人類絕對不會如此主張，也不會接受。但世風日下，連 nonplussed（下一個條目）都愈來愈常被用來指「冷靜沉著」了，我看還是小心爲上。

nonplussed

好了，輪到 nonplussed 意思是困惑、驚愕、不知所措。最近這個單字卻變成了 relaxed 的同義詞，表示不慌不忙、泰然自若，這就是問題所在。何以如此呢？大概 plussed 在某些人眼中／耳裡是 excited（興奮）的意思，所以 non 就把意思顛倒過來，導致 nonplussed 被當成自身的反義詞*。

on accident

你想得沒錯，on purpose（刻意）是片語，但 on accident 不是片語，by accident 才對。

onboard

把 onboard 當成動詞使用，取代 familiarize（使……熟悉）或 integrate（整合）實在令人不忍卒讀。這個單字套用在政策的實施就夠糟了，更糟的是被拿來取代原本好用的 orient（新人訓練），感覺幫助新人 onboard 與用 waterboard（水刑）伺候相去不遠。

---

* 具有相反定義的單字稱爲 contronym，不過 Janus word 這個片語也有人用——你還記得雙面神雅努斯（Janus）吧？同時看著前面與後面，對吧？——而且這類單字使用起來很痛快。sanction（可以允許或懲罰）和 cleave（緊緊抓住或切開）是典型的矛盾歧義詞。雖然從上下文很容易就能看出意思，但對於 nonplussed，我抱持保留態度，所以我們維持一項定義就好，可以嗎？

pass away

我猜，在跟歷經喪親之痛的親戚交談時，我們可以委婉地提及某人 pass away 或 pass；但在寫作中，直接使用 die（死掉）就好了。

penultimate

這個單字並不是 ultimate 的華麗版本，意思也不是「最終」，而是形容「倒數第二件事物」。

peruse

我已放棄使用 peruse 了，因為既可用來表示「一字不漏地細讀」，又可以表示「草草瞥過」的單字，根本就跟沒用一樣。

plethora

有些人只使用 plethora 來形容過量的東西——這個單字在英文中最初是指血液過多的症狀——因此看到其他人單純（又正面）地拿來表示「很多」，往往嗤之以鼻。但我完全沒打算加入這場論戰喔。

reference (as a verb)

與其把這個單字當動詞，可以直接說 refer to（提及）。

reside

意思不就是 live（住）嗎？

'round

假如有人繞山而來，就可以說 she's comin' round a mountain，不必在 round 前面加撇號。對，我就是在說那些愛用 'til 甚至 'till 的人。

step foot in

為了你的人身安全著想，我建議你說 set foot in 就好，這樣會活得比較好。

task (as a verb)

分派任務的動詞用 assigned，不要用 task。

'til

再次強調，搞不清楚狀況的人聽好了：till 是單字、until 也是單字，till 比 until 出現得早，兩者意思相同，但縮寫成 'til 完全說不通。

try and

假如你使用了 try and do something，立刻會有人叫你改成 try to do something，因此乾脆就從善如流，以免有人大吼大叫。

utilize

你可以搬出 utilize 這個單字，形容充分善用某項事物，像是運用 facts/figures（事實／數字）預測一家企業未來盈餘。否則，你真的只要使用 use 就好。

very unique

在一九○六年版《標準英文》(The King's English) 中，亨利・華生 (H. W. Fowler) 宣稱「事物要嘛是獨一無二，要嘛就不是獨一無二；獨一無二不分程度，所以不能說有點 (somewhat) 獨特或相當 (rather) 獨特。不過，許多事物確實只在某些方面獨一無二。」

我可以接納某個東西 virtually unique，但不能用 very unique、especially

unique 或 not really unique。

你乾脆在自己寫作中掛著 KICK ME 的牌子算了。*

---

* 我的文字編輯希望我告訴讀者，永遠不要使用 yummy（好吃）、panties（女用內褲）、
　guac（鱷梨醬）等單字。任務完成。

第十章

傻傻分不清的單字

「我的用字遣詞嘛，」蛋頭先生語帶戲謔，「意思隨我喜歡，不多也不少。」

「問題是，」愛麗絲說，「你可以賦予字詞這麼多意思嗎？」

「問題是，」蛋頭先生說，「誰才是主人，就這麼簡單。」

—— 《愛麗絲鏡中奇緣》（*Through the Looking-Glass, and What Alice Found There*），

路易斯・卡若爾（Lewis Carroll）著

拼字檢查毋寧是美妙的發明，但還是避免不了你用錯字詞，此處指用錯的字詞確實存在（但你指鹿為馬）。文字編輯的工作有一大部分是在揪出這類錯別字詞，而且我敢說，就連一流作家都會犯錯。

a lot/allot, allotted, allotting

a lot of 是指大量，to allot 是分派。

advance/advanced

to advance 是前進，過去式是 advanced。

an advance 是向前的動作，像是軍隊前進，也可以指預先付款，例如付給書稿尚未完成的作家或想預支零用錢的孩子。advance 也有「事先」的意思，例如：supplied in advance（事先補給）。

另外，advanced 指進步或複雜程度超越常態，就像可以形容特別聰明的學生是 advanced 一樣。

令人遺憾的是，經常看到有人把 advanced 誤當 advance，特別是在出版業，先讀本＊通常被誤稱爲 advanced edition。

adverse/averse

adverse 代表不佳或有害，例如：

We are enduring adverse weather.
我們在忍受惡劣的天候。

averse 意思是反對、憎惡或排斥，例如：

I am averse to olives and capers.
我討厭橄欖和酸豆。

affect/effect

傳統上，affect 和 effect 最簡單的區別方法是：affect 是動詞、effect 是名詞：

＊　先讀本（bound galley）是已排版文本的初期裝訂（設計精美但尚未校對），用來寄給審稿人、書店和可望提供大量美言的推薦人，這些推薦文字都會放在成書上頭。

This martini is so watery, it doesn't affect me at all.

This martini is so watery, it has no effect on me at all.

這杯馬丁尼太淡了，對我半點影響都沒有。

這個方法確實沒錯，但無法涵蓋更細微的差異。

因為 affect 也可以當成名詞，表示「主觀感受到的情緒之外顯表徵」，例如可以說精神科醫師可以對內心受創患者的 affect 進行評論。

而 effect 也可以當成動詞，例如 to effect change，即引發變化出現。

這些詞的其他用法及其變體——如一個受影響的人影響了一個豪華的口音；一個人的個人物品（你隨身攜帶的東西）；「實際上」意義上的「影響」——似乎不會引起那麼多混亂。

這些單字與衍生字的其他用法似乎較不易混淆，像是 an affected person affects a posh accent（裝模作樣的人佯裝上流腔調）、one's personal effects（個人隨身物品）、in effect（實際上／幾乎）等等。

aid/aide

aid 是提供協助，aide 則是指助理或幕僚。

aisle/isle

兩者的混淆近來才出現，至少就我所見是如此，所以我們趕緊來防微杜漸。

aisle 是劇院、宗教場所和飛機座位區之間的走道，或超市不同貨架之間的通道。isle 是指島嶼（通常是小島）。

all right/alright

葛楚・史坦在她一九三一年出版的《如何寫作》（*How to Write*）一書中，

使用了 alright 這個單字，有點 bemusing（令人不解；如果你覺得這值得玩味，也可以說是 amusing）：

A sentence is alright but a number of sentences make a paragraph and that is not alright.
一個句子還可以接受，但好幾個句子組成一段，可就說不過去了。

還有，彼特‧湯森（Pete Townshend）為誰樂團（The Who）寫了一首歌，叫〈孩子們都沒事〉（The Kids Are Alright）*。

儘管有這類用法——而且你很可能不想學葛楚‧史坦的寫作風格†——有些人認為 alright 是偷懶的拼法，而且遠比 all right 少在書面使用。話雖如此，還是經常有人問我對 alright 的接受度如何，顯見無論如何，這個拼法愈來愈常見。我看到它時還是會眉頭一皺，也許是因為我看不出它跟 all right 意思有不一樣到需要獨立存在，不像 altogether 和 already 意思截然不同於 all together 和 all ready。但你可能有不同的見解。‡

allude/allusion/allusive/elude/elusive

allude 就是間接地指稱、暗示，就像一個人暗指某個痛苦的主題，而

---

* 二〇一〇年由安娜特‧班寧（Annette Bening）和茱莉安‧摩爾（Julianne Moore）主演的電影是《性福拉警報》（*The Kids Are Alright*）。

† 也許你真的想模仿這種文字：

Why is a paragraph not alright. A paragraph is not alright because it is not alight it is not aroused by their defences it is not left to them every little while it is not by way of their having it thought that they will include never having them forfeiting whichever they took. Think of a paragraph a para- graph arranges a paraphanelia [*sic*]. A paragraph is a liberty and a liberty is in between. If in between is there aloud moreover with a placed with a placing of their order. They gave an o er that they would go. A paragraph is meant as that.

‡ 好吧，我把真心話藏在腳注中，因為我覺得從文字編輯的角度來說，我好像在幫敵人說話。話說得氣呼呼時，Alright already（夠了吧）在我看來沒問題，但僅限今天這麼認為喔，明天很難說。

不是挑明加以討論。allusion 就是這種間接的指涉。

　　elude 則是躲避，好比銀行搶劫犯躲避警方追捕。一個人做夢醒來還記得部分內容，隨後卻完全忘掉，就可以說這個夢 elusive，即稍縱即逝。

altar/alter

　　altar 是架高的結構，宗教儀式進行時，在上頭進行祭祀或留下祭品。alter 則是改變。

alternate/alternative

　　嚴格來說（我三不五時會出動這句話），alternate 是某事物的替代品，而 alternative——通常為數眾多，或至少成雙成對——指所有可行的備案。舉例來說，如果由於一場事故，我被迫離開康乃狄克州的高速公路，改經由波塔基特（Pawtucket）前往波士頓，就是等於找了一條替代（alternate）路線；但假如有一天，我自己不想走高速公路，選擇開進市區街道前往波士頓，我只是選擇了其他（alternative）路線。

　　同樣地，隔周星期三做某件事，就是指 alternate Wednesday，而情感上忽熱忽冷，則是指 alternately like and dislike something（喜惡無常），運用麵條、醬料和起司層層堆疊成千層麵，則可以說 alternate layers，正如詞典上所說 succeeding by turns（輪流接續）。

　　另外，偏離常態（normalcy[*]）的選項也是 alternative（另類）：alternative music（另類音樂）、alternative medicine（另類醫學）、alternative lifestyle（另類生活方式）等（這個用法可能帶有不以為然的意味，所以要小心使用）。

---

[*]　你也可以說 normality，隨你選擇。

　　一個人的 alternate identity（分身）則是另一個自我（alter ego*），例如波西・布拉肯尼（Percy Blakeney）化身爲紅花俠（Scarlet Pimpernel）、布魯斯・韋恩（Bruce Wayne）的分身蝙蝠俠（Batman）、保羅・魯本斯（Paul Reubens）化身爲皮威・赫爾曼（Pee-wee Herman）等等。

ambiguous/ambivalent

　　ambiguous 是指不明確、模糊不清、容易受人誤解。

　　ambivalent 是指矛盾的心情。

　　意思本身可能 ambiguous，但態度才會 ambivalent。

amok/amuck

　　run amok 的原意是指在一陣抑鬱後，殺紅眼似地抓狂起來 —— 我在自己的百科全書中發現，這個現象在馬來西亞尤其明顯，而這個片語也是源自那裡。現今這個片語的使用情境較沒以往凶殘，只會讓人容易聯想到一群六歲小孩吃太多糖，搞得自己吵鬧個沒完的景象。

　　amuck 只是 amok 的另一個拼法，在以往好長一段時間反而更爲普遍，但 amok 在一九四〇年代取而代之。我老是會想，一九五三年動畫《快樂小調》（暫譯；原名 *Merrie Melodies*）經典一集《鴨鴨抓狂》（暫譯；原名 *Duck Amuck*），同名主角達菲鴨最後 amuck，絕非在單純搞笑。

---

* 　但 pseudonyms（假名／筆名／藝名）並不是分身，而是交替使用的名字，以達成職業、文學、政治、甚至非法暴力之目的，像是柯勒・貝爾（Currer Bell）本名夏綠蒂・勃朗特（Charlotte Brontë）、路易斯・卡若爾（Lewis Carroll）本名查爾斯・道奇森（Charles Dodgson）、里昂・托洛斯基（Leon Trotsky）本名列夫・大衛多維奇・布隆斯坦（Lev Davidovich Bronstein）、豺狼卡洛斯（Carlos the Jackal）本名伊里奇・拉米雷茲・桑切斯（Ilich Ramírez Sánchez）等不勝枚舉。

amuse/bemuse/bemused

amuse 是指娛樂、取悅他人。

bemuse 是指使人困擾、迷惑、心事重重、詫異。

正如我在前文所說，bemused 愈來愈常被用來描述自我解嘲、不慌不忙、穿著燕尾服、啜飲雞尾酒的娛樂活動，而且似乎已勢不可擋，但如果不加以阻止，便會完全扼殺這個單字的實用性──就像 nonplus 已被重新定義，正確意涵明明是讓人迷惑、驚嚇或不安，卻拿來用在恰恰相反的情境，例如：I was completely nonplussed（我完全不慌不忙），繼續下去便會搞得無法使用。別說我沒有事先警告你喔。

anymore/any more

anymore ＝已非或此刻，例如：

I've a feeling we're not in Kansas anymore.
我覺得我們現在已不在堪薩斯了。

any more ＝多出的數量，例如：

I don't want any more pie, thank you.
我不想再多吃派了，謝謝你。

你只要查點資料，便會發現不過數十年前，any more 常常被用來指 anymore，至少在美國是如此（英國人仍然不大熱衷使用 anymore 這個合體字）。

appraise/apprise

appraise 是指評估和鑑定，例如鑑定寶石以確定價值。

apprise 是指告知，例如告知老闆你的休假計畫。

assure/ensure/insure

所謂 assure 是消除對方的疑慮，例如：

I assure you we'll leave on time.
你放心，我們會準時出發。

而 ensure 是確定某件事物——切記，是**事物**而不是**人**，例如：

The proctor is here to ensure that there is no talking during the test.
監考人員是確保考試全場肅靜。

至於 insure 最好用來討論死亡或斷肢時的賠償問題、每月保費，以及防範未來必定會發生的壞事。

baited/bated

陷阱通常會裝上誘餌（outfitted with bait ／ baited）；至於 bated，你通常一定會看到與 breath 同時出現，這個單字意思是減輕、緩和或中止。to await something with bated breath 是興奮又焦急地屏息等待，也可以用 to be on tenterhooks 這個老舊的片語。

baklava/balaclava

baklava 是一種中東糕點，由薄麵團（filo dough）、切碎或磨碎的堅果、大量蜂蜜所製成。

而 balaclava 是一種罩住整個頭部的帽子（只爲了呼吸露出雙眼和嘴巴），算是滑雪頭套。

無論是 baklava 還是 balaclava，都應該避免與 baccalà（即鹹鱈魚乾）、balalaika（一種弦樂器）或 Olga Baclanova（奧爾加・巴古拉諾娃，美俄混血女演員，在一九三二年恐怖片《畸形人》〔Freaks〕中變成人鴨而聞名）

混淆。

bawl/ball

bawl one's eyes out 是指嚎啕大哭。

ball one's eyes out 則是挖出眼珠，應該是發生運動傷害或臉部被人坐扁等不幸意外。

berg/burg

berg 是冰山，burg 是過時又帶有貶意的俚語，意思為城鎮。

如果一座小鎮或城市特別沉悶、狹隘又落後，那不但是 burg，還是 podunk burg（破敗小鎮）。

beside/besides

beside 的意思是 next to（旁邊），例如：

Come sit beside me.
來坐在我旁邊。

besides 的意思是「除此之外」，例如：

There's no one left besides Granny who remembers those old days.
除了祖母以外，再也沒有人還記得過去的日子了。

我發現，beside 經常被當成 besides 使用，不曉得腦袋被灌輸要拼成 toward 而非 towards、使用 backward 而非 backwards 的人，是否把 besides 當成是必須避免的英式英文，或認為它類似 anyways，因此一律當成錯誤。

black out/blackout

動詞是 black out，像酗酒後可能會眼前一黑，昏死過去。

名詞是 blackout，代表失去意識、停電或禁止資訊（例如封鎖消息）。

blond/blonde

blond 是形容詞：He has blond hair 和 she has blond hair（他 / 她有一頭金髮）。

blond 和 blonde 也是名詞：金髮的男人是 blond，金髮的女人是 blonde。blonde 還帶有沉重的文化包袱，都是因為老派的貶義詞 dumb blonde，所以如果要使用的話，最好要慎重其事。

我知道有人把 blonde 當成形容詞。光是網路隨便搜尋，就能找到艾瑪·安布瑞（Emma Embury）約一八四一年寫的〈有趣的陌生人〉（The Interesting Stranger）：the blonde hair, rosy cheeks and somewhat dumpy person of her merry sister. *（金色的頭髮、紅潤的臉頰、還有她那身材略矮、興高采烈的妹妹。）

結尾的字母 e 在法文中代表陰性。

boarder/border

boarder 是租房間的房客，border 是兩地的分界（我的文字編輯盡責地站在我的背後建議，這兩個單字的差異太明顯了，應該可以從這個冗長的清單拿掉；但願如此）。

born/borne

凡是關於「誕生」（無論是不是比喻），就要使用 born，像是 born

---

*　這樣說別人的妹妹，實在稱不上是讚美。

yesterday（極為天真）、born in a trunk（出身演員之家）、born out of wedlock（未婚生子）、New York–born（紐約出生）。

至於 borne 指事物被攜帶或產出。疾病是昆蟲傳播（insect-borne）、一棵樹結了果實（borne fruit），隨身攜帶武器的權利（the right to have borne arms）。而勝利可以從悲劇中誕生（triumph may be born out of tragedy），但一個人的宏偉計畫未必能實現（one's grand schemes may not be borne out in reality）。

breach/breech/broach/brooch

breach 當動詞是打開或刺破。

breach 當名詞是指破裂或違反，例如 a breach in a dam（水壩的潰口）、a breach of etiquette（違反禮節）。莎士比亞筆下亨利五世大喊：Once more unto the breach, dear friends, once more.

他指的是自己率領的英軍包圍一座法國城市，並在城牆上開了個破口（breach）。拜託，注意是 unto the breach，不是 into the breach，很多人都引用錯誤。

breach 當名詞也是指鯨魚躍出海面的動作，也可以當成動詞使用。

breech 是個過時的單字，指的是屁股，所以長褲曾被稱為 breeches。所謂 breech birth 指的是臀先露，也就是胎兒出生時胎位異常，屁股（或雙腳）先出產道。

broach a subject 是要提出主題討論，brooch 則是飾品。

breath/breathe/breadth

breath 是名詞，breathe 是動詞，所以才有 one loses one's breath（某人沒了呼吸）和 one breathes one's last breath（某人嚥下最後一口氣）等用法。

breath 常常被誤用成動詞，這個錯誤很容易出現卻不容易察覺，所以

請你好好留意一下。

　　但好像沒有人會把 breadth（寬度）拼錯，但三不五時會有人在對話中問：「欸，為什麼有 length（長度）、breadth 和 width（寬度），高度卻不是 heighth 咧？*」因此我才特別提一下這個單字。

bullion/bouillon

　　bullion 是金條，bouillon 是法式高湯（有時可能是小的高湯塊）。

cache/cachet

　　cache 當名詞是指藏匿貴重物品的地方，或指這類物品本身；cache 當動詞是指隱藏。所以我想你可以造出以下句子：

One cache one's cache of cash in an underground cache.
某人把一大筆錢藏在地下某個位置。

　　cachet 是指聲望和地位，就像伊迪絲・華頓（Edith Wharton）在《國家習俗》（*The Custom of the Country*）中貪婪又野心勃勃的溫迪妮・斯普拉格（Undine Spragg），結婚是獲得社會聲譽，當然也是為了錢。

　　雖然我的管轄範圍在拼寫與用法，而不是單字的發音，但我很樂意指出 cache 的發音與 cash 一模一樣，cachet 則有兩個音節，讀作 ka-shay。

callous/callus

　　callous 是形容詞，意思是鐵石心腸，callus 是名詞，意思是皮膚長繭，實在有太多太多人把兩個單字混為一談。因此如果你可以分清楚，值得好

---

*　以前的確有 heighth 這個單字，但現在都拼成 height 了，heighth 一般當成是「非標準」或「方言」拼法，這個答案想必你不滿意吧？

好獎勵（brownie points*）。

canvas/canvass

canvas 當名詞是用來製作船帆或當畫布的布料，而動詞 canvass 是指選舉的拜票或徵詢意見。

capital/capitol

capital 是指首都大城，或句子與專有名詞開頭的大寫字母，或一個人的資本，或指建築學上的柱頭。

capital 也可以當形容詞，形容（通常足以判處死刑的）重罪，或過去英國人掛在嘴邊表示讚賞的語氣詞，等於現在的 Brilliant!。

名詞 capitol 則指立法機關的建築，例如美國首都有著大圓頂的美國國會（當成專有名詞大寫成 Capitol）。

carat/karat/caret/carrot

carat（克拉）是寶石的重量單位。

karat 是合金內黃金的純度，純度最高的黃金是 24K。

caret 是文字編輯和校對的插入符號（即∧），指出在已設定好的行中插入新文字的位置。

carrot 是兔寶寶（Bugs Bunny）吃的紅蘿蔔。

casual/causal

這兩個單字要小心區分，因爲你總不希望腦袋裡想 casual relationship

---

* brownie points 的意思怎麼會變成「上司或長輩的讚美」？沒有人給得出百分之百肯定的答案，這就是英文字詞的奧祕之一。凡事並非都有答案，我滿喜歡這個道理。

（隨性輕鬆的關係），卻寫成 causal relationship（因果關係），反之亦然。這兩個單字在視覺上難以區分，但意思卻完全不同。

chord/cord

在音樂中，chord 是指同時彈奏若干個音符出現的和弦；chord 也用來指一種情緒反應，例如哀傷的旋律可能 strike a chord（打動人心）。

cord 是一串編好的線。

然後要糾正一下極普遍的錯誤：聲帶是 vocal cord，不是 vocal chord（不論發出的聲音再有音樂性都一樣）。

cite/sight/site

cite 和 site 似乎愈來愈容易混淆。

cite 當動詞是引用參考書或網站等內容。然後咧，就有可能出現混淆了：引用網站（website）上的文獻時，很可能忍不住想寫成 site it（但依然不正確）。

而 site 與 sight 讓更多人一頭霧水。site 當名詞時指建築物的位址，當動詞時指決定建築物的位址；sight 是景點，例如：the sights of Paris one views while sightseeing（巴黎觀光時參訪的景點）。

sight 也可以指槍支上的準星，例如：I've got you in my sights（我瞄準你囉）。

classic/classical

classic 當名詞或形容詞指的是事物最出色或經典的版本，例如〈那不是很好嗎？〉（Wouldn't It Be Nice）是海灘男孩（Beach Boys）樂團的經典流行歌曲，而治宿醉的經典良方（但不可取）是繼續喝酒。

classical 當形容詞是指「古典」，最好用來形容古希臘羅馬文明或

十八、十九世紀的管弦樂。

climactic/climatic

climactic 形容高潮迭起與驚險的故事情節，爲結局進行鋪陳；climatic 則是指（但願）不大驚險的氣象。

come/cum

從性的角度來說，在一定程度上這兩者的區別沒有硬性規定，但我認爲 come 這個動詞當成「高潮」就很好用了。如果想使用男人性高潮產物的俗稱，可以說：寫 cum（液）就對了。

cum 也可以當成連接詞，反映著雙重的用途，例如 desk-cum-bureau 指書桌兼辦公桌，最好用連字號*夾在兩個名詞中間。經過數百年的使用，源自拉丁文的 cum 毫無疑問是正統的英文單字，所以使用羅馬字體，不必使用斜體。這個單字往往會讓生性幼稚的人†聽得咯咯竊笑，所以使用之前自己好好考慮一下。

complement/complementary/compliment/ complimentary

所謂 complement something，是指兩者搭配得宜，就像斜紋領帶可以搭配直紋襯衫一樣。

但假如我跟你說，你身上襯衫和領帶相得益彰，整個人看起來很具時尚感，我則是在 pay you a compliment（稱讚你）。

拼寫的能力與打字又快又準的能力，可能是祕書工作中 complementary（互補）的技能——也就是說，兩者相輔相成。

---

* 假如兩個名詞是複合字詞，就用短破折號，例如 a memoir–cum–murder mystery（回憶錄兼懸疑推理小說）。

† 我認識的人幾乎每聽必笑。

如果我提供拼字與打字服務卻不收錢，就是在向你提供 complimentary service（免費服務）。

confidant/confidante

如果你不喜歡用性別化的名詞，當然可以使用 confidant 稱呼任何與你分享祕密的知己好友。不過，不要把男人稱爲 confidante，這個單字僅限女性。大多數人都能正確分辨 fiancé（未婚夫）和 fiancée（未婚妻），但總是會有人搞不清楚。

conscience/conscious

conscience 是內心幫助你明辨是非的聲音。假如你是迪士尼動畫中的小木偶皮諾丘（Pinocchio），你的良心則化身爲蟋蟀吉明尼（Jiminy Cricket），牠的名字源自粗口的委婉用法，取代大喊 Jesus Christ。

conscious 是形容詞，指清醒、警覺的狀態，也指格外有覺察力。

continual/continuous

continual 是指持續但有停頓或中止，斷斷續續，例如：continual thunderstorms（一直雷雨）代表偶有陽光出現，continual bickering（一再吵架）代表偶爾休兵。

continuous 是指毫無休止，例如諾亞遇到的大洪水，因爲雨整整下了四十天，日夜都不間斷。

coronet/cornet

coronet 是小王冠，cornet 是指短號，即像小號的樂器。

criterion/criteria

criterion 是單數，意思是幫助我們做出決定的標準，複數是 criteria（也可以寫成 criterions，但我想不起上次看到它是何時）。

我經常看到有人意思是單數 criterion，卻寫成複數的 criteria，也許他們覺得這樣更炫吧。

crochet/crotchety/crotchet

crochet 這個動詞指以鉤針做針線活，不同於棒針（knitting）、也不是 tatting（即梭編蕾絲），如果混為一談，可能會惹人不快或甚至發脾氣。

crotchety 就是指脾氣不好（grouchy）、暴躁（cantankerous）、易怒（tetchy*）等。

一個人的 crotchet 指的是沒道理的想法或古怪的習慣（對了，我們美國人口中的四分之一音符是 quarter note，英國人則說 crotchet；英國人對於再正常不過的音樂，有著各式各樣值得玩味的名稱唷）。

我注意到可樂餅（croquette）和槌球（croquet）這兩個單字不常被混為一談，在此就姑且跳過囉。

cue/queue

這兩個單字長得不大一樣，但根據我的經驗，兩者愈來愈常引起混淆。

cue 當名詞指的是信號，譬如要演員入場、說話或行動的指示。劇作家湯姆‧泰勒（Tom Taylor）一八五八年所寫喜劇《我們的美國表親》（*Our American Cousin*）中的一句台詞：You sockdologizing old man-trap（你這個老奸巨猾的傢伙），可能是歷史上最臭名昭著的信號；因為約翰‧威爾克

---

* tetchy 和更常見的 touchy 之間有什麼特別的差異嗎？沒有，兩個單字的意思都是易怒。話雖如此，tetched 的意思則完全不同，意思是略微瘋顛。

斯・布斯（John Wilkes Booth）——未參與此劇的演員——趁觀眾因為這句話哄堂大笑時開槍，暗殺了時任總統亞伯拉罕・林肯。

　　cue 當動詞就是給予指示，take a cue 暗示是指效法別人的行為或舉動。

　　queue 當名詞是髮辮，傳統上是以前中國人留的辮子；但 queue 更常指排隊等待的一群人（對了，成雙成對的人走成一排稱為 crocodile）。queue 也是你在 Netflix 尚未觀看的影片。

　　queue 當動詞就是排隊，常常寫成 queue up 但別跟 cue up 搞混，後者是做好開始前的準備（例如 PowerPoint 簡報或老一輩口中的幻燈片）。

　　不久前，queue 還是非常英式的動詞，美國人提到排隊時使用 queue up 可謂做作的最高境界。我不確定這個單字何時傳入美國，但現在看來肯定取得永久居留權了。

dairy/diary

　　你應該不大可能混淆乳品與日記的意思，只有在打字時很可能會拼錯，這樣說明應該就夠了。

defuse/diffuse

　　defuse 當動詞的字面意思是移除導火線，像是防止炸彈爆炸。比喻來說，如果你想讓一屋子脾氣暴躁的人冷靜下來，就是在化解一個棘手的局面（you're defusing a thorny situation）。

　　形容詞 diffuse 的意思是不集中，例如：diffuse settlements in a vast territory（廣大的土地上散布著屯墾區）。動詞 diffuse 的意思是「擴散」，像是空氣清新劑可在房間內 diffuse 或 be diffused。

demur/demure/demurral

　　demur 當動詞是表示反對或異議，或許是因為這個單字說出口會發出

溫和的捲舌聲（也或許是因為它看起來像 demure），所以經常用來表示禮貌地反對。

demur 也可以當名詞，例如：accept someone else's decision without demur（毫無異議地接受他人的決定）你也可以使用 demurral。demur 和 demurral 還有一個不大常用的意思，表示「拖延」。

demure 是形容詞，意思是謙遜或含蓄。

descendant/descendent

前者當成名詞，指後代子孫；後者當成形容詞，形容後代子孫，或向下移動的事物。

這兩個單字的定義偶爾會互通，但這樣實在毫無益處。

絕大多數情況下用的會是名詞 descendant，形容詞 descendent 很少出現。

desert/dessert

大多數人都能正確區分 desert（炎熱乾燥的沙漠）和 dessert（飯後甜美又療癒的點心）這兩個名詞。

但很多人都會用錯一個久負盛名（venerable*）的片語。描述某人得到報應時，應該要寫成他們得到 just deserts，而不是 just desserts──因為這才是符合公平正義的結果（what they *deserve*）。

如果我們幾個朋友到一家餐廳去，只想享受幾片甜派和一杯巧克力慕斯，就肯定可以說 just desserts（只有甜點）。

---

* 我偶爾看到 venerable 用來單指卓越顯赫，或單指年代久遠，但我建議最好用在兩者兼有的情境。

disassociate/dissociate

兩個單字的意思一模一樣，都是指「脫離」，而且在英文中出現的時間點也差不多。不知為何，disassociate 常常受人抨擊，但我並不覺得它令人困擾。如果你明白心理學上 dissociation（解離）的意思——即發生危機時與現實脫節——就可能會認為 disassociation 也很適合用於日常各種切割的情境，例如某個叔叔在感恩節晚餐上發表了種族歧視言論，自己可能就會想與之切割。

discreet/discrete

一個人假如 discreet，就懂得分寸（discretion），他們凡事只做不說、謹小慎微、小心翼翼。

而 discrete 則是形容分布在不同地方的東西，各自獨立。

discreet 和 discrete 經常被混為一談，那些嬉皮笑臉的個人廣告作者尤其如此。

eek/eke

你看到一隻老鼠時放聲尖叫就是 eek。

eke 是費盡心力取得某樣事物而且通常還不能如願，例如：to eke out a living（勉強度日）。我想也許一個人在裝害怕時，可以 eke out an eek。

emigrate/immigrate

永久搬離甲國是 emigrate 永久搬入乙國是 immigrate，例如：

My paternal grandfather emigrated from Latvia; he immigrated to the United States.

我的祖父離開拉脫維亞後，移民到了美國。

這兩個單字用於描述從一個國家或大陸，橫跨到另一個國家或大陸定居。一個人從芝加哥搬到紐約就不能算是 emigrate。

eminent/imminent/immanent

eminent 當形容詞，意思是顯赫、聲名遠播。

imminent 也是形容詞，意思是迫在眉睫、隨時都會來臨。

immanent 同樣是形容詞，意思是內在固有，或可以說內建。這個單字最常出現於描述憲法權利、上帝的存在與影響等脈絡中。

envelop/envelope

envelop 是動詞，意思是圍住或包圍；envelope 是信封，裝信的小物。

epigram/epigraph

epigram 是指簡潔、一針見血而且往往幽默的短句，以往奧斯卡・王爾德常常出口就是詼諧雋語，眾人猶如搶吃餅乾的鴨子趨之若鶩。舉例來說，他的劇作《不可兒戲》（*The Importance of Being Earnest*）最著名的句子是：

All women become like their mothers. That is their tragedy. No man does. That's his.

人都會變得像自己的母親，這是女人的可悲。但男人卻不會變得像自己的母親，這是男人的可悲。

epigraph 是令人回味的引言，鮮少詼諧但通常簡潔，放在一本書的開頭，通常是緊接在贈獻頁之後，或是放在章節的開頭。

everyday/every day

everyday 是形容詞（例如 an everyday occurrence〔每天發生的事〕），every day 是副詞（例如 I go to work every day〔我每天上班〕）。

但 everyday 愈來愈常被當成副詞，這實在太煩人了，拜託你不要助長歪風。

evoke/invoke

evoke 當動詞是指喚起記憶，例如椰子或蘭姆（或**兩者都有**）的香氣，可能會喚起美好的熱帶假期回憶，而當代恐怖小說作者的鬼故事，則可能會令人想起伊迪絲・華頓或蒙塔古・羅茲・詹姆斯（M. R. James）* 的鬼故事。

invoke 當動詞是指在現實中召喚，好比巫師召喚惡魔來消滅敵人一樣，或是援引內容以達到保護與援助的目的，例如引述憲法第五修正案保持緘默與避免自證己罪的權利。

簡單來說，如果你僅把 evoke 用在譬喻、invoke 用在現實，就不會有問題。

exercise/exorcise

意爲運動的 exercise 與意爲驅魔 exorcise 的混淆情況並不嚴重，不過假如你爲了某事焦慮不安或難以平復心情，不能用 exorcised 形容，而是 exercised。

farther/further

一般來說，farther 用在實體空間的距離，例如：

---

*　這兩位作者我都大力推薦，故事出色、文雅又令人坐立難安。

I'm so exhausted, I can't take a step farther.
我累到走不動了。

further 則用來形容抽象的程度或時間，例如：

Later this afternoon we can discuss this weighty matter further.
我們下午稍晚可以進一步討論這件要事。

假如面對模稜兩可的情況，就使用 further 吧。英國的朋友們為了減少模糊空間，大多數情況下都使用 further。

faun/fawn

faun 是神話中的生物，半人半山羊，是比較不嚇人的森林之神薩特（satyr）。

fawn 是指幼鹿，也是淡黃褐色。

fawn 當動詞是為了寵愛而諂諛、討好（apple-polish）、獻殷勤（bootlick）、拍馬屁（suck up）。

faze/phase

faze 當動詞是指打擾或干擾、使人不再平靜，例如某人因為要在公開場合發言而感到緊張不已（fazed）。

phase 是指發展的一個階段，例如孩子可能會經歷拒絕吃蔬菜的階段；phase 當動詞是指長時間下來採取的行動，例如逐步淘汰（phase out）過時的教科書。

ferment/foment

ferment（發酵）是釀造啤酒或葡萄酒，而 foment 則是煽動（激起）不

滿的情緒。話雖如此，一個人的憤怒也可以 ferment，情緒高昂的一群人可以說是 in a state of ferment（處於亢奮狀態）。

動詞 ferment 當成動詞 foment 的同義詞，引起很多人不自在；然而，這不能說不正確。不好意思啦，諸位不自在的人。

fictional/fictitious

fictional 指虛構的文藝作品以及個別組成部分的本質，小說中的人物就是 fictional。

fictitious 指非屬文藝作品內的事物，而是瞎掰出來的內容，例如可能你在小學五年級撒謊說阿嬤死了，以躲過上學考試，這便是 fictitious。願這位阿嬤安息。

flack/flak

flack 是媒體公關，flak 是防空武器，尤其指發射出來的炮火。

如果你受到了嚴厲的批評，遭受到責難是 catch flak，不是 catch flack。

flail/flay/flog

flail 當動詞是指瘋狂地揮舞，譬如溺水的人揮臂掙扎，flail 也可以是指猛打。

這個單字動詞與名詞相關。flail 當名詞是指用來脫粒的連枷，即一根較長的棍子鬆鬆地連著一根較短的棍子，可以拿來揮舞。

這就是繪畫和雕塑中，法老拿著的其中一樣東西（另一樣是牧羊人的彎杖），也可以指令人顫慄的中古武器：流星錘。

flail 和 flog 當成懲罰的動詞，常常是同義詞，不過對我來說，前者讓人聯想到棍子，後者讓人聯想到鞭子。不管這兩個單字帶來什麼聯想，都是你家的事。

另一方面，動詞 flay 的意思是把某物或某人的皮剝掉或撕掉，也可以是比喻的講法，用語言文字來把人生吞活剝。

flair/flare

flair 的意思是才能，例如 a flair for the dramatic（戲劇的才能），或時尚感，例如 someone dresses with flair（穿著具時尚感）。

flare 的意思是以迸發的光或火當成緊急信號，或指喇叭褲愈來愈寬的褲管。

flaunt/flout

flaunt 這個動詞的意思是炫耀，可以炫耀自己或事物，譬如財富和權力。

flout 這個動詞的意思是蔑視或違抗，這個單字後頭似乎老是接上 the law 或 the rules 等表示律法的字眼。

flesh out/flush out

flesh out 這個動詞片語的意思是添加內容，例如透過提供行動的確切細節，豐富商業提案的內容。

flush out 這個動詞片語的意思是灌水清洗某樣東西（像是傷口），也可以指把人或物從藏匿處逼出來，譬如用煙霧彈把罪犯從巢穴逼出來。

flier/flyer

flier 是會飛的人或物。至於路上那些你不想拿，或對理念沒興趣的傳單，有些人選擇 flier，有些人選擇 flyer。我個人建議是，flier 拿來形容空中飛翔的人或物，flyer 拿來形容直接丟到垃圾桶的那些傳單。

假如你在冒險行事，可以說 take a flyer 或 take a flier。要是我就會選擇

前者（書面也比較常見），沒有特別的理由。

flounder/founder

flounder 這個動詞指笨拙地掙扎，founder 則是下沉或失敗，但也有可能先 flounder 再 founder，因此偶爾會搞混。

forbear/forebear

forbear 是動詞，指忍住不做某事，例如大齋期間可能忍住不吃巧克力，這個單字也指面對困難時表現自制力（從而展現忍耐）。

forebear 是名詞，意思是一個人的祖先＊。

forego/forgo

forego 是指先於某事物；forgo 是放棄。

foreword/forward

foreword 是指一本書的前言，這個單字一般用來指主要作者以外的人所寫的簡短文章†。

forward 是前進的方向，也是一個形容詞，經常用於形容小屁孩的自以為是，或形容他人僭越、咄咄逼人（通常指性方面）。

gantlet/gauntlet

gauntlet 是一種手套，特別適合在受到奇恥大辱時，扔到地上向對方下

＊ 身為文字編輯，我較少遇到有人搞混 ancestor（家族內的先人）和 descendant（後代子孫）。儘管如此，我每年還是會遇到一兩次，所以還是提醒一下。

† 在此瞞著出版專業人士告訴你：**別再把** forewords 誤植成 forwards，或甚至拼成 forwords，謝謝。

戰帖，或者撿起來代表接受挑戰。

如果你被迫穿越兩排人中間，他們個個拿著棍棒，鐵了心要把你打得半死，但你又不能選擇往反方向逃走，那就是 run the gantlet/gauntlet，端看你向誰請教。我是喜歡使用 gauntlet 的人，總覺得 gantlet 這個單字本身看起來小家子氣，好像那兩排傢伙打算用薄薄的桌巾來打你一樣。

gel/jell

gel 是果凍，也可以指舞台燈光使用的透明色紙，通常是塑膠材質。

果凍定型或一個人的計畫成型時，可以使用動詞 gel 或 jell。我喜歡 jell。

gibe/jibe/jive

這三個單字之間有不少字源上的爭議，但你只要把 gibe 的名詞當成譏笑、動詞當成嘲諷、jibe 用來表示同意或一致，就絕對站得住腳。

有時會遇到有人把意為捷舞的 jive，當成 jibe 使用，例如 I'm so pleased that our plans for the weekend jive.（好高興我們周末的計畫一樣。）無論從字源學或其他角度來看，這個用法都站不住腳。

gravely/gravelly

gravely 是副詞，意思為嚴重，例如 gravely ill（生重病）。

gravelly 是形容詞，表示布滿卵石與其他零碎岩石的表面，例如碎石路是 gravelly road，也可以表示粗糙，例如沙啞的聲音是 gravelly voice。

grisly/gristly/grizzly/grizzled

grisly 可以形容血腥的犯罪。

gristly 可以形容堅韌的肉質。

grizzly 可以形容部分的熊。

把駭人罪行寫成 grizzly crimes 是非常普遍的錯誤（如果兇手是熊就可以），老是會引人發噱，應該極力避免。

grizzled 指的是斑駁灰髮，因而衍生為「年老」的同義詞，但很多人都以為是邋遢或粗獷的意思，實則不然。

hangar/hanger

hangar 是停放飛機的地方，hanger 是掛衣服外套的地方。牛橫膈膜懸垂下來＊那塊不受食客青睞的肉排，稱為 hanger steak。

hanged/hung

hanged 是指對人處以絞刑，hung 是指掛起畫作等物品，也可以用來形容男人的性器官尺寸。

hardy/hearty

hardy people 指能應付困難的人，他們有魄力、有鬥志、大無畏又不屈不撓。

hearty people 指熱情親切的人，他們精神抖擻、為人爽朗、常大聲嚷嚷、毫不掩飾情感又有點惱人。

a hearty soup 指濃郁、有營養的湯或燉品。

hawk/hock

就動詞來說，hawk（在此不討論鳥類）是指販賣，hock 則是典當。

至於吐痰的英文，傳統上會說 hawk a loogie，但流行的是 hock a

＊　懸垂著就是 hanging，現在知道來源了吧？

loogie。

hock 當動詞的意思，萬一你眞的需要知道，就是嘔吐或是⋯⋯還有其他的定義，大部分都很噁心就對了。

historic/historical

historic 形容具有歷史意義的人事物，像是民權法案（Civil Rights Act）通過就是 a historic event。

historical 只形容存在於過去的事物。

另外請注意，具歷史意義的事件是 a historic event，不是 an historic event，除非你習慣說 an helicopter，否則沒有理由加上 an。

hoard/horde

hoard 當動詞就是囤積，通常是祕密進行；hoard 當名詞則是一個人囤積的東西。托爾金（J.R.R. Tolkien）的史矛革（Smaug）就囤積大量黃金。紐約的傳奇人物科萊爾兄弟（Collyer brothers）叫荷馬（Homer）和蘭利（Langley），他們把一大堆雜物都囤積在他們位於第五大道的家中，最終導致兩人慘死：蘭利誤觸自己架設的陷阱被壓死，而可憐的荷馬因爲全盲無法自理，後來也活活餓死，實在想不到吧。

horde 通常是帶有貶抑意味的名詞，形容擁擠的群體，例如大舉入侵的蒙古人、時代廣場上擋住人行道的大批觀光客，或蜂擁而來的活屍。

home/hone

home 當動詞是瞄準，例如猛禽和飛彈會 home in on（鎖定）目標；hone 是磨利，hone in on 這個片語實在太多人使用了，甚至收錄進詞典當中，很難再說它是錯誤用法，但這不代表我就得欣然接受。

hummus/humus

hummus 是一種鷹嘴豆泥製成的中東沾醬。

humus 是土壤中腐爛的有機物質。

前者可以在你當地的有機超市找到琳瑯滿目的牌子，後者則不能吃，小心別誤食了。

imply/infer

imply 意思是暗示、不直說。

infer 意思是從間接獲得的資訊導出結論、釐清或推斷。

不妨把 imply 當成外在的行為、把 infer 當成內在的行為。說話的人會 imply，聆聽的人則會 infer。

internment/interment

internment 是指監禁或禁閉，特別是在戰爭期間，例如：Japanese Americans were interned during World War II（日裔美國人在第二次世界大戰期間遭到監禁）。

interment 是一種埋葬儀式，例如：a child might laboriously and with great ceremony inter a deceased pet（孩子可能會大費周章、極其慎重地安葬死去的寵物）。

小提醒：把火化後的骨灰放進骨灰罈的動詞則是 inurn，骨灰是 ashes，希望你不要寫成 cremains。

it's/its

it's 是 it is 的縮寫，例如：It's a lovely day today.（今天天氣真好。）

its 是 it 的所有格，例如：It rubs the lotion on its skin.（牠把乳液擦在皮膚上）。

　　無論你在書面或網上公開發表的任何言論有多精闢，假如無法分辨 it's 和 its（還有下文的 you are 和 your），就會成為眾人瞧不起的對象。這確實不公平，但人生本來就不公平。

kibitz/kibbutz

　　kibitz 這個動詞是指閒話家常，如果用得稍微靈活一點，意思是從旁提供雞婆的建議，特別是在別人打牌時插嘴*。

　　kibbutz 這個單字中間有兩個字母 b，意思是以色列社會主義的集體農場。

lama/llama

　　llama 是大羊駝，即南美洲馴養的無脊椎動物，小羊駝和羊駝的表親。

　　lama 是喇嘛，即西藏或蒙古的佛教僧侶，住在喇嘛寺內。

lay, lie, laid, lain, and the rest of the clan

　　雖然我不想使用文法術語，但不使用就無法討論 lay/lie 的差異。

　　好，開始說明囉：lay 是及物動詞，意味著需要接續受詞，因為及物動詞必須有接受動作的對象†：

I lay my hands on a long-sought volume of poetry.

我把雙手擺在一本尋找已久的詩集上。

I lay blame on a convenient stooge.

---

* 源自田納西・威廉斯的《慾望街車》（*A Streetcar Named Desire*）：
BLANCHE: Poker is so fascinating. Could I kibitz?（撲克牌太好玩了，我可以插個話嗎？）
STANLEY: You could not.（不可以。）

† 好啦，對象也可以是人，但這裡不必想歪。

我把責任歸咎於一個奴才。

I lay an egg. *
我下蛋。（假裝我是母雞）。

這意味著什麼？首先，你在 lie 和 lay 之間猶豫不決時，假如句子裡頭有受詞，又可以改用 place 等較不易混淆的及物動詞，就代表需要使用 lay。

lie 則是不及物動詞，像是 I lie 就是一個完整句，既可以表示躺下的動作，也可以表示撒謊。lie 可以接副詞，例如 I lie down（我躺下）和 I lie badly（我謊撒得很爛），也可以接躺著的地方，例如 I lie on the couch（我躺在沙發上），只是不需要在後頭接東西。

不幸的是，這兩個動詞都可以變化，也必須變化，而麻煩就來了。

我們先把兩者的意思，按照時態說明一下：

to lay

現在式	lay	I lay the bowl on the table.
現在分詞	laying	I am laying the bowl on the table.
過去式	laid	Earlier, I laid the bowl on the table.
過去分詞	laid	I have laid the bowl on the table.

to lie*（躺下）

現在式	lie	I lie down
現在分詞	lying	Look at me: I am lying down.
過去式	lay	Yesterday, I lay down
過去分詞	lain	Look at me: I have lain down.

---

* 話雖如此，偶爾還是會提 hens laying 這份工作，此處則當成不及物動詞，不需要任何受詞。

　　lie 的過去分詞 lain 任誰看來都很怪，但更討厭的是，lie 的過去式居然是 lay 這個我們拼命避免誤用的單字，更是讓人抓狂。我懂你們的感受，真的很抱歉。

　　你只要加以練習，就可以把這些全部記下來。或你也可以把這頁摺一下，隨時參考，我要是你的話就會如此。

額外的 lay/lie 小知識

　　有些人誤以為（實在奇怪）lie down 這個動作必須由人進行，實則不然：

I lie down.

我躺下來。

Fiona the hippopotamus lies down.

河馬費歐娜躺下來。

Pat the bunny lies down.

兔子派特躺下來。

　　就現在式來說，沒有 lay low（低調躲藏）或 lay in wait（埋伏）的說法，只有 lie low、lie in wait。

　　話雖如此，給敵人設陷阱可以說 lay a trap for one's enemy，有幸把敵人摺倒是 lay the enemy low。驅鬼則可以說 lay a ghost。

　　說了你可能會覺得很討厭：十八世紀末之前，並沒有人特別在意躺下是使用 lay down 或 lie down，反正最後都是躺平嘛。後來有群愛舞文弄墨的傢伙雞婆，對於這個問題指指點點，規則就此誕生了。從此以後，學童

---

*　lie 當成說謊的動詞變化很容易，所以我把它放在這裡：

I lie.

I am lying.

I lied.

I have lied.

（和作家）們就被這個問題飽受折磨。

leach/leech

　　leach 當動詞是運用液體滲透（percolating*）的方式，把甲物質從乙物質中濾出，就像雨水可能從土壤中濾出營養物質一樣。

　　leech 當動詞時，字面上指運用水蛭（看起來很噁心的吸血蟲）給病人塗抹，以促進療癒；比喻上來說，這是指習慣利用他人——像水蛭一樣把他人吃乾抹淨，或像海綿一樣吸走好處。

lead/led

　　動詞 lead 的過去式不是 lead 而是 led，因此：

Today I will lead my troops into battle.
今天我要帶兵打仗。

Yesterday I led them.
昨天是我帶兵。

　　如果不是因為我親眼看過無數次 led 被誤植成 lead，我是不會特地指出這個看起來這麼基本的文法。這個錯誤一點也不神祕——畢竟聽起來一模一樣，你也可以跟 read 的過去式比較一下——但還是文法錯誤。

lightening/lightning

　　如果你提著母親的行李箱去火車站，就是孝順地 lightening her load（減輕她的負擔）。

---

*　percolate 這個單字在現代人看來，跟過濾式咖啡壺的噗噗聲緊密相連，我因此發現許多人得知 percolate 並不是冒泡，而是指把液體（例如水）濾過固體（例如研磨咖啡）。滲濾不是發生在咖啡壺的圓頂，而是發生在下方的變化。

如果在去火車站的路上剛好下雷雨，你應該找個地方躲避，不僅避免被淋溼，還可以避免遇到 lightning（雷擊）。

loath/loathe

loath 是形容詞，loathe 是動詞：

I am loath to make comments, snide or otherwise, about people I loathe.
我不願意評論我討厭的人，無論是冷嘲或熱諷都不願意。

lose/loose

lose 是動詞，意指弄丟東西；loose 當形容詞意指不緊繃——像是衣服寬鬆或道德觀念鬆散——而 loose 當動詞是釋放某事物，但奇怪的是，unloose 竟然是同義詞。

luxuriant/luxurious

luxuriant 意指鬱鬱蔥蔥或量多，例如長髮公主的頭髮或葛藤。

luxurious 意指奢侈、優雅和昂貴，像是名車藍寶堅尼、鐵達尼號的特等客艙。

mantel/mantle

mantel 是壁爐上面的架子。

mantle 是類披肩的無袖衣服。比喻上來說，承擔的責任也叫 mantle。

marital/martial

marital 是婚姻的形容詞，martial 是軍事相關的形容詞。除非你的婚姻充滿火藥味就沒差，因為屆時最大的問題應該不是選字。

masterful/masterly

你可能和我一樣，學過 masterful 這個形容詞意思是專橫或霸道，而 masterly 這個形容詞意思是精通或高明。但基於我的經驗，作家們傾向於用 masterful 來表示有成就——書籍封底推薦文字老是感動不已地說 masterful prose——並且很排斥改成 masterly 這個他們根本不大用的單字。我想，大家對於 masterly 之所以不自在，部分原因是那個 -ly 的結尾看起來像副詞。

針對這兩個單字，我做了些功課才曉得：數百年來，這兩個單字都可以有兩項意義，直到二十世紀初，某位特別有影響力的語言大師才主動把它們區分上述的意思，看起來比較漂亮。也就是說，這種區別是完全站不住腳。

因此，你可以依個人意願堅持兩者的區別——這樣並不算錯——但不分也無妨。

militate/mitigate

militate 當動詞是預防或反擊，如出動全副武裝的士兵會壓制動亂。

mitigate 當動詞是減輕，譬如紅十字會能減輕颶風受災戶的痛苦。

無論你看到多少次 mitigate against，絕對是不正確的用法。

millennium/millennia

一個千禧年是 millennium，兩個以上是 millennia；也要小心拼法，無論單複數都有兩個 l 和兩個 n。

曼哈頓市中心有家飯店叫 Millenium Hilton，我打死也不會去那裡住*。

---

* 根據二〇〇〇年《Wired》一篇文章作者所言，他向飯店公關人員詢問後得知：「這棟飯店的名字可以追溯到一九九〇年代初⋯⋯當時前老闆故意選擇一個 n 來拼 Millennium⋯⋯他很清楚這是錯誤的拼法，但認為這會讓飯店與眾不同。」套句瑪琳・參考米克（Maureen McCormick）的不朽名言：「好喔，小珍。」（Sure, Jan.）

miner/minor

miner 是在地下勞動的礦工。

minor 是未成年的孩子。

無關緊要的細節是 minor detail 音樂的小調、音階或讓人聯想到憂鬱的調性也都是 minor。

mucous/mucus

有關 mucous，我覺得最優雅的詞典定義莫過於此：「與黏液相關、被黏液覆蓋或具有黏液的性質」。

也就是說，mucous 是形容詞，mucus 是名詞，例如：

Mucous membranes produce mucus.

黏膜產生黏液。

naval/navel

一般人在使用航海相關單字 naval 時很少會出錯，但話題一轉到肚臍上時，很多人就忘記了把 a 改成 e。肚臍分成 innie 或 outie。

onboard/on board

還記得 everyday 和 every day 嗎？好，我們又要討論同樣的概念了。

onboard 是形容詞，例如：onboard refueling（船上加油）或 onboard navigation system（船上導航系統）；on board 是副詞，字面意思是在船上，例如：The crew was on board the ship（船員在船上），或比喻為同意，例如：This department is on board with the new regulations（該部門同意新規定）。

你可能還記得，onboard 的動詞用法前文已提過，就不再贅述，以免有鼓勵之嫌。

ordinance/ordnance

ordinance 是指命令或法條，ordnance 則指軍用品 —— 不僅限槍砲，還有彈藥、裝甲、車輛等實際戰爭物資。

palate/palette/pallet

palate 是指上顎或味覺，palette 是各式顏色或藝術家的調色盤。

pallet 是裝載貨物的平台，常見於貨櫃區，這個單字也可以指小床，但略嫌過時。

pass/passed/past

當動詞使用時，passed 是 pass 的過去式。

past 既是名詞也是形容詞，例如威廉・福克納的句子：

The past is never dead. It's not even past.
往事從未結束，甚至尚未過去。

past 也可以當成介系詞、副詞等幾乎各種詞性，就是**絕對不能當動詞**。

passed **絕對不能**當形容詞，past **絕對不能**當動詞。

peak/peek/pique

這幾個單字超容易搞混：peak 是山頂，peek 是瞥視。sneak 裡面的 ea 導致一大堆人把偷瞄誤拼成 sneak peak，拜託不要，sneak peek 是唯一正確的版本，除非你開飛機穿出雲層、山壁迎面撞來，那當然是 sneak peak（偷偷摸摸的山峰）。

a fit of pique 是發小脾氣；pique one's interest 是激起他人的興趣。

peal/peel

你大概知道鐘響是 bells peal，馬鈴薯削皮是 potatoes are peeled；你可能會忘記自己做事小心翼翼是 keep your eyes peeled，即睜大雙眼的模樣。

至於馬鈴薯皮、香蕉皮、檸檬皮或柳橙皮都是名詞 peel，因此我們才會衍生 peel 的動詞用法。至於蘋果的皮則是 skin，除了用來烹煮，還可以直接吃掉。

pedal, peddle, peddler, et al.

pedal 是你用腳踩的踏板，假如你用腳來操作某樣東西，便可以稱自己為 pedaling pedaler。至於長及小腿的七分褲，不論是否穿來騎腳踏車，都稱為 pedal pushers*。

peddle 當動詞是指到處販售小東西、小玩意、小飾品等等，而 peddler 就是做這類工作的人（英式英文有時會拼成 pedlar）。

也許四處流動的商賈在一般人眼中不值得信賴，否則為什麼不自己開家像樣的商店呢？所以 peddle 也衍生出宣傳邪思歪理的意思，例如：Go peddle your nonsense elsewhere.（滾到其他地方去宣揚你的屁話。）

你想切割某個行為或失言時，就是在 backpedal；你設法虛構事實或減輕不愉快時，就是 soft-pedal。前者源於騎腳踏車時倒踩踏板，後者源於彈鋼琴柔音踏板。那為什麼 backpedal 不必加連字號，soft-pedal 卻要加呢？因為詞典就是如此反覆無常。

另外，雖然你可以已曉得了，但以防萬一還是叮嚀一下：petal 才是花瓣。

---

* 這類過膝褲又稱為 clam diggers 或 Capri pants。

phenomenon/phenomena

前文的 criterion 和 criteria、millennium 和 millennia，這一組也是單純單複數的問題，一個現象是 phenomenon，兩個以上則是 phenomena。

pixilated/pixelated

pixilated 指的是瘋癲中帶著困惑，是個聽起來傻里傻氣的單字（源自 pixie），所以最好用來形容傻得瘋癲。這個單字在法蘭克・卡普拉（Frank Capra）一九三六年執導的荒誕喜劇《富貴浮雲》（*Mr. Deeds Goes to Town*）中出了名，電影中用來描述蓋瑞・庫柏（Gary Cooper）飾演的朗費羅・迪茲（Longfellow Deeds）。

在電腦或電視螢幕上的畫素圖片是 pixelated image，指其最小個別元素（通常是點狀或方塊；pixel 便是 picture 和 element 的合成詞）擴大到讓人無法分辨原本圖片的程度。

我傾向認為 pixelated 是刻意從 pixilated 衍生出來，否則大可以直接稱為 pixeled，只是我沒有證據支持這個有點瘋癲（pixilated）的想法。

plum/plumb/plummy

plum 原本是具夏季風情的梅子或李子，當形容詞時有精選和值得擁有的意思。例如在一齣戲中獲得極佳的角色是 a plum role，獲派政治要職是 a plum political appointment。

plumb 當動詞是指確定深度，例如水體的深度，衍生為詳細探索或檢查的意思，例如 plumbing the horrors of modern warfare 是研究現代戰爭的恐怖。

plumb 當副詞是指完全或不偏不倚，譬如 plumb loco 指完全瘋掉，plumb landing in the middle of a ghastly situation 則是恰好落入可怕的情況。

plumb 當名詞是指用來測量水深的鉛垂線末端金屬。

plumb 當形容詞的意思是垂直。

另外，水電工賴以爲生的技能也是 plumb。

但 a plummy voice 是指聲音裝模作樣——就是太矯情了。

pokey/poky

pokey 是名詞，意思爲監獄，又稱 hoosegow、clink、slammer、big house 等。

poky 是形容詞，指慢得令人受不了、狹隘或邋遢老氣。

美國人把呵吉啵吉舞稱爲 do the hokey pokey，英國人則稱爲 do the hokey cokey。

populace/populous

populace 是名詞，意思是人口或普羅大眾。

populous 是形容詞，意思是人口稠密。

pore/pour

pore over 這個動詞片語意思是仔細檢視；pore 當名詞意思是臉上常常阻塞的毛孔。

pour 當動詞是指從容器中傾倒東西出來，可以是水、酒、鹽、糖等等。

precede/proceed

precede 這個動詞意指先於某事物，proceed 這個動詞則是指向前進。

premier/premiere

premier 當形容詞意思是首要或名列前茅，當名詞則是首相、總理。

premiere 當名詞是戲劇的首映，而片語 premiere a movie 則是電影首映。

prescribe/proscribe

prescribe 是醫生開處方，或是規定。

proscribe 是指禁止。

principal/principle

美國小學生在學拼字時，應該聽過很多老師教過這個記憶口訣 the principal is your pal（校長是你的好朋友），但後來發現校長並不是朋友，而是嚴厲的大人，驚恐程度可想而知。

這個體悟可說是 a principal life lesson（人生重要的一堂課）。實際上，你可以把這件事看成是一則 principle，即一條基本的真理，從中可以衍生更多深奧真理，就此踏上成長質疑辯證的道路。

個人原則即積累的道德觀念，小人則缺乏原則（unprincipled）。

principal 還有本金的意思，即個人積累的銀行資產，一般來說不會動用，這樣就可以完全靠利息維生。祝你好運囉。

prone/supine

這兩個形容詞顯然不會造成母音順序或子音重疊的混淆，但我依然把它們放進清單，因為實在太常混用，除此我也不知道能把它們擺在哪裡。

在此鄭重說明：

prone 是指趴著或俯臥的意思。

supine 是指躺著或仰臥的意思

除了前文所述的 led 常被誤植為 lead 之外，我敢說 prone 和 supine 兩者傻傻分不清楚是超常見的錯誤，一再逃過作者、文字編輯和校對的法眼，最後順利印成白紙黑字。

你可以運用自己喜歡的記憶法：supine 就是 spine（脊椎）在下方，俯臥就是……唉唷，隨便啦；但每當我碰到這兩個單字，絕對都會查一下詞

典。

prophecy/prophesy

prophecy 是預言的名詞，prophesy 是預言的動詞。

prophecy 的複數是 prophecies，而 prophesy 的第三人稱單數是 prophesies，以下是例子：

An oracle prophesies a prophecy.

I prophesy.

You prophesy.

He prophesies.

She prophesies.

They shall have prophesied.

rack/wrack/wreak

姑且不論 rack 這個單字的眾多定義，例如肉排、衣服和香料罐的存放、排列撞球的三角框、積分累積與對女性胸部的粗魯說法等等，我們在此只關注痛苦的定義。rack 是一種可怕的刑具（我們可能認為這個刑具源自中世紀，事實上它有悠久又豐富的歷史，至少可以追溯到西元一世紀），用來固定手腕和腳踝，接下來嘛，就是出現慘叫和關節脫臼，想必你都曉得了。所謂 be put to the rack 就是遭受折磨，因此才會有 one's body is racked with pain 來表示身體痛苦不堪；一個人絞盡腦汁來思考是 rack one's brain；咳嗽咳得難受是 a racking cough；而令人焦慮萬分的經驗則是 a nerve-racking experience。

確定嗎？

wrack 當動詞意思是破壞、毀滅。你被迫待在滿是吵鬧的幼稚園小屁

孩教室中，究竟是 nerve-racking，還是到 nerve-wracking 的程度？你那破舊不堪又發霉的祖厝是要 going to wrack and ruin，還是 going to rack and ruin？

現在告訴你一件事，你聽了要嘛欣喜若狂、要嘛痛不欲生：rack 和 wrack 兩者長期下來混用得太嚴重，導致很多字典乾脆把它們列為同義詞，而許多文體指南在嘗試歸類部分定義後，也只能無奈地放下堅持了。

《紐約時報百年經典寫作指南》（*The New York Times Manual of Style and Usage*）建議完全避免使用 wrack，意思是 wreck 就用 wreck，綜合考量下來，這個建議不失為一項好辦法。

那麼動詞 wreak 呢？ wreak 是指造成或施加（不好的事）。軍隊帶來破壞是 An army wreaks havoc，暴風雨肆虐是 A storm wreaks damage。需要特別注意的是，wreak 的過去式最好不要寫成 wrought（這是舊時 work 的過去式，仍然出現在 wrought iron 這個片語中），而是規則變化的 wreaked。

reign/rein

> Monarchs reign.
>
> 君王統治天下。
>
> Horses are reined.
>
> 馬匹都由韁繩繫住。

如果一個人能自由做決定、主導自己的人生，那就得到了自由支配權，即 free rein，但拜託不要拼成 free reign，因為這句片語無關乎國王或王后天不怕地不怕的行為，而是源自允許自己的座騎為所欲為，剛好跟表達嚴格控管的 tight rein 相反。遺憾的是，free reign 某種程度上說得過去，所以儘管是錯誤用法，仍然經常有人使用。

reluctant/reticent

reluctant 這個形容詞就是表示抗拒或不願意。

reticent 這個形容詞意指沉默以對、拒絕溝通。

因此兩者句型分別是：

One is reluctant to do X.

One is reticent about subject Y.

但愈來愈常見到 reticent 被當成 reluctant 使用。我認為實在沒有充分理由讓兩者就此混用，只是很多人都不再嚴格區分了。

retch/wretch

retch 就是乾嘔，同義詞有 heave、gag 和 nearly vomit。我覺得英文中有單字來形容「快吐出來」真是太棒了。這個單字也可以單純用來表示「嘔吐」本身，但嘔吐還有其他多采多姿的同義詞，我們當然要把 retch 當成前置作業來看。

wretch 是指生活陷入不幸／黑暗的人，包括可憐兮兮的不幸底層人士，以及黑心的無賴與惡棍，還有卑微的廚房幫傭。

riffle/rifle

這一組單字很適合愛用擬聲詞／記憶法的人，因為 riffle 是指輕輕地翻閱某樣東西，就像翻閱一本書或一副撲克牌。而至少在我聽來，riffle 帶有那種可愛的沙沙聲響。rifle 當動詞是粗暴地在房間翻箱倒櫃，而且是帶著犯罪意圖行事。rifle 動詞和名詞的拼法一樣，理應更容易記住兩者的差別。

rogue/rouge

注意你用來打字的手指。

rogue 就是無賴、不務正業的傢伙（ne'er-do-well*；詳見前文 wretch）。rouge 是指胭脂，即塗抹在嘴唇或臉頰上的紅色化妝品。

segue/segway

從音樂衍生的 segue 當動詞的意思是無縫過渡，當名詞的意思則是接軌本身。影集《發展受阻》（*Arrested Development*）電動雙輪車賽格威（the Segway）出現之前，segue 並沒有同音字可以混淆，所以不大可能拼錯。現在則可見到錯誤連連，順利的轉變不是 segway，絕對不是。

sensual/sensuous

sensual 關乎身體感官，sensuous 涉及審美問題。根據《牛津英文詞典》，一般認為是約翰・彌爾頓於十七世紀中創造了 sensuous，才能有單字來表達較細膩的感官享受，卻不像 sensual 一樣有性暗示。

可惜的是，無論是當時或今日，幾乎沒有人能分辨兩者，而一九六九年出版的火辣暢銷書《性感女人》（*The Sensuous Woman*）——根據彌爾頓的原則，書名應該改成 *The Sensual Woman*——可能害這兩個單字永久混淆了。如果你傾向於使用這組單字又擔心讀者會感到困惑，乾脆選擇另一個同義詞省得麻煩。

shone/shown

shone 是動詞 shine 的過去式和過去分詞（shined 也是，端視喜好），shown 是動詞 show 的過去分詞。

---

*　我喜歡包含一堆標點符號的單字，像是 no-man's-land（三不管地帶）和 will-o'-the-wisp（磷火），你呢？

stanch/staunch

這兩個單字的字根相同，彼此有時互爲同義詞，但假如你有心情區分（我是絕對會分），不妨依照以下原則：

使用 stanch 來指阻止某液體的流動，例如阻止傷口滲血，也可以指抑制某事物，例如在飽受戰爭蹂躪的國家中鎮壓暴力事件。

使用 staunch 來形容個人的不屈不撓、堅定不移、忠誠和堅強 *。

stationary/stationery

stationary 是形容詞，意思是紋風不動。

stationery 是名詞，意思是書寫紙（往往還包括信封、鋼筆、鉛筆和墨水等各式各樣的文具）。

subtly/subtlety

注意分辨這組單字中的副詞 She insinuated herself subtly into the conversation（她巧妙地把自己帶到對話中），與名詞 He wheedled money out of his parents with great subtlety（他耍心機騙走父母的錢）。

這組單字的定義不容易搞混，卻容易打錯字，尤其後者極容易拼錯。

tenant/tenet

tenant 意指付房租的房客。

tenet 則是信條或原則。

---

* staunch 用得最貼切的地方爲何？請看一九七五年艾伯特與大衛・梅索斯（Albert and David Maysles）拍攝的紀錄片《灰色花園》（Grey Gardens），片中「小伊迪」的伊迪絲・布維爾・比厄（Edith Bouvier Beale）説：A staunch woman... S-T-A-U-N-C-H. There's nothing worse, I'm telling you. They don't weaken. No matter what. 這部片真的應該看，快去吧，我等你。

than/then

很多人把兩者相互誤植，而且在句構上也把它們混為一談，因此會出現以下錯誤：

No sooner had we placed our order with the waiter *then* the restaurant caught on fire.
我們才剛向服務生點完餐，餐廳就失火了。

正確的結構是 No sooner had x *than* y。

their/there/they're

their 是所有格形容詞，意思是「他們的」：

I can see their house from here.
我這裡可以看到他們的房子。

there 是表示方向的副詞，意思是「那裡」：

I can see their house from here, which is over there.
我從這裡可以看到他們的房子，就在那裡。

they're 是 they are 的縮寫：

They're walking to their house.
他們正朝他們家走去。

就像 it's/its（見上文）、to/too（見下文）和 your/ you're（同樣見下文），你也得分清楚這一組單字，不能只知道其中差別，還必須懂得應用。

to/too

我知道自己應該不必釐清兩者差異，但要是你曉得成年人搞錯的頻率有多高，包準會覺得悲從中來。

to 主要是當介系詞，例如 He walked to the store（他走到商店）；to 還可以當不定詞標記，譬如 to be；to 偶爾也是副詞，例如 She yanked the door to（她把門關上了）或 He came to（他恢復意識了）。

too 的意思是「也」（譬如表示一舉兩得的片語 eating one's cake and having it too）和「過分」（譬如嫌人移動得太快就是 Slow down, you move too fast）。

toothy/toothsome

toothy 是形容詞，意指牙齒長得顯目，或單純牙齒很多。

toothsome 也是形容詞，往往用來形容那些你很期盼但還沒嘗到的東西，但看起來很好吃的樣子，所以有 toothsome morsel 這個用法。而這類垂涎的期待感，可以說明為何 toothsome 也會用來形容具有性吸引的人。

tortuous/torturous

tortuous 的意思是曲折、蜿蜒、蛇形，torturous 的意思是猶如折磨般痛苦。曲折的路程可以 torturous，但 tortuous 不牽涉價值判斷，只是客觀描述；至於 torturous，不管你怎麼去解讀，都一定與痛苦有關。

underway/under way

正如前文提到的 every day 和 everyday、onboard 和 on board，underway 是形容詞，under way 是副詞。你不會有太多機會使用 underway，所以最好多用 under way，例如：

The voyage is under way.

The project is under way.

Your life is under way.

最近有愈來愈多的 underway 給人當成副詞使用，真是無奈。

vale/veil

vale 是山谷，veil 是面紗。

儘管 veil of tears（淚之面紗）又美又哀戚，給人強烈的畫面感，正確的說法依然是 vale of tears（淚之谷）── 這個片語可以追溯到詩篇第四十八首（Psalm 84）。

venal/venial

venal 這個形容詞有唯利是圖、可賄賂、腐敗等意思。

venial 這個形容詞則是可寬恕的意思；輕微的罪行是 venial sin，即不致於會下地獄。

waive/wave/waver

waive 這個動詞是指放棄或讓出，例如 one waives one's right to a trial by jury，就是放棄由陪審團審判的權利。

wave 是揮動自己的手（或捲起自己的頭髮）。

海關檢查員不檢查行李就讓你通過，就是在 wave you through，而不是 waive you through。

waver 這個動詞是指顫抖或猶豫，不要跟 waiver（聲明放棄的文件）搞混。

whose/who's

I don't know whose books those are.

我不知道那些書是誰的。

上句中的 whose 是代名詞，表示所有格。

Who's on first?

誰先上？

上句中的 Who's 則是 Who is 的縮寫。

workout/work out

前者是名詞，後者是動詞。

錯誤：You're not on the way to the gym to workout.

正確：You're not on the way to the gym to work out.

相關片語是 give yourself a workout。

your/you're

這組就好像 whose 和 who's 的差別：

This is not your book but one stolen from the library. You're in a world of trouble.

這不是你的書，是從圖書館偷來的。你的麻煩可大了。

第十一章

那些年，我們遇過的專有名詞

　　我想我可以肯定地說，凡是理性的人，都不會傲慢到不查名字正確拼法，就貿然打出 Shohreh Aghdashloo 或 Zbigniew Brzezinski 或 Aleksandr Solzhenitsyn。但面對原稿時，如果文字編輯和校對人員一時疏忽，就會被拼錯許多看起來沒那麼可怕的專有名詞，進到最後的成書中。有鑑於多次有驚無險的經驗，以及至少一個已付梓的錯誤（我在下文會提到），我在多年前就開始整理這個清單；實際上，這正是你現在閱讀的這本書原型，我對它投入了很多個人感情，而且似免不了東添西加。

　　也許我可以直接說：「凡是大寫字母開頭，查一下就對了。」然後就此結束這一章，但那有什麼意思呢？*

---

*　你接下來會發現，這份清單非常多表演藝術領域的人名，套用大力水手卜派（Popeye）的話：I yam what I yam（本性難改）囉。另外，許多表演藝術相關的作者對拼寫態度之隨便實在惱人。喔，他們對日期也很隨便。

人名 *

容易拼錯的人名

Bud Abbott

巴德・阿伯特是喜劇二人組 Abbott and Costello 一員，他們的《誰在一壘？》（*Who's on first?*）是公認的滑稽段子，但較鮮爲人知的《貝果街》（*Bagel Street*）這齣短劇，又稱爲《薩斯奎哈納製帽公司》（*Susquehanna Hat Company*），堪稱西方文明史上數一數二地爆笑。

Abbott 字尾有兩個 t。

假如拼成 abbot，意思是修道院院長。

Pedro Almodóvar

佩德羅・阿莫多瓦是電影導演，揚音符號（acute accent，由右上撇向左下的變音符號 †）是在姓氏第二個 o 上頭，不是第一個 o。

Hans Christian Andersen

《安徒生童話》的作者，姓氏不要拼成 Anderson。

Ann-Margret

安－瑪格麗特是女演員 ‡、歌手、前性感小野貓（kitten with a whip），

---

* 　其中有一隻精靈、一頭熊和某些不大能算人類的生物除外。

† 　由左上撇向右下的變音符號稱爲抑音符號（grave accent，另稱爲重音符號）。

‡ 　英文中刻意表示女性的名詞已逐漸走入歷史，像是 comedienne（女喜劇演員）、murderess（女殺人犯）、poetess（女詩人）sculptress（女雕刻家）和別具魅力的 aviatrix（女飛行員），但 actress（女演員）仍屹立不搖，只要演藝公會頒獎時區別男女演員，這個單字勢必會繼續存在。話雖如此，很多女性演員都自稱 actor，很多人也只用 actor 來指女演員。

不要拼成 Margaret，還有記得加連字號。

Attila

阿提拉統治匈人（Hun）帝國，不要拼成 Atilla。

Dan Aykroyd

丹‧艾克洛德是喜劇演員，也是樂團「藍調兄弟」（The Blues Brothers）之一。

不要拼成 Ackroyd，這個是阿嘉莎‧克莉絲蒂（Agatha Christie）筆下遭謀殺角色羅傑‧艾克洛的拼法。

Elizabeth Bennet

伊莉莎白‧班奈特是珍‧奧斯汀（Jane Austen）《傲慢與偏見》（*Sense and Sensibility*）中性格好強的女主角，姓氏中只有一個 t。另外注意不要把作者姓氏拼成 Jane Austin。有必要特別一提嗎？恐怕真的有必要。

Pieter Bruegel the Elder

老彼得‧布勒哲爾是十六世紀法蘭德斯畫家，堪稱同代人之中的馬修‧麥康納（Matthew McConaughey），因為同樣沒有人記得住他名字的拼法，這大概是因為又可以寫成 Brueghel 或 Breughel。他的長子彼得通常稱為 Pieter Brueghel the Younger，也對家族姓氏的拼法三心二意。由此可見，不管你怎麼拼都有理由。

Gautama Buddha

釋迦牟尼佛，又稱 Siddhartha Gautama、the Buddha、Sage。

不要拼成 the Bhudda。對了，佛教徒是 Buddhist，不是 Bhuddist。

Warren Buffett

　　華倫・巴菲特是億萬富翁，不要拼成 Buffet，否則股神就變成自助餐了。但說也奇怪，爲什麼沒有人會拼錯歌手吉米・巴菲特（Jimmy Buffett）的名字呢？

Julius Caesar

　　尤利烏斯・凱薩是羅馬帝國皇帝，剖腹產的英文 caesarean delivery 可能就是源自他的姓氏。不要拼成 Ceasar。

　　凱薩沙拉（Caesar Salad）則無關羅馬，而是源自墨西哥。

　　人權鬥士凱薩・查維茲（Cesars Chavez）和飾演小丑的演員凱薩・羅摩洛（Cesars Romero）的名字則拼作 Cesars。

Nicolas Cage

　　尼可拉斯・凱吉是電影演員，不要是拼成 Nicholas。他是電影導演法蘭西斯・福特・柯波拉（Francis Ford Coppola）侄子、其女兒蘇菲亞・柯波拉（Sofia Coppola）堂哥。柯波拉家族的名字偶爾會被誤拼爲 Copolla（義大利文中雙子音的單字好像容易讓人一頭霧水，小心爲上）。

Rosanne Cash

　　羅姍・凱許身兼歌手、詞曲創作人與作家，絕對不要拼成 Roseanne。

Hillary Rodham Clinton

　　希拉蕊・柯林頓痛失當總統的機會，Hillary 中間有兩個 l。小說家希拉蕊・曼特爾（Hilary Mantel）和演員希拉蕊・史旺（Hilary Swank）的名字，都只有一個 l。

Patricia Cornwell

派翠西亞・康薇爾是小說家，也是著迷研究開膛手傑克（Jack the Ripper）的專家。不要把姓氏拼成 Cornwall。

Noël Coward

諾爾・寇威爾身兼演員、劇作家、作曲作詞、導演等多重角色，忙碌不已。

他名字上頭的分音符號不可省略（這個符號《紐約客》雜誌最愛使用，但在英文和其他非日耳曼語系的語言中，常常被誤稱爲變音符號）。

Aleister Crowley

阿勒斯特・克勞利是熱中於神祕學的泛性戀者。

你會比較常看到 Alistair 和 Alastair 這兩個名字，例如阿拉斯特・席姆（Alastair Sim）就是飾演《小氣財神》（*A Christmas Carol*）史顧己（Scrooge）的著名影星。

E. E. Cummings

這位詩人全名是愛德華・艾斯特林・康明思（Edward Estlin Cummings），不是 e. e. cummings*。

---

* 雖然出版社和文字設計師在處理他的名字時，偶爾會模仿康明思對小寫字母的偏愛，故意把他的名字寫成 e. e. cummings，但康明思本人對自己的名字更偏好標準的首字母大寫拼法。

姓名縮寫小教室

　　針對有兩個縮寫字母的名字，藍燈書屋的慣例是字母之間空格間距一致，例如：

E. E. Cummings而不是E.E. Cummings（兩個E.之間應有空格）

T. S. Eliot（而不是 T.S. Eliot）

H. L. Mencken（你懂意思了吧）

當然包括：

George R. R. Martin

至於三個縮寫字母的名字，間距就比小，例如：

J.R.R. Tolkien

　　這是因為 J. R. R. Tolkien 白紙黑字印出來，實在又臭又長，就跟彼得·傑克森改編的《魔戒》系列電影一樣。

　　我愈來愈常見到有人把自己的縮寫當成名字，例如搖滾歌手 PJ Harvey 和蘇格蘭歌手 KT Tunstall。我覺得兩個名字縮寫看起來都漂亮又有其道理，組合起來很美妙，令人羨慕。

　　大體來說，我們得在編輯喜好與本人意願之間拿捏平衡。

Cecil B. DeMille

　　塞西爾·德米爾是位天才導演，家族姓氏是 de Mille，他的本人簽名也是如此。但基於商業與銀幕名單的考量，他使用較有氣勢的 DeMille，因此我們才予以沿用。塞西爾的威廉·德米爾（William de Mille）哥哥也是導演（暨編劇），威廉的女兒則是編舞家阿格妮絲·德米爾。

Cruella de Vil

庫伊拉是迷戀狗皮大衣的反派，她的姓氏不要寫成 de Ville，畢竟我時常看到有人誤拼。順便提一下，多迪・史密斯（Dodie Smith）一九五六年的小說是《一〇一隻大麥町》（*The Hundred and One Dalmatians*），一九六一年迪士尼改編動畫起初也是《一〇一隻大麥町》，現在市面上多半稱為《一〇一忠狗》（*101 Dalmatians*），也是一九九六年真人演出的電影名稱。

滿身斑點的大麥町（Dalmatian）英文不是 Dalmation，這個錯誤實在太常出現了。

W.E.B. Du Bois

杜博依斯是作家，也是人權鬥士。他的姓氏正確寫法是 Du Bois，而非田納西・威廉斯筆下人物布蘭奇的姓氏 DuBois。正確發音並非 doo-BWAH，而是 doo-BOYZ。

T. S. Eliot

經典音樂劇《貓》（*Cats*）靈感便是來自這位艾略特的詩作，在此提醒你，每次都要確認不同艾略特的拼法：Eliots、Elyots、Elliots 和 Elliotts。

Phileas Fogg

菲利斯・福格是作家儒勒・凡爾納（Jules Verne）筆下《環遊世界八十天》（*La tour du monde en quatre-vingts jours / Around the World in Eighty Days*）主人翁。

Phileas 不要拼成 Phineas。

Mahatma Gandhi

聖雄甘地是堅持非暴力運動革命人士，他的本名是 Mohandas

Karamchand Gandhi。對了，Mahatma 本身並不是名字，而是梵文敬語，意思是「偉大的靈魂」。甘地的姓氏 Gandhi 並不是 Ghandi 但拼錯的頻率高到不可思議。

Theodor Geisel

希奧多・蘇斯・蓋索，又稱為蘇斯博士（Dr. Seuss），是《戴帽子的貓》（*Cat in the Hat*）的作者。Theodor 不要拼成字尾多一個 e 的 Theodore[*]；名字叫 Theodor 的人比想像中得多，包括哲學家希奧多・阿多諾（Theodor Adorno）和錫安主義之父希奧多・赫茨爾（Theodor Herzl）[†]。

Allen Ginsberg

艾倫・金斯格是「垮掉的一代」詩人，凡是名叫 Allen 的人，務必確認拼法不是 Allan，也不是 Alan。另外，也要確認 Ginsberg 拼法不是前美國大法官露絲・貝德・金斯堡（Ruth Bader Ginsburg，1933-2020）的姓氏 Ginsburg，也不是 Ginzburg。

Jake Gyllenhaal

傑克・葛倫霍是電影演員，姊姊瑪姬・葛倫霍（Maggie Gyllenhaal）也是演員。

George Frideric Handel

韓德爾是德國作曲家，上頭是英文化的名字，德文是 Georg Friedrich

---

[*]　如果你像我一樣，差點誤寫成「不要拼成有一個 e 的 Theodore」，就回到單字開頭數一下究竟有幾個字母 e。

[†]　我也許可以直接寫 the philosopher Adorno and the Zionist Herzl，但獨立的專有名詞要避免並列，參考前文的 June Truman's secretary of state。

Händel。

Lillian Hellman

麗蓮·海爾曼劇作家、編劇，也是回憶錄作者，作家瑪麗·麥卡錫（Mary McCarthy）曾表示：「她寫的字字句句都是謊言，連接詞 and 和冠詞 the 也不例外。」這大概是史上最令人拍案叫絕的侮辱（海爾曼對此告上法院，任誰都會提告吧？）

Hellman 裡只有一個 n。

Hellmann's 裡有兩個 n，是美乃滋醬品牌。

O. Henry

歐·亨利是作家威廉·西德尼·波特（William Sydney Porter）的筆名，小說結局經常出乎意料。

O. Henry 不要寫成 O'Henry。

也不要寫成 Oh Henry!（這是加拿大的花生焦糖巧克力棒品牌名稱），源自棒球選手亨利·路易斯·「漢克」·阿倫（Henry Louis "Hank" Aaron）。

Katharine Hepburn

凱瑟琳·赫本是光采動人、偶有佳作的女演員，Katharine 不要拼成 Katherine。

Pee-wee Herman

皮威·赫曼是喜劇演員保羅·魯本身的化身。注意名字中的連字號，還有小寫的 w。

美國職棒大聯盟游擊手哈洛德·彼得·亨利·里斯（Harold Peter Henry Reese）的綽號則是 Pee Wee。

Adolf Hitler

阿道夫‧希特勒是主導種族大屠殺的瘋子，經民主選舉產生，統治著表面上開明的國家。

Adolf 不要拼成 Adolph，我說破嘴都不夠。

Billie Holiday

比莉‧哈樂黛是爵士樂女神，姓氏 Holiday 只有一個 l。

Judy Holliday

茱迪‧荷麗黛是女演員，姓氏 Holliday 有兩個 l。

Anjelica Huston

安潔莉卡‧休斯頓是女演員，Anjelica 不要拼成 Angelica。這份名單裡有很多女演員對吧。

Alejandro G. Iñárritu

墨西哥製片，接連兩個分音符號是一大特色。拜託特別留意一下，他拿下奧斯卡金像獎的那部電影《鳥人》（*Birdman*）的原文全名是 *Birdman or (The Unexpected Virtue of Ignorance)*，只能說既有特色又找麻煩。

Cousin Itt

伊特表哥是《阿達一族》（*The Addams Family*）中全身毛茸茸的矮個子。

Scarlett Johansson

史嘉蕾‧喬韓森是女演員，名字裡有連續兩個 t，跟《亂世佳人》主角

郝思嘉（Scarlett O'Hara）一樣。

Madeline Kahn

瑪德蓮・卡恩是女演員，說話十分爆笑。既然提到她，就順便說說路德威・白蒙（Ludwig Bemelmans）筆下經典繪本女主角也叫 Madeline（瑪德琳）(故事開頭「在巴黎有一棟老房子，外牆爬滿藤蔓……」)。

普魯斯特愛吃的小點心瑪德蓮拼成 madeleine。

美國史上第一位女性國務卿則是馬德琳・歐布萊特（Madeleine Albright）。

Nikita Khrushchev

尼基塔・赫魯雪夫是蘇聯領袖，曾在聯合國有敲鞋舉動。你以為大家碰到像 Khrushchev 這類複雜人名，就會查怎麼拼嗎？你想得太美了。

Freddy Krueger

殺人魔佛萊迪・克魯格最愛在榆樹街出沒，不要拼成 Kreuger、Kruger 或 Kroger。

Shia LaBeouf

西亞・李畢福這位古怪演員有著古怪的名字，凡是花時間把他名字拼對的人，容我聊表敬意。但在具有法文認知的世界中，這個姓氏應該拼成 LeBoeuf。

k. d. lang

凱蒂蓮是音樂人，姓名全部都小寫呈現，這對文字編輯來說格外難拿捏。

　　我傾向尊重本人對姓名的喜好。在第一次提及時，爲了避免造成可能的混淆，可以加括號補充（歌手本人姓名即爲全部小寫）。但姓名看起來如此龜毛，你大概會想發牢騷。我想這種事攸關的是品味、脈絡、名聲和讀者的熟悉感。

　　同理可證，遇到那些使用單名走跳江湖的藝人，像是雪兒（Cher）和碧昂絲（Beyoncé），也需要額外加註說明。

Vivien Leigh

　　費雯‧麗是女演員，不要拼成 Vivian。

Leonardo da Vinci

　　李奧納多‧達‧文西是文藝復興時代的人物。他之所以擺在 Leigh 和 Lévi-Strauss 中間，而不是歸類到 D 開頭，是因爲他的名字就是李奧納多，不應該稱爲 Da Vinci；切記 Vinci 是他的家鄉，不是他的名字。丹‧布朗（Dan Brown）寫的那本《達文西密碼》（*The Da Vinci Code*）害這件事愈來愈不重要，但搞清楚他的名字還是值得褒獎。

Claude Lévi-Strauss

　　克勞德‧李維－史陀是人類學家（那家生產牛仔褲的公司創辦人稱爲 Levi Strauss）。

Roy Lichtenstein

　　羅伊‧李奇登斯坦是普普藝術（pop art）代表人物。我偶爾會看到他的名字被誤植成那個瑞士與奧地利包圍的歐洲內陸小國（瑞士和奧地利本身也是內陸國家），即列支敦士登侯國（Principality of Liechtenstein）。

Patti LuPone

巴第・路朋是歌手也是演員，不要寫成 Lupone，這個女人不好惹，所以務必拼對。

Macbeth

馬克白在劇中位階領主，不要寫成 MacBeth。聰明點的作家會檢查任何以 Mac- 或 Mc- 開頭的名字，像是旭蘋果（McIntosh，原產自加拿大安大略省的蘋果栽培品種）、麥金塔電腦（Macintosh），或畫家詹姆斯・阿伯特・麥克尼爾・惠斯勒（James Abbott McNeill Whistler）、演員佛雷德・麥克莫瑞（Fred MacMurray）或作家約翰・麥克唐納（John D. MacDonald）。

對了，戲劇圈經常誤傳說出「馬克白」會招致不幸的迷信。平時走在四十四街、坐在義式餐廳薩爾迪（Sardi's）裡頭或大聲朗讀本書時，儘管放心地直呼他的名諱，但在劇院彩排或演出則要避免；於是就出現了 the Scottish play（那齣蘇格蘭劇）、the Scottish lord（那個蘇格蘭王）等委婉的說法。

Matthew McConaughey

馬修・麥康納是演員，他的姓氏根本不可能一次拼對。

Ian McKellen

伊恩・麥克連是演員，姓氏經常被誤植為 McKellan──說也奇怪，他的名字拼對和拼錯的機率大約各半。

Stephenie Meyer

史蒂芬妮・梅爾是作家，不要拼成 Stephanie。

Liza Minnelli

麗莎・明內利身兼歌手與影星，姓氏中有兩個 n 和兩個 l。她的導演父親文森特（Vincente）的姓氏也是如此。

Alanis Morissette

艾拉妮絲・莫莉塞特是歌手暨詞曲創作者，姓氏中有一個 r 兩個 s 和兩個 t，實在很容易拼錯。參照前文的條目 irony。

Elisabeth Moss

伊莉莎白・摩斯是女演員，名字不要拼成 Elizabeth。

Friedrich Wilhelm Nietzsche

佛里德里希・威廉・尼采是令人頭痛的哲學家。多年來，我看過的錯誤拼法多到數不清了。

Georgia O'Keeffe

喬琪亞・歐姬芙是畫家，姓氏中有兩個 f。

Laurence Olivier

勞倫斯・奧立維耶是演員，Laurence 裡有個 u。晉升騎士後，他便成了 Sir Laurence Olivier（勞倫斯・奧立維耶爵士），或簡稱 Sir Laurence（勞倫斯爵士），美國人容易誤以為是 Sir Olivier。後來他成為 Lord Olivier（奧立維耶閣下），但那是另一項殊榮了。

Edgar Allan Poe

埃德加・愛倫・坡是作家，我敢說他的名字在西方文壇中最常給人拼

錯，中間名並不是 Allen。

Christopher Reeve

克里斯多福·李維是主演過電影《超人》的演員。

George Reeves

喬治·里弗斯也是主演過《超人》的演員，我猜想這導致人們常拼錯克里斯多福·李維的姓氏 *。

Keanu Reeves

基努·李維主演過科幻電影《駭客任務》，也是喜劇《阿比和阿弟的冒險》(*Bill & Ted*) 與黑色驚悚電影《捍衛任務》(*John Wick*) 的主角。

Condoleezza Rice

康朵麗莎·萊斯是政治人物，注意名字裡重複的 z。

Richard Rodgers

理查·羅傑斯是作曲家，創作無數劃時代的音樂劇，最知名之處是與作詞人的合作，包括勞倫茲·哈特（Lorenz Hart），例如《雪城雙兄弟》(*The Boys from Syracuse*) 和《花紅酒綠》(*Pal Joey*) 和《奧斯卡·漢默斯坦二世》(*Oscar Hammerstein II*)，例如《天上人間》、《奧克拉荷馬》(*Oklahoma!*) 和《國王與我》(*The King and I, etc.*) †。

---

* 我發現，大家通常有個奇怪的習慣，就是老愛幫沒有 s 的姓氏加上 s，因此像艾倫·康明（Alan Cumming）就誤拼成 Alan Cummings。

† 過去流行一個習慣，就是在人名中間用括號插入細節，藉此具體點明身分──例如 Lorenz (*Pal Joey*) Har──但如今看來有夠不雅觀，無論寫什麼都切勿效法，畢竟你不是一九三〇年代的專欄作家。

別跟倫敦千禧巨蛋（London's Millennium Dome）的建築師理查·羅傑斯（Richard Rogers）搞混了。

Roxane

羅珊娜是法國劇作家愛德蒙·羅斯丹（Edmond Rostand）於一八九七年推出的舞台劇《大鼻子情聖》（*Cyrano de Bergerac*）所深愛的女主角。只有一個 n。

作家羅珊·蓋伊（Roxane Gay）的名字也只有一個 n。

而一九七八年警察樂團（The Police）歌曲名稱，以及史提夫·馬丁（Steve Martin）一九八七年主演的電影（靈感發想自羅斯丹的劇作）女主角都是 Roxanne，有兩個 n。

Peter Sarsgaard

彼得·賽斯嘉是演員，不是影集《噬血真愛》（*True Blood*）裡的吸血鬼。

Franz Schubert

法蘭茲·舒伯特是奧地利作曲家。但美國負責劇場製作的山姆（Sam）、李歐（Leo）和雅各（J. J.）三兄弟姓氏是 Shubert；同理可證，紐約的舒伯特劇院、舒伯特巷和舒伯特組織也都拼成 Shubert。

Martin Scorsese

導演，不要拼成 Scorcese。

Alexander Skarsgård

亞歷山大·史柯斯嘉是演員，演過《噬血真愛》裡的吸血鬼，姓氏上頭像戒指一樣的分音符號常被省略，可能是因為大家懶得去研究怎麼用鍵

盤打出這個符號。

Spider-Man

蜘蛛人是超級英雄，注意兩個單字中間有連字號，還有 M 要大寫。

Danielle Steel

丹妮爾‧斯蒂爾是多產的小說家。

在我任職於代理她作品的藍燈書屋之前，我編輯過一本提到她的書，結果沒注意到有六、七處，都把她的名字誤植為 Danielle Steele，最後就此送印，哎喲喂呀。

Barbra Streisand

芭芭拉‧史翠珊是老牌女演員，現在才把她的名字誤拼為 Barbara 未免慢太多拍了，但錯誤仍然持續出現。

Mother Teresa

德蕾莎修女生前是傳教士，如今已是天主教聖人，她的名字裡沒有 h。

Teresa of Ávila

聖女大德蘭，具有神祕色彩，現在也是天主教聖人，名字裡依然沒有 h。如果你真的很執著要看到聖人名字裡有 h，我在此推薦一個名字：Thérèse of Lisieux，即聖女小德蘭。

Tinker Bell

這位小叮噹是精靈，前後兩個單字，bell 表示她說話發出的聲音，tinker 表示她的工作是修補鍋碗瓢盆。

Harry S. Truman

　　哈瑞・杜魯門是美國前總統，名言是「責任我一肩扛下」（The buck stops here）。中間的 S 不代表任何縮寫，因此數十年來，眾文字編輯都自娛（娛人），把他的名字寫成 Harry S Truman。杜魯門在簽名時好像多半會在 S 後加上句號，所以我們就從善如流囉。

Tracey Ullman

　　崔西・烏曼是很會搞笑的女演員，注意 Tracey 裡的 e。

Liv Ullmann

　　麗芙・烏曼沒那麼搞笑，但是同樣傑出的女演員。

Felix Ungar

　　尼爾・賽門（Neil Simon）一九六五年百老匯喜劇《天生冤家》（*The Odd Couple*）與一九六八年同名改編電影中那龜毛的主角就是菲力克斯・恩格爾，他姓氏裡有字母 a。日後的電視影集中，他則成了 Felix Unger，姓氏裡有字母 e。

Nathanael West

　　納旦尼爾・韋斯特是小說《蝗蟲之日》（*The Day of the Locust*）的作者，名字不要拼成 Nathaniel。

Winnie-the-Pooh

　　小熊維尼是隻卡通熊，兒童文學作家米恩（A. A. Milne）在維尼的全名加上了連字號（這隻小熊也稱為 Pooh Bear），迪士尼電影公司則不加連字號（Winnie the Pooh）。

Alfre Woodard

阿爾法·伍達德是女演員，姓氏不要拼成 Woodward，不過倒有另一位女演員名叫瓊安·伍華德（Joanne Woodward）。

Virginia Woolf

維吉尼亞·吳爾芙是作家，只不過短短一句介紹太過單薄，無法襯托她的地位。

不要拼成 Wolfe 或 Wolf，你大概是分別想到了作家湯瑪斯·沃爾夫（Thomas Wolfe）和電影《狼嚎再起》（*The Wolf Man*）*。

Alexander Woollcott

亞歷山大·伍考特是《紐約客》雜誌特約撰稿人、常到阿爾岡昆飯店與文人雅士清談，又像強迫症般喜愛插科打諢。他是《晚餐的約定》（*The Man Who Came to Dinner*）裡薛瑞登·懷賽德（Sheridan Whiteside）的原型人物。該部喜劇編劇是喬治·考夫曼（George S. Kaufman）和摩斯·哈特（Moss Hart），薛瑞登·懷賽德最初是蒙蒂·伍利（Monty Woolley）擔綱演出，後來才由伍考特本人接演。伍考特小名是 Alec。

不要把伍考特或伍利跟《紐約客》資深編輯沃科特·吉布斯（Wolcott Gibbs）搞混。沃科特曾形容伍考特是「數一數二糟糕的作者」，也道出了每位文字編輯都愛的金句：「設法保留作者的風格，前提是對方是作者、也有個人風格。」

---

* 《狼嚎再起》是一九四一年環球影業推出的恐怖片，由小朗·錢尼（Lon Chaney, Jr）領銜主演。二〇一〇年的重製版片名修成 *The Wolfman*，但誰記得起來哪個影星主演啊？

Florenz Ziegfeld

佛羅倫茲・齊格飛是製作人，經常誤拼（誤讀）成 Ziegfield。

地名

Antarctica

南極洲，記得有兩個 c。

Arctic

北極，同樣有兩個 c。

Bel Air

貝沙灣是位於洛杉磯西部的社區，名字通常沒有連字號。

順道一提，雖然不是官方名稱，但洛杉磯分成東區（Eastside）和西區（Westside）。紐約的東區（East Side）和西區（West Side）應該算半官方名稱，東區包括上東區（Upper East Side）和下東區（Lower East Side），西區包括上西區（Upper West Side，但只有把曼哈頓第六大道稱為美洲大道的人，才會特地分出下西區（Lower West Side），愛看《法網遊龍：特案組》（*Law & Order: Special Victims Unit*）的觀眾如果眼尖就會發現，該影集片頭名單中，有著始終沒改過來的報紙頭條 EASTSIDE RAPIST CAPTURED。

Bleecker Street

布里克街位於紐約的格林威治村（Greenwich Village），不要拼成 Bleeker，偶爾甚至會在當地招牌上看到這條街名拼錯。

Brittany

　　法國的布列塔尼省（Bretagne），也可能指已故女演員布蘭妮·墨菲（Brittany Murphy），但並不是小甜甜布蘭妮（Britney Spears）。美國有愈來愈多女性取名叫 Britanny，她們的爸媽顯然沒注意拼法。

Caesars Palace

　　凱薩皇宮既是飯店也是賭場，Caesars 不加所有格撇號，因為據說創辦人傑伊·沙諾（Jay Sarno）當初指示：「人人都是凱薩」。

Cincinnati

　　辛辛那提州，不要拼成 Cincinatti。

Colombia

　　哥倫比亞是南美洲的國家，名字裡有兩個 o。

　　名字中有 u 的 Columbia，可能是一所位於紐約的大學、一家唱片公司、一家好萊塢電影公司、又名華盛頓的特區、愛國歌曲《哥倫比亞，大海上的明珠》（*Columbia, the Gem of the Ocean*）、美國擬人化的女性象徵。

Fontainebleau

　　楓丹白露既是法國王宮，也是一家邁阿密海灘度假飯店。

Grand Central Terminal

　　中央車站是宏偉的布雜學院派（Beaux Arts）建築，位於紐約市第四十二街和公園大道交會處──這稱為 junction 而不是 intersection，因為兩條路相會但未交叉。

　　這座建築經常被人稱為 Grand Central Station，但並不代表這就它的

正式名稱。話雖如此，如果你形容某個地方繁忙又擁擠，可以說 It's like Grand Central Station in here! 沒關係，反正大家都是這麼說，況且有些場合慣用語比準確來得重要（idiom outweighs accuracy[*]）。

LaGuardia Airport

拉瓜迪亞機場根本人滿為患。

這個名字源自是知名的紐約市前市長菲奧雷洛·拉瓜迪亞（Fiorello H. La Guardia），但機場正式名稱中並沒有空格。

另外，拉瓜迪亞機場的字母 G（或任何單字中間的大寫字母，例如 McDonald's 的 D、iPhone 的 P 或 PlayStation 的 S）稱為「中央大寫」（medial capital），也可以稱為「駝峰式大寫」（camel case/CamelCase）。

Middle-earth

中土，所謂宅宅們的天堂，記得加連字號，earth 要小寫。

Mississippi

有些人（包括我在內）會一邊拼一邊唱起〈密西西比之歌〉。

Piccadilly Circus

皮卡迪利圓環，總共有四個 c。

Romania

羅馬尼亞，Roumania 和 Rumania 的拼法已過時了。儘管如此，假如你引用桃樂絲·派克（Dorothy Parker）〈評論〉（Comment）這首詩的最後一個

---

[*]　本來想在這裡寫 idiom trumps accuracy，但近來對 trump 這個動詞心生厭惡。

句子，還是要如實寫出 And I am Marie of Roumania（我是羅馬尼亞的瑪麗王后）。

Savile Row

薩佛街，不要拼成 Saville。

Shangri-La

香格里拉，詹姆士・希爾頓（James Hilton）於一九三三年出版的小說《失落的地平線》（*Lost Horizon*）中的西藏樂土，注意大寫 L。部分詞典收錄 Shangri-la 的條目，我實在覺得是大不敬。希爾頓發明了這個名字，就按照他的拼法吧。

Tucson, Arizona

亞歷桑納州土桑市，不要拼成 Tuscon。

其他稿子中不時冒出來卻常拼錯的社會、 文化和歷史名詞

Alice's Adventures in Wonderland

《愛麗絲夢遊位境》是路易斯・卡若爾於一八六五年看似輕鬆寫意 * 的奇幻故事英文全名，只不過一般人從一開始都直接說 Alice in Wonderland。一八七一年的續集全名是 Through the Looking-Glass, and What Alice Found There，你可以把名稱後半省略，但不要省略 Looking-Glass 的連字號。

The Beautiful and Damned

《美麗與毀滅》是史考特・費茲傑羅的小說作品，原文只有一個定冠詞 the。

The Bridge over the River Kwai

《桂河橋》是皮耶・布爾（Pierre Boulle）的小說，法文名稱是 *Le pont de la rivière Kwai*，大衛・連（David Lean）改編的電影英文片名是 *The Bridge on the River Kwai* 布爾作品還包括《人猿星球》（*La planète des singes/Monkey Planet*），你最熟悉的可能是翻拍的電影《決戰猩球》（*Planet of the Apes†*）。

Bulfinch's Mythology

布爾芬奇的《希臘羅馬神話故事》，作者名字裡有一個 l，兩個 l 就成

---

* 我建議，避免使用 deceptively [adjective] [thing]（看似……）這個結構，因為通常很難判斷所謂的 deceptively [adjective] [thing]，究竟那個形容詞的程度有多少。舉例來說，a deceptively large room（看似很大的房間）到底是什麼意思？

† 猴子不是人猿，人猿也不是猴子，猴子有尾巴。

了雀形目鳥 bullfinch（鷽）。

The Diary of a Young Girl

這是《安妮日記》問世時的英文書名。*The Diary of Anne Frank* 是法蘭西絲‧古德利屈（Frances Goodrich）和亞伯特‧哈基（Albert Hackett）改編的舞台劇劇名，以及電影版本的片名。

Finnegans Wake

《芬尼根守靈》是詹姆斯‧喬伊斯的小說，你要嘛沒讀過、要嘛沒讀懂，要嘛沒讀也不想懂，只是人前人後兩套說法。

不要加撇號，再次強調，不要加撇號。

Florodora

《芙洛羅多拉島》這齣音樂劇一度是英國文化指標，如今卻淪為經常被人拼錯的一則冷知識*。這齣音樂劇一八九九年在倫敦首演，一九〇〇年開始在紐約更加受到觀眾歡迎，接下來數十年舉辦了無數巡迴與復刻演出，《小屁蛋》（*Little Rascals*）的影迷可能記得《一九三六蠢事一籮筐》（*Our Gang Follies of 1936*）還特別提及這部作品。其中的熱門曲目〈美女告訴我〉（Tell Me, Pretty Maiden）演出成員，是六名衣著相同、拿著陽傘的年輕女士，搭配六名身穿相同西裝、戴著相同高帽的男士。

根據劇場界謠傳（這則珍貴軼聞†好像確有其事），所有《芙洛羅多拉

---

* 這齣音樂劇堪稱我最愛的一則冷知識，所以才會莫名地洋洋灑灑寫了兩大段，還加上這個腳註（後面還有三個）。

† rara avis 在拉丁文中是「珍禽」，也是不同凡響的矯情表達方式。

島》的女孩都嫁給了百萬富翁。有名叫艾芙琳・內斯比（Evelyn Nesbit[*]）的替身，不僅撈到陰晴不定的哈利・肯道爾・梭（Harry Kendall Thaw）這位百萬富翁，後來還身敗名裂，因為開槍擊斃內斯比的愛人史丹福・懷特（Stanford White）這位建築師。當時是一九○六年，事發地點是麥迪遜廣場花園頂樓的劇院。因此，後來才會有世紀大審判（Trial of the Century）一詞，但不要跟一九二一年的薩柯與梵則蒂世紀大審（Trial of the Century of Sacco and Vanzetti）、一九二四年的李奧波德與勒伯世紀大審（Trial of the Century of Leopold and Loeb）、一九三五的布魯諾・霍普曼世紀大審（1935 Trial of the Century of Bruno Hauptmann）和一九五五年的世紀大審（Trial of the Century of O. J. Simpson）混為一談。幸好不久該世紀就結束了[†]。

Frankenstein

《科學怪人》是瑪麗・雪萊（Mary Shelley）寫下的小說（原文書名全稱是 *Frankenstein; or, The Modern Prometheu*），也是一九三一年由詹姆斯・惠爾（James Whale）執導、鮑里斯・卡洛夫（Boris Karloff）主演的電影片名。

雖然這本小說問世後就立即出現名字上的混淆，但 Frankenstein 並不是指科學家維克多・法蘭肯斯坦（Victor Frankenstein，電影系列改名為 Henry Frankenstein）從壞死組織（來源是「骨骸間、解剖室和屠宰場」）一手創造並注入生命的男人名字。雪萊主要以「生物」（creature）、「怪物」（monster）、「噁蟲」（vile insect；這個有創意）和「魔鬼」（daemon）來稱呼這個男人。一九三一年的電影演出名單直接以「怪物」（The Monster）稱之。

不要把法蘭肯斯坦製造出的怪物稱為 Frankenstein，每次看到有人任性

---

[*]　不要跟出過很多青少年故事的作家伊迪絲・內斯比（Edith Nesbit）搞混，她是《鐵路少年》（*The Railway Children*）的作者。

[†]　二十世紀何時結束的呢？答案不是一九九九年十二月三十一日，而是二○○○年十二月三十一日，你可別忘囉。

支持這個錯誤我就不爽。

Guns N' Roses

槍與玫瑰這個樂團名稱居然不是 Guns 'n' Roses 實在惱人，但我想團員中有人叫 Axl 也沒好到哪去，遑論 Slash 了。

Immaculate Conception

這裡的問題不在於拼寫、在於定義。「無玷之孕」是指耶穌母親瑪利亞直接在母親的子宮內（透過標準的生物學方式），卻沒有受到原罪的玷污。

而所謂耶穌是童女所生（virgin birth*），指的是相信耶穌是通過聖靈孕育，而不必靠人類的父親，而他的母親依然保有童貞。

兩種信仰不能劃上等號。套句克里斯多福・杜蘭（Christopher Durang）筆下的殺人修女瑪麗・伊格納修斯（Mary Ignatius）所說：「每個人都犯這種錯誤，我實在沒耐心了。」

Jeopardy!

機智問答節目，記得要加驚嘆號！

Jesus Christ Superstar

《萬世巨星》，這部音樂劇原名不要加驚嘆號，也不要加逗號。

The Juilliard School

茱莉亞學院，拼對的方法無異於想在卡內基音樂廳（Carnegie Hall）表演：勤加練習。

---

* Immaculate Conception 的首字母要大寫。但不知為何，virgin birth 不必如此。

Lady Chatterley's Lover

《查泰萊夫人的情人》，D·H·勞倫斯（D. H. Lawrence）的情色小說，別漏掉 Chatterley 裡第二個 e。

Licence to Kill

《殺人執照》，一九八九年詹姆斯·龐德（James Bond）電影，一律採用英式拼法，有兩個 c。

Love's Labour's Lost

莎士比亞名劇《愛的徒勞》，按照美式拼法拿掉 *Labour's* 裡的 u 有失尊重，而省略任一撇號就大錯特錯了。

Moby-Dick; or, The Whale

《白鯨記》，一堆人搞不清楚是否有連字號，一八五一年赫曼·梅爾維爾（Herman Melville）原版小說中，連字號只出現在書名頁。因此，只要記得在書名加上連字號就好，其他地方直接寫成 Moby Dick 便不會有問題了。話雖如此，我查到的所有電影版本都一律把連字號拿掉。

Oklahoma!

《奧克拉荷馬！》這齣由羅傑斯（Rodgers）和漢默斯坦（Hammerstein）共同創作的音樂劇名，一定不能省略驚嘆號，類似的例子還有《你好，多莉！》（*Hello, Dolly!*）、《噢，加爾各答》（*Oh! Calcutta!*）、《噢夫人！夫人！！》（*Oh Lady! Lady!!*）、《霹！啪！！波！！！》（*Piff! Paff!! Pouf!!!*）等很容易就激動起來的百老匯表演。

"Over the Rainbow"

〈彩虹彼端〉，米高梅（MGM）老闆路易・B・梅爾（Louis B. Mayer）本來有意把這首歌從《綠野仙蹤》（*The Wizard of Oz*）剪掉，因爲他覺得這首歌拖慢了電影步調。

歌詞才有 somewhere，歌名不是以它開頭。

The Picture of Dorian Gray

《格雷的畫像》，是金句連連的作家奧斯卡・王爾德*筆下金句連連的小說。

原文書名中的畫像不是 Portrait，格雷也不要拼成 Grey。

Publishers Weekly

出版同業誤植《出版者周刊》爲 *Publisher's Weekly* 的頻率高得驚人。

Revelation

新約《聖經》內的〈啓示錄〉，又稱爲 the Apocalypse。

不要拼成 Revelations。

Sex and the City

《慾望城市》，中間是 and 不是 in。雖然影集和電影都已播畢，我已好一陣子沒遇到這個片名了（不論是正確或錯誤的版本），但其中的女演員辛西亞・尼克森（Cynthia Nixon）於二〇一八年宣布自己要競選紐約州州長，導致這個名字再度浮上檯面。

---

* 「書並沒有分道德或不道德，只有分寫得好與寫得差，就這麼簡單。」王爾德通常擅長絕妙的雋語，但這個長句說得太棒了。

除非你是超級劇迷，絕對不會搞錯，否則最好再三檢查；我就是如此。

Show Boat

《演藝船》，艾德娜・佛博（Edna Ferber）的小說，由傑羅姆・柯恩（Jerome Kern）和奧斯卡・漢默斯坦改編成音樂劇。

兩個單字不要連在一起。

Super Bowl

超級盃，兩個單字不要連在一起。

"The Waste Land"

〈荒原〉是 T・S・艾略特於一九二二年的詩作。按照現代拼寫風格，一般標準的不毛之地，單純就是一個單字 wasteland。

順帶一提，雖然按照現代美式標準拼法，「四月是最殘酷的月份」英文是 April is the cruelest month，但艾略特原本寫的是 cruellest，所以得在引用時尊重他的拼法。

The Wonderful Wizard of Oz

《綠野仙蹤》的英文全名，作家 L・法蘭克・鮑姆（L. Frank Baum）一九〇〇年的奇幻小說，刮起一陣旋風。故事女主角桃樂西（Dorothy）的姓氏是蓋爾（Gale），但無論在第一集或超棒的第二集《奧茲國仙境》（*The Marvelous Land of Oz*）都未提及，只有後面的集數才出現。這部小說在一九〇二年被改編成百老匯音樂劇，也許因為小狗不受控制、難以在大劇院看得清楚，所以以伊莫吉（Imogene）的乳牛代替故事中深受喜愛的多多（Toto）。喔，怎麼可能是真的乳牛啦，別傻了你。

Wookiee

伍基人，大家都誤以為拼成 Wookie。既然提到了《星際大戰》(*Star Wars*)，就順便說一下 lightsaber（光劍）是一個單字，dark side 黑暗勢力）全部都是小寫（奇怪吧），而開場白 A long time ago in a galaxy far, far away...（很久以前，在一個遠得要命的星系⋯⋯）句子結尾是一個句號加上刪節號的三個小點。雖然這不屬於完整句，但《星際大戰》影迷喜歡這樣呈現。你膽敢質疑以上各點，他們包準會把你手剁掉。這可是真的發生過喔。

最好拼對的五花八門品牌與商標名稱

商標在長期的發展過程中，往往會漸漸把大寫字母改成小寫，進而由專有名詞轉變成普通名詞（不是稱為「不專名詞」，否則這樣就好玩了），有時是因為創造它們的公司消失了，但經常是因為商標變得與事物本身完全同義，轉變的趨勢因而變得無法抗拒。因此，我們習以為常的 aspirin（止痛藥）、cellophane（玻璃紙）、heroin（海洛因）、kerosene（煤油）、teleprompter（讀稿機、提詞機；原本的商標名是 TelePrompTer）、thermos（保溫瓶）、zipper（拉鏈），以及文字編輯的最愛 dumpster（垃圾車；很久以前，這是專指 Dempster Brothers 公司生產的 Dempster-Dumpster 垃圾車），原本都是註冊商標名。

現有商標（以及擁有這些商標的公司）應該獲得應有的尊重，但我親身的體會是，想要說服作家把小塑膠袋寫成 Baggie 而不是 baggie，根本是白費力氣 *。

---

* 這家公司全名是 Hefty Baggies Sandwich & Storage Bags，所以嚴格來說，沒有所謂的 Baggie，更不會是 baggie。

　　但允許商標動詞化，比商標小寫化更加有人不倫不類。因此，文字編輯長期以來一直設法（但往往無法）阻止作者把全錄公司（Xerox Corporation）研發的影印機當成普通動詞使用。但現在幾乎不可能再主張，運用 Google 網站進行搜尋不是 googling。如果你非得要把商標當動詞——我並不贊成，因為錯就是錯——我會建議你用小寫呈現 *。

　　最主要的是，我只是希望你能正確地拼寫出以下名稱：

Breyers

　　布瑞爾斯，美國冰淇淋品牌，原文不加撇號，切勿跟有撇號的另一家冰淇淋品牌 Dreyer's† 搞混。

Bubble Wrap

　　泡泡紙的註冊商標，這個品牌也會有人稱為 bubble pack。

Cap'n Crunch

　　船長玉米麥片，Cap'n 不要拼成 Captain。

　　懷舊一下：這總是特別讓我想起過去沒網路的時代，自己都得抄下編輯稿子中提到的家喻戶曉品牌名稱，再拿著筆記本到超市實際走一遭，逛逛貨架、看看包裝，確認一下拼字。為了避免看起來像瘋子，我在窺探和確認之餘，也會採購一番。

Cracker Jack

　　裹著焦糖的爆米花混合花生粒的休閒食品，俗稱好傢伙焦糖爆米花。

---

* 凡是總有例外，我依然會寫 I FedExed a package，而不是 I fedexed a package，即使我透過聯合包裹服務公司（UPS）寄出也一樣。

† 我老是覺得加括號說明這件事可愛又煩人，但這裡還是要強調：（該品牌和我無關）。

很多人（還是大部分人？）都把這個經典零食稱爲 Cracker Jacks，但這樣改只會破壞以下順口溜的押韻：Buy me some peanuts and Cracker Jack / I don't care if I never get back. 這也不是產品官方名稱。

Crock-Pot

插電式慢燉鍋的註冊商標，你很可能甚至不知道這是的慢燉鍋品牌名稱，也很可能都拼成 crockpot，或習慣使用 slow cooker 這個名詞。

Dr Pepper

胡椒博士汽水，Dr 後面沒有句號這件事，文字編輯聚會時都討論得很熱絡。

Frigidaire

富及第冰箱，很多人都把舊冰箱稱爲 frigidaire，足以證明這個品牌一度稱霸市場，但如果你真的提到舊冰箱，直接說 refrigerator 就好。如果你還活在古代，那就說 icebox。最方便的名稱還是 fridge。

Froot Loops

家樂氏香果圈，故意拼錯字（像 Froot）來製造「笑」果，稱爲 cacography。

Häagen-Dazs

哈根達斯，這家以冰淇淋產品爲主的商標名稱，並非真的是丹麥文，而是刻意模仿丹麥文的無意義字母組合。

JCPenney

J. C. Penney Company, Inc. 是正式名稱，所以假如你覺得壓縮成 JCPenney 很礙眼，儘管使用正式名稱。

Jeep

吉普車，威利斯－歐芙蘭公司（Willys-Overland）註冊了這個商標，現由 FCA（Fiat-Chrysler Automobiles）旗下的克萊斯勒（Chrysler）生產。不過，小寫的 jeep 從二十世紀初就已出現了，沒有理由把商標用來形容更早的車輛。

Jockey shorts

這間公司註冊 Jockey 的商標，但是 shorts 並沒有註冊。你當然可以直接稱為 tighty-whiteys。

Kleenex

舒潔衛生紙，你也可以直接說 tissue。

Kool-Aid

酷愛果汁飲料，英文片語 drinking the Kool-Aid 表示自願又盲目地服膺某教條，這想必惹惱了卡夫食品公司（Kraft Foods），尤其是一九七八年瓊斯鎮（Jonestown）集體自殺事件中，邪教教主吉姆‧瓊斯（Jim Jones）信徒喝下含氰化物的飲料，主要是由人氣較低的品牌 Flavor Aid 所製成才對。

Men's Wearhouse （編按：2016 年公司名稱更改爲 Tailored Brands，2020 年破產下市）

美國男裝品牌的註冊商標，不要拼成 Warehouse（倉庫），開玩笑啦，懂嗎？

Onesies

美國嘉寶（Gerber）旗下嬰幼兒包屁衣品牌的註冊商標，onesie 可以泛指 diaper shirt 或 infant bodysuit 等嬰兒連身衣，然而，嘉寶這家公司堅決認為，這個單字是他們專屬，不應該成為通用名詞 onesie；但就這個案例來看，恐怕早就像脫韁野馬，一去不回頭了。

Ping-Pong

我得知跟桌球同義的 ping-pong 比商標本身還早出現，就不再堅持要作者改成大寫了，免得老是惹得他們不爽。

Plexiglas

壓克力的註冊商標，現為泛指壓克力的通用名詞。

Popsicle

冰棒的註冊商標，所屬的公司聯合利華（Unilever）也生產不同類型的冰棒，像是 Creamsicle、Fudgsicle（注意 g 後面不要加上 e）和 Yosicle 等等。

Porta-Potti

可攜式馬桶的註冊商標，以可攜式便壺（portal potty）的雙關語命名，簡直快跟可攜式馬桶的雙關語一樣多。你乾脆自己虛構一個出來，查查看是否已有人使用。我忘記原因了，但曾虛構出一個印度品牌稱為 Vend-A-Loo（賣廁所的雙關語）。

Post-it

3M 的利貼，注意小寫 i。全部小寫時，泛指各種可再貼的便條紙。

Q-tips

棉花棒的註冊商標，通用名詞是 cotton swabs，聯合利華員工對自家商標可說非常保護。對了，你知道 Q 代表 Quality（品質）嗎？

Realtor

美國房地產經紀人協會（National Association of Realtors，NAR）的註冊商標，並不是每位房仲都是房地產經紀人。我認為如果你指的是房仲就直接寫 real estate agent，沒道理一定要寫 realtor。

Reddi-Wip

噴式鮮奶油的註冊商標，取鮮奶油已打發（ready whip）雙關語命名，我腦海浮現開會的畫面，有人提問：「這兩個簡單到不行的單字，我們怎麼會一直拼錯咧？」

Rolls-Royce

勞斯萊斯，中間要加上連字號，貴得令人咋舌。

7-Eleven

便利商店，由一個數字、一個連字號與一個單字組成，也是思樂冰之家。

Sheetrock

石膏板品牌，不然就選通用名詞 plasterboard、drywall 或 wallboard。

Starbucks

星巴克咖啡，不要加撇號。

Styrofoam

保麗龍，是一種當成保溫材料的聚苯乙烯泡沫塑膠商標名稱。我們外行人口中常說的「保麗龍杯」、「保麗龍保冷箱」等物品，根本不是保麗龍製成。

Tarmac

鋪地用瀝青，最初是商標，但現在幾乎沒人記得要大寫。

Taser

防身用的電擊武器；雖然佛羅里達大學學生安德魯・梅耶（Andrew Meyer）在拒捕過程中，有可能畢恭畢敬地選擇通用名詞哀求：Don't stun me with that electroshock weapon, Officer.（警官先生，請不要用電擊武器電我），事實上他喊的是：Don't tase me, bro.（警察大哥，拜託別電我。）如果要我說，這個非正式動詞邏輯上拼成 tase 比 taze 更適合。

Volkswagen

福斯汽車（VW），特別留意字母 e 不要寫成 o。

Xbox

不要寫成 X-Box 或 XBox。

林林總總的小知識

- 在十七世紀末仍受殖民的麻州，遭控施行巫術的人＊並沒有如傳聞信誓旦旦所說，被綁在火刑柱上燒死，而是經由絞刑處死。蓋爾斯·柯瑞（Giles Corey）對於指控不予理會，最後活活被重石壓死，據說他最後的遺言仍不屈服：「再重一點」。
- DEFCON 是美國國家戰備等級，共爲分五級：第五級（DEFCON 5）的危急程度類似「指甲倒刺，但大體沒事」，第一級（DEFCON 1）則是「我們死定了」，但並沒有第八級或第十二級。
- 《火雷破山海》（*Krakatoa, East of Java*）是一九六九年有關喀拉喀托火山爆發的電影。但喀拉喀托火山（Krakatoa）位於爪哇島西邊。
- 西班牙的雨並非主要降在平原上，而是主要留在平原上。

＊　大部分是女性，但也有少部分男性，這點大家常常忘記。

第十二章

冗詞贅字斷捨離

　　文字編輯工作常常在刪東刪西，不只是 very、rather、quite 和多餘的 that 等等，像泡泡紙般包覆我們文章的冗贅字詞，還有重覆描述的資訊——此時會禮貌地在頁緣寫上 AS ESTAB'D。

　　不過，很多重覆的內容都屬於「一個單字就夠了偏用上兩個單字」的基本問題，而本章收錄了都是容易刪減的冗詞贅字。其中有些可能顯而易見（雖然如此，這些問題還是不斷出現），有些則比較看不出來（即使寫出來，別人也很可能不會發現），但依然可以加以精簡。

　　不管是何種情況，只要你開始思考自己下筆可以簡潔一些，自己的散文似乎較容易拿來開刀，本章便是很適合的起點。

修改前與修改後

（編按：英文斜體字、中文加底線表示可以刪掉的贅字）

修改前：ABM *missile*（反彈道飛彈飛彈）

修改後：ABM（反彈道飛彈）

贅字：missile

說明：ABM = anti-ballistic missile

修改前：*absolutely* certain（<u>絕對</u>確定）

修改前：*absolute* certainty（<u>絕對</u>肯定）

修改前：*absolutely* essential（<u>絕對</u>必要）

修改後：certain（確定）、certainty（肯定）、essential（必要）

贅字：absolutely

修改前：*added* bonus（<u>額外</u>獎金）

修改後：bonus（獎金）

贅字：added

修改前：*advance* planning（<u>事先</u>計畫）

修改後：planning（計畫）

贅字：advance

修改前：*advance* warning（<u>事先</u>警告）

修改後：warning（警告）

贅字：advance

修改前：*all-time* record（<u>歷史</u>紀錄）

修改後：record（紀錄）

贅字：all-time

說明：另外，創紀錄不必 set a new record，只要 set a record 就好。

修改前：*assless* chaps（<u>無臀</u>露屁褲）

修改後：chaps（露屁褲）

贅字：assless

　　說明：這是指露屁褲，不是指沒有屁股的傢伙。我不確定這個詞出現在寫作（或生活）中的頻率高不高，但 chaps 這個字就是不含屁股的布料，只要從看牛仔的背面就知道了。

　　修改前：ATM *machine*（自動櫃員機提款機）

　　修改後：ATM（自動櫃員機）

　　贅字：machine

　　說明：ATM = Automated Teller Machine（自動櫃員機本身就是贅詞）

　　修改前：blend *together*（一起混合）

　　修改後：blend（混合）

　　贅字：together

　　修改前：cameo *appearance*（客串演出）

　　修改前：cameo *role*（客串角色）

　　修改後：cameo（客串）

　　贅字：appearance/role

　　修改前：capitol *building*（國會大樓）

　　修改後：capitol（國會）

　　贅字：building

　　修改前：*closed* fist（握起的拳頭）

　　修改後：fist（拳頭）

　　贅字：closed

　　說明：我想 closed hand 可以指手掌握拳，但拳頭本身就已握起，所以

就不必特別說 closed fist。

修改前：*close* proximity（<u>緊緊</u>相鄰）

修改後：proximity（相鄰）

贅字：close

說明：這個片語就像 from whence（見下文），光是在歷史上許多優秀文章中出現，就足以當成辯護的理由，但 to be proximate 就是鄰近的意思，所以假如你得強調緊密的意思，也許可以找個不那麼突兀的描述方式。

修改前：CNN *network*（有線電視新聞網<u>新聞網</u>）

修改後：CNN（有線電視新聞網）

說明：CNN = Cable News Network

修改前：consensus *of opinion*（<u>意見</u>共識）

修改後：consensus（共識）

贅字：of opinion

或是

修改前：*general* consensus（<u>普遍</u>共識）

修改後：consensus（共識）

贅字：general

說明：consensus 這個單字本身就有 general 和 of opinion 的涵義了，不必畫蛇添足。

修改前：continue *on*（持<u>續下去</u>）

修改後：continue（持續）

贅字：on

說明：航空公司愛用這個片語，我還真不愛。

修改前：crisis *situation*（危機<u>狀況</u>）

修改後：crisis（危機）

贅字：situation

修改前：depreciated *in value*（<u>價值</u>貶值）

修改後：depreciated（貶值）

贅字：in value

修改前：*direct* confrontation（<u>直接</u>面對）

修改後：confrontation（面對）

贅字：direct

修改前：disappear *from sight*（消失<u>無蹤</u>）

修改後：disappear（消失）

贅字：from sight

修改前：earlier *in time*（較早<u>的時間</u>）

修改後：earlier（較早）

贅字：in time

修改前：*end* product（<u>最後</u>成品）

修改後：product（成品）

贅字：end

或是

修改前：*end* result（最後結果）

修改後：result（結果）

贅字：end

說明：我能理解期中與最終成果的差別，但 end result 未免太累贅。

修改前：*equally* as（一樣地如同）

修改後：as（如同）

贅字：equally

或是

修改前：equally *as*（一樣地如同）

修改後：equally（一樣地）

贅字：as

說明：請在 equally 和 as 之間二選一，不要同時使用。《窈窕淑女》（*My Fair Lady*）中艾倫・傑伊・勒納創作的這句歌詞：I'd be equally as willing for a dentist to be drilling / than to ever let a woman in my life（我寧可找牙醫鑽我的牙，也不讓女人走進我的生命），常常被影迷當成音樂劇歌詞的一大文法悲劇──不僅 equally as 太冗贅，than 也應該改成 as。更諷刺的是，唱這首歌的人還是對文法吹毛求疵的亨利・希金斯（Henry Higgins）咧。

修改前：erupt (or explode) *violently*（猛烈地爆發／爆炸）

修改後：erupt (or explode)（爆發／爆炸）

贅字：violently

修改前：*exact* same（完全一模一樣）

修改後：same（一模一樣）

贅字：exact

說明：是的，exact same 有贅詞；沒錯，我說話和寫作還是照用。

修改前：fall *down*（跌<u>下去</u>）

修改後：fall（跌）

贅字：down

說明：不然你要跌上去嗎？

錯誤：*fellow* countryman（國人<u>同胞</u>）

正確：countryman（國人）

贅字：fellow

修改前：fetch *back*（取<u>回來</u>）

修改後：fetch（取）

贅字：back

說明：fetch 的意思不只是去取東西，而是拿回到本來的地方，問狗就曉得了。

修改前：few *in number*（<u>數量</u>稀少）

修改後：few（稀少）

贅字：in number

修改前：*fiction* novel（<u>虛構</u>小說）

修改後：novel（小說）

贅字：fiction

說明：不倫不類。小說就是虛構的作品，所以才稱爲小說。

話雖如此，nonfiction novel（非虛構小說）不算自相矛盾，只是第一時間看起來如此。這個詞指的是楚門‧柯波帝（Truman Capote）筆下《冷血告白》（*In Cold Blood*）率先採用（偶爾會有人誤以爲是他發明）的文類，即非虛構作品的小說化寫作。

我以前 —— 幸好目前爲止只有一次 —— 遇到 prose novel（散文小說）這個用詞，但跟 fiction novel 一樣都是讓腦筋打結的冗贅術語，但我後來發覺，作者的意思是要當成 retronym[*]（返璞詞）。當前世界上充斥著圖像小說，這個詞的使用者顯然認爲，必須把一部有十萬字上下但缺乏圖片的小說，定義爲「散文小說」。

這太不成體統了。小說不必稱爲「散文小說」，如同大量琴酒和極少苦艾酒調製後不稱爲「琴酒馬丁尼」，因爲顧名思義，馬丁尼就是以琴酒基底。麻煩的是，假如搞不清楚狀況的人改用伏特加當基底，就得加上 vodka 兩個額外的音節。

近來開始有人把所有的長篇書籍，甚至是非虛構作品，一律稱爲小說，眞是夠了。

---

[*] retronym 這個單字是記者法蘭克‧曼基維茲（Frank Mankiewicz）在一九八〇年所創，意指新創字詞取代既有字詞，這些原本意義明確的既有字詞，通常因爲科技發達而意義逐漸模糊或過時。舉例來說，原本手表僅是 watch，但隨著數位手表（digital watch）的發明，其餘就成了 analog watch（類比手表）。普通的吉他在電吉他出現後，稱爲 acoustic guitar（木吉他）。在行動電話出現之前，沒有人會用 landline 來指稱室內電話。就我們出版業來說，在平裝書問世之前，沒有人會區分精裝書是 hardcover book，而 mass-market paperback 這種大眾市場的平裝書（就是你在藥妝店旋轉貨架子上看到利於隨身攜帶閱讀的小開本）的說法，是因爲較爲精美、昂貴又大本的版本出現，即我們所謂的 trade paperback 一般商業平裝書。

修改前：*final* outcome（<u>最終</u>結果）

修改後：outcome（結果）

贅字：final

修改前：follow *after*（跟隨<u>在後</u>）

修改後：follow（跟隨）

贅字：after

修改前：*free* gift（<u>免費</u>禮物）

修改後：gift（禮物）

贅字：free

說明：贅字的典型例子，零售業者和廣告業者老愛使用。

修改前：*from* whence（<u>從中</u>來自）

修改後：whence（來自）

贅字：from

說明：whence 意指 from where，所以 from whence 就累贅到不行。

　　儘管如此，這個片語的歷史悠久，包括詹姆士王欽定版《聖經》（*King James Version of the Bible*）都出現這個句子：I will lift up mine eyes unto the hills, from whence cometh my help.（我會舉目遙望群山，從中獲得協助。）因此，我想你還是可以寫 from whence，前提是你也在舉目望山求助唷。

　　想要看 from whence 多采多姿的（故意）用法，不妨參考法蘭克‧羅瑟（Frank Loesser）替〈紅男綠女〉（Guys and Dolls）所寫的歌詞：Take back your mink / to from whence it came（把你的貂皮帶回去，哪裡來就哪裡去）——非常適合這首夜店常播的俗氣歌曲。

修改前：frontispiece *illustration*（卷首插圖插圖）

修改後：frontispiece（卷首插圖）

贅字：illustration

說明：frontispiece 是指攤開書本正對著書名頁的插圖。

修改前：*full* gamut（整個範圍）

修改後：gamut（範圍）

贅字：full

說明：gamut 顧名思義就是某事物的全部範圍，不需要再加上修飾詞，類似的冗贅例子還有 complete range、broad spectrum、full extent 等等。

修改前：fuse *together*（焊接在一起）

修改後：fuse（焊接）

贅字：together

修改前：*future* plans（未來的計畫）

修改後：plans（計畫）

贅字：future

修改前：gather *together*（相聚在一起）

修改後：gather（相聚）

贅字：together

說明：好啦，我知道經典中找得到例子，教會聖詩有 We Gather Together (to Ask the Lord's Blessing)（我們同心聚集，求主賜福）。《馬太福音》18:20 則有 For where two or three are gathered together in my name, there am I in the midst of them（因為無論在何處，只要有兩三人奉我之名聚會，

我便在其中）。但即使是神聖典籍，兩個錯誤的例子也不能證明用法正確。

修改前：glance *briefly*（匆匆一瞥）

修改後：glance（一瞥）

贅字：briefly

說明：一般的 glance 本來就很短暫。

修改前：HIV *virus*（人類免疫缺乏病毒<u>病毒</u>）

修改後：HIV（人類免疫缺乏病毒）

贅字：virus

說明：HIV = human immunodeficiency virus

修改前：*hollow* tube（<u>中空</u>管子）

修改後：tube（管子）

贅字：hollow

說明：我敢打賭，你沒料到這也是贅詞吧。

修改前：hourly (or daily or weekly or monthly or yearly) *basis*（每時、每日、每月、每年<u>為基礎</u>）

修改後：hourly (or daily or weekly or monthly or yearly)（每時、每日、每月、每年

贅字：basis

修改前：integrate *with each other*（<u>彼此</u>整合）

修改後：integrate（整合）

贅字：with each other

修改前：interdependent *upon each other*（相互依賴彼此）

修改後：interdependent（相互依賴）

贅字：upon each other

修改前：join *together*（共同加入）

修改後：join（加入）

贅字：together

修改前：kneel *down*（下跪）

修改後：kneel（跪）

贅字：down

修改前：knots *per hour*（時速每小時幾節）

修改後：knots（時速幾節）

贅字：per hour

說明：一節＝每小時一海里

修改前：last *of all*（所有的最後）

修改後：last（最後）

贅字：of all

修改前：lesbian *woman*（女同志婦女）

修改後：lesbian（女同志）

贅字：woman

說明：拜託大家動動腦

修改前：lift *up*（舉<u>起來</u>）

修改後：lift（舉）

贅字：up

修改前：*low* ebb（<u>落</u>退潮）

修改後：ebb（退潮）

贅字：low

說明：心情低潮也許可以說 lowest emotional ebb（但可能稍嫌沒創意），但 ebb 定義本來就是落潮了。

修改前：*main* protagonist（<u>主要</u>主角）

修改後：protagonist（主角）

贅字：main

說明：我並不贊同故事只能有一個主角，但main protagonist 聽了就刺耳。

修改前：merge *together*（<u>一同</u>結合）

修改後：merge（結合）

贅字：together

修改前：might *possibly*（可能<u>或許</u>）

修改後：might（可能）

贅字：possibly

修改前：moment *in time*（<u>時間上</u>某一刻）

修改後：moment（某一刻）

贅字：in time

說明：即使惠妮・休士頓（Whitney Houston）唱過，也一樣是贅詞。

修改前：*more* superior（更優越）

修改後：superior（優越）

贅字：more

修改前：*Mount* Fujiyama（富士山山）

修改後：Fujiyama（富士山）

贅字：Mount

說明：yama 在日文中本來就意指「山」，但可以說 Fujiyama 或 Mount Fuji。

修改前：*mutual* cooperation（相互合作）

修改後：cooperation（合作）

贅字：mutual

修改前：＿＿ o'clock A.M. *in the morning*（早上 AM 幾點鐘）

修改後：A.M. 幾點鐘

贅字：in the morning

說明：這冗贅到令人無法接受，P.M. in the evening 也一樣扯。順便叮嚀，twelve midnight 和 twelve noon 都是贅詞，只要說 midnight 和 noon 就可以了。

修改前：orbit *around*（環行旋轉）

修改後：orbit（環行）

贅字：around

修改前：*over*exaggerate（過度誇大）

修改後：exaggerate（誇大）

贅字：over

說明：就連拼字檢查功能都瞧不起這個贅字。

修改前：*passing* fad（一時風潮）

修改後：fad（風潮）

贅字：passing

說明：fad 顧名思義就是時間短暫，但 fancy（幻想）就不一定了（只是奇想通常膚淺又善變），因此詞曲創作人艾拉‧蓋希文（Ira Gershwin）所寫的 The radio and the telephone / and the movies that we know / may just be passing fancies and in time may go（我們熟知的收音機、電話和電影，可能只是一時的幻想，時間一久可能不再）和柯爾‧波特所寫的 And it's not a passing fancy or a fancy pass（這不是一時興起，也不是華麗過場）沒有問題。

修改前：*past* history（過去的歷史）

修改後：history（歷史）

贅字：past

修改前：*personal* friend（私人朋友）

修改後：friend（朋友）

贅字：personal

修改前：*personal* opinion（個人意見）

修改後：opinion（意見）

贅字：personal

　　說明：通常只要看到 personal 恐怕都得刪除，比 my personal opinion（我個人意見）更拙劣的，莫過於 my own personal opinion（我本身個人意見）。*

修改前：PIN *number*（個人識別碼號碼）

修改後：PIN（個人識別碼）

贅字：number

說明：PIN = personal identification number

修改前：plan *ahead*（預先計畫）

修改後：plan（計畫）

贅字：ahead

修改前：*pre*plan（事先計畫）

修改後：plan（計畫）

贅字：pre

說明：這種贅字實在太恐怖了†。

修改前：raise *up*（抬起來）

修改後：raise（抬）

贅字：up

---

*　我很想大力譴責 personal friend 是當代爲了現實與虛擬世界朋友的產物，但發現沒有辦法，因爲早在十九世紀這個片語就普遍流行了。

†　很多加了 pre- 的複合字詞，少了這個字首也無影響，所以自己小心。有些人針對 preorder（預訂）有所爭執，但這個單字確實具備 order（下訂）沒有的意思：如果我下訂了某樣東西，我當然希望對方儘快送達。但假如我預訂了某件物品，比方說一本書，我知道那本書還沒上市，自己得耐心等候。

修改前：reason *why*（原因是<u>因為</u>）

修改後：reason（原因）

贅字：why

說明：我把這個贅詞放在這裡，主要是想排除在清單之外。通常可以不加上 why，但也沒有特別的理由，真的加上也沒關係。不過，the reason is because 就有點太誇張了。

修改前：regular *routine*（規律的<u>例行公事</u>）

修改後：regular（例行公事）

贅字：routine

修改前：return (or recall or revert or many other things beginning with "re-") *back*（還<u>回去</u>，或其他以 re- 開頭的單字）

修改後：return（還）

贅字：back

修改前：rise *up*（升<u>上去</u>）

修改後：rise（升）

贅字：up

說明：如果你以為我要損上林—曼努爾・米蘭達（Lin-Manuel Miranda），只因為他在《漢彌爾頓》（*Hamilton*）的〈我的機會〉（My Shot）這首歌中一再用上這個片語，那你真的是誤會囉。

修改前：short *in length*（長度<u>短</u>）

修改後：short（短）

贅字：in length

修改前：shuttle *back and forth*（來回穿梭）

修改後：shuttle（穿梭）

贅字：back and forth

修改前：sink *down*（沉下去）

修改後：sink（沉）

贅字：down

修改前：skirt *around*（繞著打轉）

修改後：skirt（繞著）

贅字：around

修改前：*slightly* ajar（略微打開）

修改後：ajar（打開）

贅字：slightly

修改前：*sudden* impulse（突然的衝動）

修改後：impulse（衝動）

贅字：sudden

修改前：surrounded *on all sides*（四面被包圍）

修改後：surrounded（被包圍）

贅字：on all sides

修改前：swoop *down*（俯衝下來）

修改後：swoop（俯衝）

贅字：down

說明：這裡要吹毛求疵一下，由於 swoop 本來就是向下的動作，因此 swoop down 多了個贅字。但大家都這麼說，不妨就睜一隻眼閉一隻眼吧。我們也很習慣 swoop/scoop up 這個片語，譬如 swoop up a dropped ball（撈起掉下的球）或 swoop up a child（救起小朋友）。

修改前：*sworn* affidavit（<u>宣誓的</u>切結書）

修改後：affidavit（切結書）

贅字：sworn

修改前：undergraduate *student*（<u>讀大學的</u>大學生）

修改後：undergraduate（大學生）

贅字：student

說明：undergraduate 本身就是很好用的名詞了，不需要當成形容詞來自我修飾。

修改前：*unexpected* surprise（<u>意外的</u>驚喜）

修改後：surprise（驚喜）

贅字：unexpected

說明：這個贅詞有夠糟糕，常見又俗氣。

修改前：*unsolved* mystery（<u>未解的</u>謎團）

修改後：mystery（謎團）

贅字：unsolved

說明：謎團本來就未解，一旦解開了，就不再是謎團了吧。

修改前：*un*thaw（<u>反</u>融化）

修改後：thaw（融化）

贅字：un

說明：拜託別犯蠢。

修改前：*usual* custom（<u>通常的</u>習俗）

修改後：custom（習俗）

贅字：usual

修改前：*wall* mural（<u>牆上</u>壁畫）

修改後：mural（壁畫）

贅字：wall

或是

修改前：*wall* sconce（<u>牆上</u>壁燈）

修改後：sconce（壁燈）

贅字：wall

說明：我真的看過有人這麼寫。

原作文字編輯來解惑

問：你遇過最嚴重的冗詞贅字是什麼？

答：一切歷歷在目，彷彿昨天才發生：

He implied without quite saying.

他意有所指，卻沒說出口。

我一看到這個句子，樂得差點忘記刪掉 without quite saying 後在頁緣禮貌地註記 BY DEF（定義如此）。

但最後我還是刪掉了。

第十三章

遺珠大總匯

　　本章羅列了前面章節的遺珠，都是我認為重要——不重要至少有趣，不有趣至少古怪——的小知識。

1. each other 和 one another：兩者之間和三者以上之間

　　有人嚴格區分 each other 和 one another 的用法，他們主張：

each other 用來指兩者之間：

Johnny and I like each other.
我和強尼情投意合。

one another 用來指三者以上：

Everybody get together, try to love one another right now.
大家現在集合，努力向彼此示愛吧。

　　這又是數百年來某些不知名文法學家發明的規則，本身卻難以說得通。但我依然遵循這條規則，尤其現在很多作家把兩個片語隨便混用，而

我不大喜歡隨便的寫作，玫瑰上的雨滴或貓咪的鬍鬚才深得我心。假如你不遵守這條規則（或假規則），沒有人有資格批評，但如果你想要遵守，同樣沒有人可以批評。

2. only 放哪裡才好？

If you only see one movie this year . . .

正常人類都把 only 往前挪到句子前面，文字編輯往往會把 only 擺到它修飾的事物旁邊：

If you see only one movie this year . . .

再舉一個例子：

版本一出自正常人類：

You can only watch a movie ironically so many times before you're watching it earnestly.

版本二出自文字編輯：

You can watch a movie ironically only so many times before you're watching it earnestly.
一部電影你可能恰巧看過了一定次數，才開始認真地觀賞。

版本二聽起來有些生硬對吧？或許吧，但老實說，我覺得略顯生硬的文章帶有某種緊繃感，足以喚起感官上的刺激。

我還認為，文章中字字句句都上緊發條時，讀者並不大會發覺。可是一旦文章過於鬆散，讀者很可能不僅會注意到，還會給予負面評價。

況且，單單一個隨便擺放的 only，便可以完全扭曲句子的意思。

　　話雖如此，在編輯小說時，特別是敘事口吻隨性、對話更為隨性的小說，我很可能會按照作者喜好，不去更動 only 的位置＊。

3. grassy knoll：避免使用讓人聯想的字詞

　　約翰·甘迺迪遇刺身亡與隨之而來的各種陰謀論至今超過五十五年了，我一直告誡作家們，不要把任何其他的草丘描述為 grassy knoll†。我認為，這個詞今仍然是會令人多作聯想的強烈字眼。

4. namesake：可以雙向使用

　　在此分享一件奇特的趣事：namesake（同名之人）這個單字可以雙向使用。也就是說，如果你的名字與祖父相同，你就是他的 namesake，他也是你的 namesake，想不到吧。

5. inchoate 和 limn：時代的眼淚

　　在一九九○年代，我好像只要翻開稿子，就一定會遇到 inchoate（不成熟的）和 limn（勾勒）這兩個單字，後來看到還會怕得發抖。奇怪的是，我想不起來上次碰到這兩個單字是什麼時候了。所以請儘量開始使用 inchoate 和 limn 吧。我很想念它們‡。

6. 避免老生常談

　　陳腔濫調（clichés）要當成瘟疫（plague），避之唯恐不及。

＊　這點也適用於 just 指涉時間的語意，譬如「我剛才差點在樓梯上滑倒」的英文可以是 I almost just tripped on the stairs, 和 I just almost tripped on the stairs, 前者聽起來當然很自然，但後者聽起來比較合理。如果因為我的緣故，你以後每次寫到或說到 just 和 only 這兩個單字時願意多想一下，我便覺得自己功德圓滿了。

†　譯按：甘迺迪遇刺的地點。

‡　英文原書文字編輯補充：「對我來說，是 guttering（淌蠟）和 tang（強烈氣味），這兩個單字以前在文學小說出現的頻率太高，我一度以為它們是藝術創作碩士學程的一部分。」

7. 分辨 into 和 in

go into the water（這個動作一般伴隨著拍打、尖叫等開心的舉止）和
go in the water（這個動作一般伴隨著無神地盯著遠方，大家都曉得你要幹
嘛）這兩個片語的意思天差地遠，最好按照以下來區分：

into ＝移動

in ＝現狀

同樣的原則可以用來區分 jump into a lake（從碼頭移動到水中）和
jump in a lake（已在水中，垂直向上跳）。但日常對話中，沒有人會反對
Aww go jump in a lake（啊乾脆去跳湖啦你）這個傳統說法。

8. 區別 in to 和 into

turn in to a driveway（拐進車道）和 turn into a driveway（變成車
道）的意思天壤之別，前者是自然的駕駛，後者是梅林變魔法（Merlyn
trick）。

9. 比較級和最高級

假如有兩個兄弟，一個十五歲、一個十七歲，十五歲的弟弟是
younger，不是 youngest，十七歲的哥哥是 older（也可以說 elder），不是
oldest 或 eldest。

凡事成三，才能加上最高級 -est。

但英文就是麻煩，best foot forward（最好的表現）這個片語偏偏除外。

10. 愛情沒有盡頭

如果你熱情且用力去愛，就是 you love it no end（愛情沒有盡頭）；
但坊間經常看到 to no end，那反而是愛得毫無意義。假如你真的是這個意
思，我無話可說。

11. 語錄一定要核實：愛因斯坦有說過那句話嗎？

　　新聞界人士，特別是報紙專欄作家，習慣於把如珠妙語、深奧道理、鼓舞人心的打油詩和其他冰箱門上會貼的智慧雋語胡亂歸功於名人，而且數十年如一日，早已不是什麼新鮮事。但網際網路大幅惡化了這個問題，眾多的語錄蒐集網站不需負責任，只需努力把假貨包裝地漂漂亮亮，從而鼓勵渾然不覺（或不在乎）的讀者囫圇吞棗，然後他們再以訛傳訛，永無止境。

　　舉一個極為貼切的例子。二○一七年七月，作家科林・迪奇（Colin Dickey）偶然發現了二○一三年一條推特貼文，是後來擔任美國總統那位人物的大女兒所發出：

If the facts don't fit the theory, change the facts.

—Albert Einstein

如果事實與理論不符，就改變事實。

——亞伯・愛因斯坦

　　正如迪奇當時自己在推特上所說：「愛因斯坦從來沒有說過這樣的話，但這只讓這條推文更顯一絕。」

　　確實如此，Google 數百條搜尋結果說得再煞有其事，愛因斯坦從未說過或寫過這段詼諧妙語。這只是一條沒有主人的偽金句，大概是為了憑添分量和重要性，才會借用這位學者的頭銜，即使他根本不可能說出這句話。

　　愛因斯坦只是一個例子，名人被貼上各種語錄標籤的例子層出不窮。你會發現亞伯拉罕・林肯的所謂語錄幾乎都是憑空杜撰，沒有引用參考來源時更是假的；而馬克・吐溫、奧斯卡・王爾德（王爾德明明說過成千上萬的俏皮話，為什麼還要捏造他的語錄呢？）、溫斯頓・邱吉爾或桃樂絲・

派克（像王爾德一樣絕頂聰明）的語錄也是如此 *。

　　以下是核實或揭穿名言佳句的方法：

- 在維基語錄（Wikiquote），幾乎所有作家都有自己的條目，這個網站不僅列出了作家最出色的作品，而且還幫助你連結到這些作品的出版來源。更實用的是，它還列出相關爭議與錯誤引用的部分，十分可靠。

- 如果你想自己探索，可以利用搜尋功能強大的 book.google.com。如果你花了些心力卻找不到任何引用的出版來源，至少能合理推測所謂名言是假的。

- 我也推薦迦森・奧托爾（Garson O'Toole）這位查證嚴謹的科學家，他創立 Quote Investigator（名言佳句偵探）這個網站（網址為：quoteinvestigator.com），還在推特上以 @QuoteResearch 的名義發推文，他不僅擅長揭穿假造或錯誤的名言，還爬梳過去的檔案庫，儘可能找出假語錄和錯誤引用的濫觴。

　　話說回來，這些跟寫作又有什麼關係？

　　懶惰的作家（其中又以商業和勵志作家為甚 †）經常在稿子塞入所謂振奮人心的格言錦句，事實上，都是摘自網路或同樣懶惰的商業和勵志作家前輩作品，各種廢文因而傳播開來。

　　藍燈書屋的文字編輯必須搜尋、核實或質疑所有名言佳句。有時實在覺得，這無異於是用蒼蠅拍來驅趕大批蝗蟲，緩不濟急，但也只能盡力而

---

* 此外還有這些作家，以下不分先後順序：拉爾夫・瓦爾多・愛默生、亨利・大衛・梭羅、伏爾泰、聖雄甘地，以及威廉・莎士比亞（這有夠無恥又荒唐，畢竟莎翁筆下字字句句都很容易找到源頭）。

† 我的一位前同事曾開玩笑說：「心靈成長書籍的存在本身，就證明了它們並不管用。」這也許只是耍嘴皮子、不盡真實，但這種玩笑重點是一針見血的效果，而不是要百分百準確。

為。

這個時代充斥著偽裝成事實的謊言（往往出自造假專家之手，他們瘋狂想把不利於己的事實批判成假消息），我拜託你不要繼續捏造、助長這些幸運餅乾籤文般的假語錄。這些內容往往言不及義卻包裝華麗，胡亂造假則是對文學史的侮辱。

那我可以提個建議嗎？

在數位工具或紙本筆記上，建立自己的「書摘」，可以把讀到或認為絕妙、有意義的段落抄下來，放在容易取得的地方以備不時之需，即使是當成未來自我成長的養分也很好（別忘了記下出處）。這樣一來，萬一你哪天得向旁人分享自己的人生智慧、想要偶爾拾人牙慧，至少有別開生面又能打動人心的內容可供使用。

12. 標題式大寫原則

標題式大寫原則（title case）是指，作品（書籍、章節、戲劇、電影等等，想必你懂）名稱、通常還有報紙和雜誌的頭條標題內，關鍵字詞的首字大寫。

哪些是標題的重要字詞？

- 第一個單字和最後一個單字
- 所有的名詞、代名詞、動詞、形容詞和副詞
  哪些字詞不需要大寫？
- 冠詞（a、an、the）
- 連接詞（and、but、if、or 等等）

那介系詞呢？

如果你像某些人主張「介系詞絕對一律小寫」，就得面對《七軍聯攻底比斯》（*Seven Against Thebes*）和《我曾為隆美爾效力》（*I Served Alongside*

Rommel）等作品裡的大寫介系詞，想必無法自圓其說。精明的人就會主張較短的介系詞字首小寫即可，包括 at、by、but、from、into、of、to 和 with，較長的介系詞則字首大寫，譬如 despite、during 和 toward。

我承認，四個字母組成的介系詞可能會引起混淆，我自己絕對不會把 with 字首大寫，但 over 字首也小寫的話，看起來就有點隨便。

還有另一個容易混淆的地方：你有沒有發現，我在上一段把 but 同時列為連接詞和介系詞？這是因為根據你使用的方式，but 確實有時會是連接詞，有時又會是介系詞，但無論如何，兩者都以小寫呈現。但 but 其實也可以當成副詞，意思是僅僅」，例如：he is but a stripling（他僅僅是名年輕人）；或當成名詞，例如：no ifs, ands, or buts about it（不准說「如果」、「然後」和「但是」）。換句話說，如果此時擺在標題內，就需要把字首大寫。同理可證，over 這個單字也可以當成介系詞和副詞（如果是談板球這個運動，則是當成名詞，意思是「輪數」）。

我可以向你保證，特地找詞典來確認 off 或 near 究竟是介系詞或副詞（或形容詞或動詞），以決定是否要字首大寫，很可能愈看愈糊塗，到頭來頭痛欲裂。你還會發現，部分詞典拋出 particle（分詞）和 determiner（限定詞）等術語，結果愈說明愈複雜。我很不想攤手承認「不確定就憑直覺判斷」，但真的也只能如此。假如有人想要糾正你，直視對方的雙眼，然後說「這裡當成副詞唷」，再迅速離開現場。屢試不爽。

- 別忘記有些特別重要的字詞特別迷你。務必記得標題中的 It 字首要大寫（當然還有 He、She、His 和 Hers），尤其是 Is 和 Be 等主要動詞，要是把字首小寫*了，違反標題大寫原則，我想形同唯一死罪。

---

* 你知道嗎？大寫（majuscule）字母之所以又稱為 uppercase letter、小寫（minuscule）字母又稱為 lowercase letter，是因為在活字印刷時代（即人工排版時代），大寫字母較不常用，都擺在裝著其他字母的箱子上方。但 uppercase 不要跟 top-drawer 混為一談，後者是指家具，通常存放貴重物品。

對了：

- 還有一個文法術語稱為片語動詞，定義也許並不難懂，就是指片語
  形式的動詞，通常包括介系詞和副詞，凡是出現在標題中，兩個單
  字字首都要大寫，例如：

Hold On to Your Hats!

（但《河畔磨坊》〔*The Mill on the Floss*〕中的 on 維持小寫）

或是：

Stand By for Updates

（但《湖濱小屋》〔*The House by the Lake*〕中的 by 維持小寫）

順便一提：

- 有些人會把即興用連字號組成的複合詞字首全部大寫，卻只把固定
  複合詞的第一個字大寫，只是這樣就會寫出以下句子：

My Mother-in-law Enjoyed a Death-Defying Ride on a Merry-go-round
我婆婆／岳母很享受坐旋轉木馬時險象環生的體驗

你可能會覺得看起來卡卡的，為了視覺上的平衡，你選擇把
law、go、round 字首大寫，這無可厚非（但 in 當然就不必了）。

總而言之：

- 我時不時會覺得，乾脆把標題每字字首全都大寫算了，去他的麻煩
  規則，但只要看到類似這樣的新聞頭條：

The Fault Is Not In Our Stars But In Our Stars' Salaries.
美好缺憾並不在生命中，而是在明星的薪水中。

我就龜縮了，還是照舊吧。

13. 性別

問：對於愈來愈多人把 woman（女人）當成形容詞，而不使用現成的 female（女性的／女人），譬如 woman candidate（女子候選人）而不是 female candidate（女候選人），你有什麼看法？好像沒有人會說 man candidate（男子候選人）吧。

答：大家平時也不常說 man candidate，只會說 candidate。我想這類簡便的說法得回溯到以往奇怪的認知，也就是每當提到人類時，預設會是男性或男人＊。我跟你一樣，愈來愈常看到 woman 被當成形容詞使用。我在想，這是否因為在某些人眼中，female 這個單字看起來特別具有生物性，彷彿 female cashier（女收銀員）是用子宮在幫你算東西的價錢。話雖如此，woman 當成形容詞使用並不是新奇的事。就連我現在打字的當下，剛好看到佩格・布拉肯（Peg Bracken）一九六〇年精彩絕倫的作品《可以不要下廚嗎？》（*The I Hate to Cook Book*），裡頭便提到 your women guests（你那些女子賓客）。不過你要特別小心，不要反倒把女人稱為 a female。female 當成名詞鮮少有恭維的意思，別人聽到也不大可能當成恭維。

以下台詞摘自克萊爾・布思・魯斯（Clare Booth Luce）所寫的劇本《女人》（*The Women*）：

＊　我剛開始當文字編輯時，經常在稿子中遇到這樣不言而喻的觀念：所謂人類預設是白人。也就是說，只有非白人角色才會特別劃分出種族。如今也經常會碰到有人主張：man 一字只要未修飾——例如討論男人對女人言行的喜好——肯定是指「異性戀男人」。並非如此。

席薇亞：我為什麼要嫉妒瑪莉啊？

南西：因為她知足啊，知足地做自己。

席薇亞：什麼叫做自己？

南西：當女人。

伊迪絲：那我身懷六甲＊的這個模樣，又算是什麼？

南西：雌性†。

然後我必須強調一下，你描述專業人士要不要區分性別不關我的事，但你區分的方法才關我的事。真他媽的，我是一名文字編輯，可不是社會學家耶。

14. 襯衫

扣領襯衫（button-down shirt）是指領尖繫於襯衫上胸區鈕扣的襯衫，並不是隨便一件從頸部到腰部都有鈕扣的舊襯衫。如果恰好屬於正裝襯衫（dress shirt），就直接稱為正裝襯衫囉（對了，絕對沒有必要說「長袖正裝襯衫」，因為根本就沒有「短袖正裝襯衫」），或 button-up shirt、button-front shirt 也可以啦，我才不管咧。

15. toe the line

守規矩不是 tow the line 而是 toe the line 才對。

＊　原文是 in the name of my revolting condition，意指懷孕。不要罵我，我只是據實以告。

†　好，這個回答酸溜溜的，我們就用柯爾‧波特的《玻璃絲襪》（*Silk Stockings*）裡一段浪漫歌詞來平衡一下：
When the electromagnetic of the he-male / meets the electromagnetic of the female / If right away she should say 'This is the male' / it's a chemical reaction, that's all.
（雄電磁遇上雌電磁，若雌電磁立即說「這是雄電磁」，那就是化學反應囉。）

16. Hear, hear!

表示贊同的呼喊聲 * 不是 Here, here! 而是 Hear, hear! 才對。

17. gaslit streets

煤氣燈照亮的街道是 gaslit streets。

但動詞 gaslight 的過去式是 gaslighted。這個單字源自一九四四年米高梅公司同名驚悚電影，片中查爾斯・博耶（Charles Boyer）對英格麗・褒曼（Ingrid Bergman）心理操弄，讓她不禁懷疑起現實，甚至認為自己要發瘋了。

18. deep-seated（不是 deep-seeded）

行之有年、根深柢固的事物不是 deep-seeded，雖然「種子埋很深」聽起來好像很合理，但我跟植物學家確認過沒這回事。真正的形容詞是 deep-seated。

19.　九月十一日

在美國發生緊急狀況時，你會撥 911。

美國曾發生重大悲劇的那天則是 9/11（世界上其他地方九月十一日都是寫成 11/9，但美國人對於日期的表示法只能說固執到令人傻眼）。

20. Brussels sprouts（不是 Brussel sprouts）

球芽甘藍不是 Brussel sprouts，而是 Brussels sprouts。

---

*　我知道你們在想啥，隨便啦。譯按：原文 ejaculation，作者暗示他知道讀者可能聯想到射精，但他覺得無所謂。

21. reversal（一百八十度）

reversal 指一百八十度 * 翻轉，如果你轉了三百六十度，只是面對本來的方向。

22. stupider 和 stupidest

stupider 和 stupidest 是兩個單字。

23. 你介意我坐你旁邊嗎？

我很清楚自己的工作不是修改你的日常用語，但誠心希望面對以下問題時：

Do you mind if I sit beside you?
你介意我坐你旁邊嗎？

拜託不要像時下很多人一樣回答：

Yes! Please do!
好啊，請坐！

而是回答：

Of course not! Please do!
當然不介意，請坐！

24. tomato/potato

我曾在英國的稿子中，看到以下的對話：

---

* full 180 是不是贅詞呢？難道光說 I did a 180（我翻了一百八十度）不夠嗎？你說得有道理，但還是有人這麼使用。

Oh, well, tomato, to-may-to.

我足足盯著這個句子三十秒，才恍然大悟。

在此聲明，雖然英國人的確在讀出 tomato 時，中間的那個音發成 ah，但他們讀 potato 的方式跟美國人一樣，中間的音發成 ay。艾拉・蓋希文的歌詞寫得極為巧妙：You like potato and I like po-tah-to / You like tomato and I like to-mah-to（你愛 potato 可是我愛 po-tah-to ╱ 你愛 tomato 可是我愛 to-mah-to），但根本就是犯規。

另外，根據艾拉・蓋希文在《不同場合的歌詞》（*Lyrics on Several Occasions*）中所言，英國歌手在唱〈我們別吵了〉（Let's Call the Whole Thing Off），開頭真的都唱成 You say eyether and I say eyether / You say nyther and I say nyther（你說 eyether 我也說 eyether ╱ 你說 nyther 我也說 nyther）。但聽聽就好囉。

25. 第一和第二人稱

我發現，愈來愈常有人把自稱 we 的人當成「使用第二人稱」，此言差欸。自稱為 we——除非你是維多利亞女王才可以這麼用——是用第一人稱複數說話。第二人稱只有 you，正如同一位作家曾寫道：

You are not the kind of guy who would be at a place like this at this time of morning.
你這種人，才不會早上這個時間出現在這個地方。

26. methinks

Methinks the lady doth protest too much 不是出自《哈姆雷特》（*Hamlet*）的台詞，而是 The lady doth protest too much, methinks。就算你真的活了

四百多歲、打算用 methinks 來耍點小聰明，我拜託你打消念頭。

27. pulchritudinous

pulchritudinous 意指美麗，看起來卻不大美麗。有時一不小心（像我一樣），這個單字就被當成 buxom（豐滿）——不妨也可以說 zaftig（圓潤）——如果你喜歡豐腴的女性，這倒也說得通*，但最近我愈來愈常看到這個單字帶有負面意涵，用來當「肥胖」的同義詞。好吧，那我們就不要重新定義了。「肥胖」的同義詞不少，有些帶有褒義，包括 bovine、stout 和 fubsy（這是我個人的偏愛，因為有位藝術史教授用來形容雷諾瓦的裸體），我認為不需要畫蛇添足了。

---

* 在意第緒文中，pulkes 是大腿，特別用來稱讚胖嘟嘟的嬰兒（或雞）。也許一些善意的猶太語言學家（別看我），把 pulkes 和 pulchritude 混為一談，導致這個結果。

聊以作結

我想，也許寫書沒有所謂的寫完，只有停筆不寫而已。

在所有文學作品中，我最愛的一段文字是出自吳爾芙的《燈塔行》（*To the Lighthouse*）：

> It was done; it was finished. Yes, she thought, laying down her brush in extreme fatigue, I have had my vision.
>
> 好了，完成了。對啊，她一邊想著，一邊放下畫筆，萬分疲憊，
> 自己早預見了。

眼下我雖沒有莉莉・布里斯科（Lily Briscoe）的篤定，但能同理她的疲憊。

本書最早的書名是 *The Last Word* *，但很快就換掉了，背後的原因都很有道理，其中之一便是 last word 並不存在。一切規矩總會出現例外（好啦，

---

* 譯按：這個詞可以譯爲「定論」、「結論」、「最終發言」、「決定權」、「權威版本」等等，作者此處故意語帶多義，因此選擇保留英文。

大多數情況下是如此），凡是思考就會累積心得（至少對我來說是這樣），
總有些話本來想說卻忘了補充。

There's no last word, only the next word.

沒有結語，只有後話。

推薦資源

除了本書已提到的參考資料，我還推薦西奧多・伯恩斯坦（Theodore Bernstein）的《英文文法小怪獸》（暫譯，原書名 *Miss Thistlebottom's Hobgoblins*），堪稱我印象中最好讀、巧妙又討喜的語言書籍。

另外還有我一再參考的網站，個個博大精深，非常值得加入「我的最愛」：

- 「文法人」（Grammarist）：網址是 grammarist.com
- 派翠西亞・T・歐康納（Patricia T. O'Conner）與史都華・凱勒曼（Stewart Kellerman）共同經營的「文法恐懼症」（Grammarphobia）：網址是 grammarphobia.com
- 喬納森・歐文的「極拘小節」（Arrant Pedantry）：網址是 arrantpedantry.com
- 柯瑞・史丹普（Kory Stamper）的「吃苦當吃補」（Harmless Drudgery）：網址是 korystamper.wordpress.com
- 線上字源詞典：網址是 etymonline.com
- 蜜妮安・福格蒂（Mignon Fogarty）的「文法取巧」（Quick and Dirty Tips）：網址是 quickanddirtytips.com/grammar-girl

- 史丹・凱瑞（Stan Carey）的「句子是王道」（Sentence first）：網址是 stancarey.wordpress.com
- 約翰・E・麥恩泰爾（John E. McIntyre）的「不要亂說」（You Don't Say）：網址是 baltimoresun.com/news/language-blog

致謝

　　我從未如此深懷欣喜與感激，如今終於可以好好表達了。

　　感謝我的老師 Gerry Pagliaro 教我如何舞文弄詞，感謝我的教授 Linda Jenkins 和 David Downs 教我字詞的用法。

　　感謝聖馬丁出版社（St. Martin's Press）的 Meg Drislane 當初大膽起用我這個新人，讓我得以接觸校對和文字編輯的工作，還細心又親切地予以指導和鼓勵。

　　感謝 Amy Edelman 進一步的指導，說出一句關鍵的話：「如果你想成爲一名全職的自由工作者，我會保證你永遠都會有案子可接。」後來甚至加碼邀請我加入藍燈書屋的文字編輯部門，對於一名初出茅廬的菜鳥編輯來說，老闆如此優秀、睿智又支持員工，夫復何求。

　　我剛到藍燈書屋工作的那段日子，受惠於多位前輩大師的專業指點，感謝 Mitchell Ivers、Sono Rosenberg、Jean McNutt、Virginia Avery、妙語如珠的 Jim Lambert、有著遠見卓識的 Bob Loomis、Kathy Rosenbloom、Deborah Aiges，還有我無所不談的死黨／摯友 Kenn Russell。後來，我結識了 Dan Menaker，當初彼此完全沒料到，他會是促成我動筆寫下本書。感謝 Lee Boudreaux、Sharon Delano、Laura Goldin、Libby McGuire、

Timothy Mennel、Susan Mercandetti、Jennifer Smith、Benjamin Steinberg、Mark Tavani、Bruce Tracy、Jane von Mehren 和 Amelia Zalcman，你們也是我絕不可少的得力同事，而且遠比同事來得優秀。

　　我有幸與許許多多極具天賦的作者合作，我盡己所能支持和關切他們作品的同時，他們也付出了許多，在此特別感謝 Gail Buckley、Michael Chabon、E. L. Doctorow、David Ebershoff（這位同時還是超棒的同事）、Janet Evanovich、Brenda Fowler、Leonard Garment、Jesse Green、Gerald Gunther、Fred Hobson、Frances Kazan、Lauren Kessler、Tom King、Michael Korda、Elizabeth Lesser、Robert K. Massie、Patrick McGrath、Nancy Milford、David Mitchell、Edmund Morris、Angela Nissel、Whitney Otto、Suzan-Lori Parks、Thomas Perry、Michael Pollan、Peter Quinn、Frank Rich、Sam Roberts、Isabella Rossellini（故事雖長但精采）、Nancy Rubin、Richard Russo、Lisa See、Nancy Silverton、Elizabeth Spencer、Peter Straub 和 Calvin Trillin。

　　我多年來的生涯之旅受到無數明燈的指引與保護，我無法在此感謝所有應該感謝的恩人，因此以下這份簡明扼要（真的不算長啦）的名單只能權充舉偶，他日有機會必定當面聊表謝忱：

　　感謝 Ryan Adams、Sam Adams、Robert Arbuckle、Kevin Ashton、Mark Athitakis、Nathalie Atkinson、Dan Barry、Roland Bates、John Baxindine、Tom Beer、Adam Begley、Matt Bell、Jolanta Benal、Brooks Benjamin、Melanie Benjamin、Eric Berlin、Jesse Berney、Glenda Burgess、Allison Burnett、Isaac Butler、Rosanne Cash、Kashana Cauley、Alexander Chee、Nicole Chung、Sarah Churchwell、Donald Clarke、Meg Waite Clayton、Nicole Cliffe、Jon Clinch、Clare Conville、Isabel Costello、Nick Coveney、Gregory Crouch、Quinn Cummings、Anne Margaret Daniel、Kevin Daly、Sir William Davenant、Dexter Davenport、A. N. Devers、Colin Dickey、

Nathan Dunbar、Rhian Ellis、Teressa Esposito、Stephen Farrow、William Fatzinger, Jr.、Tim Federle、Adam Feldman、Charles Finch、Toby Finlay、D. Foy、Chris Geidner、Eve Gordon、Elon Green、Matt Greene、Elizabeth Hackett、Rahawa Haile、Alex Halpern、Josh Hanagarne、Liberty Hardy、Quentin Hardy、Benjamin Harnett、Mark Harris、Scott Jordan Harris、Jamey Hatley、Bill Hayes、Meredith Hindley、Elliott Holt、Alexander Huls、Brian Jay Jones、Molly Jong-Fast、Guy Gavriel Kay、Joe Keenan、April Kimble、Julie Klam、Brian Koppelman、Rick Kot、Kalen Landow、Victor LaValle、J. Robert Lennon、Kelly Link、Laura Lippman、Brian Lombardi、Laura Lorson、Lyle Lovett、Lisa Lucas、Kelly Luce、Sarah Lyall、Jon Maas、Susan Elia MacNeal、Ben Mankiewicz、Josh Mankiewicz、Lily Mars、Max Maven、Alicia Mayer、Walter Mayes、Theodore McCombs、John McDougall、Jenny McPhee、Jennifer Mendelsohn、Susan Scarf Merrell、Lincoln Michel、A. R. Moxon、Laurie Muchnick、Jennifer Mudge、Tomás Murray。

容我喘口氣。

感謝Phyllis Nagy、Patrick Nathan、Farran Smith Nehme、Sally Nemeth、JD Nevesytrof、Sandra Newman、Maud Newton、Celeste Ng、Liz Nugent、Daniel José Older、Kerry O'Malley、Annette O'Toole、Pippin Parker、Bethanne Patrick、Nathaniel Penn、Sarah Perry、Lisa Jane Persky、Megan Phelps-Roper、Arthur Phillips、Andrew Pippos、Ivan Plis、Seth Pollins、Lily Potkin、Charlotte Prong、Paul Reid、Leela Rice、Mark Richard、Ben Rimalower、Michael Rizzo、Doug Robertson、Isabel Rogers、Helen Rosner、Gabriel Roth、Eric Ruben、Tim Sailer、Luc Sante、Mark Sarvas、Michael Schaub、Lucy Schaufer、Will Scheffer、Amy Scheibe、J. Smith-Cameron、Justin St. Germain、Levi Stahl、Daniel Summers、Claudette

Sutherland、Quinn Sutherland、Sam Thielman、Paul Tremblay、Peternelle van Arsdale、Eileen Vorbach、Ayelet Waldman、Tim Walker、Amanda Eyre Ward、Todd Waring、Katharine Weber、Sarah Weinman、Kate Williams、Shauna Wright、Simon Wroe、Stephanie Zacharek、Laura Zigman、Jess Zimmerman、Stefano Zocchi 和 Renée Zuckerbrot。

是不是有位詩人曾說「我才剛開始欸」？

感謝 Wordsmith Twitter 的成員，我有好多事都仰仗這群奇葩的協助，包括好好地監督我：Mark Allen、Colleen Barry、Ashley Bischo、Emily Brewster、DeAnna Burghart、Jeremy Butterfield、Stan Carey、June Casagrande、Iva Cheung、Karen Conlin、Katy Cooper、Jon Danziger、Allan Fallow、Emmy Jo Favilla、Mignon Fogarty、James M. Fraleigh、Nancy Friedman、Joe Fruscione、Henry Fuhrmann、Peter Ginna、Jennifer Gracen、Jonathon Green、Sarah Grey、James Harbeck、Andy Hollandbeck、Ross Howard、Martyn Wendell Jones、Blake Leyers、Gretchen McCulloch、John McIntyre、Erin McKean、Lisa McLendon、Howard Mittelmark、Lynne Murphy、Lauren Naturale、Mary Norris、Jonathon Owen、Maria Petrova、Carol Fisher Saller、Heather E. Saunders、Laura Sewell、Jesse Sheidlower、Peter Sokolowski、Daniel Sosnoski、Dawn McIlvain Stahl、Kory Stamper、Eugenie Todd、Christian Wilkie、Karen Wise 和 Ben Yagoda。

感 Keili Glynn 和 Jori Masef 讓我現在還能活蹦亂跳；感謝 Christina Sekaer 和 Noa Phuntsok 長期守護我的健康。

感謝 Catherine Boyle、Gregor Gardner 和 Katharina Tornau 寶貴的提點。

我也要向以下各位表達內心難以言喻的愛：Alan Bowden、Hannah Bowden、Joe Chiplock、Kathleen Daly、Alison Fraser、Ron Goldberg、Ruth Hirshey、Rupert Holmes、Susan Kartzmer、Mark Leydorf、Paraic O'Donnell、Deanna Raybourn、Sabrina Wolfe、Jacob Yeagley 和 Jeff Zentner.

我也要緬懷 Kenn Hempel、Victor D'Altorio 和 Martha Lavey。

我永遠效忠推特上面的 Goldblatt 公爵夫人（@duchessgoldblat），感謝她無限包容的愛、憐憫、寬容與詼諧，可謂世上最為真摯的虛擬世界友誼。

感謝 Victory Matsui、Cal Morgan 和 Cassie Jones Morgan，他們是本書撰寫關鍵時刻的重要讀者，感謝 Jon Meacham 總是適時地出現表達關心。

感謝 Mathew Lyons 好心賜我一項珍貴的禮物，那就是書名。

感謝帶給我靈感的繆斯女神 Amy Bloom、Rachel Joyce、Yiyun Li、Elizabeth McCracken，還有一位躲在陰影處的精靈，不時又讓我曉得她的關心。

特別感謝獨一無二的 Sanyu Dillon，她當時可能不曉得自己某天中午不經意的一句話促成的結果，但或許正因如此，她已有頭緒。

我實在找不到適當的詞語來感謝 Kate Medina、Connie Schultz、Elizabeth Strout 和 Ann Wroe，但我會用餘生盡力報答。

感謝部門同事，與我日復一日協力編輯一本又一本的好書，他們是最大的功臣：Pam Alders、Ted Allen、Rebecca Berlant、Matt Burnett、Evan Camfield、Kelly Chian、Nancy Delia、Paul Gilbert、Penny Haynes、Laura Jensen、Dylan Julian、Vincent La Scala、Steve Messina、Loren Noveck、Beth Pearson、Jennifer Rodriguez、Leah Sims 和 Janet Wygal。特別感謝我的兄弟，同時也是本書出版編輯的 Dennis Ambrose。

感謝我多才多藝的經紀人 Jennifer Joel，我們初次共進早餐時，她就努力不懈地替我背書，有著無限的耐心、懂得要求卻又體貼、展現莫大的支持。寫書過程中，我有無數次覺得自己沒有寫完的一天，但她對我的信心堅定不移，促使我完成本書。

感謝優秀編輯 Noah Eaker、Ben Greenberg 與 Molly Turpin 的指點，我著實受益良多。必要時（絕對必要），他們與文字奮戰、舒緩心情、拿鞭抽打、摸頭安慰，好長一段時間都不曉得是誰在跟蹤自己，究竟是效率十足

的文字編輯？還是憂心如焚的作者？

感謝 Gina Centrello、Lisa Feuer 和 Susan Kamil。他們是我的老大、嚮導與鼓勵我的朋友，生活中大小事都支持著我，包括這本書。他們總是在身邊替我留了個位置，正如他們所說，這真的產生了莫大的影響。

感謝 Tom Perry 和 Andy Ward，他們是演藝圈數一數二認真的男子，也是最聰明、善良又靈光的人。

感謝 Carole Lowenstein 按照我的理念設計本書文字，我初次看到興奮她揮舞著樣張時，就知道眼前成品正是我多年來心目中的模樣，她恰如其分地呈現出精美的質感。

封面的書衣也是我夢寐以求的樣子，希望內容也不辜負外觀設計的巧思與優雅。這都要感謝 Jamie Keenan 和 Joe Perez。

出版經理 Richard Elman 懂得把一本書變成有形的實體，看上去很美、拿起來很爽。感謝他的用心。

感謝公關 Melanie DeNardo 完美打點好上市前的一切準備，也感謝錄音製作人 Kelly Gildea、導演 Scott Cresswell 和工程師 Brian Ramcharan 賦予我有聲書。

Bonnie Thompson 是（真的）文字編輯的文字編輯，我很高興又感激她的鼓勵，以及指出我的壞習慣、必要時堅定表示反對、彙整我無盡的漫談離題，還不時「建議」漂亮到不行的字詞，害我不得不塞到稿子中。我相信她也知道這是我的個性。

再來感謝校對人員 Kristin Jones、Kristen Strange 和 Rachel Broderick，不辭辛勞地爬梳、檢查、微調各種繁瑣的細節。

感謝 Chris Carruth 主動攬下索引表的彙整工作。

假如可以，我真想按藍燈書屋的電話號碼簿逐一列出人名，但我必須著重於參與本書的共同創作者，以下要感謝 Rachel Ake、Jennifer Backe、Janice Barcena、Maria Braeckel、Heather Brown、Porscha Burke、Jessica

Cashman、Dan Christensen、Susan Corcoran、Denise Cronin、Andrea DeWerd、Toby Ernst、Barbara Fillon、Deborah Foley、Lisa Gonzalez、Michael Harney、Mika Kasuga、Cynthia Lasky、Leigh Marchant、Matthew Martin、Sally Marvin、Caitlin McCaskey、Catherine Mikula、Grant Neumann、Tom Nevins、Allyson Pearl、Paolo Pepe、Matt Schwartz、James Smith、Philip Stamper-Halpin、Bill Takes、Patsy Tucker、Katie Tull、Erin Valerio、Sophie Vershbow、Stacey Witcraft、Katie Zilberman 和 Theresa Zoro。

　　我發覺，自己找不到適合的形容詞和副詞來描述家人，因爲「家」是包山包海的概念，意涵太過豐富，難以簡明扼要地修飾，那就謝謝 Diana Dreyer 和 Stanley Dreyer、謝謝 Nancy Dreyer（與已故的 Joan Koffman）、謝謝 Gabriel Dreyer、謝謝 Sam Hess，謝謝 Julie Toll、James MacLean、Emma MacLean 與 Henry MacLean，謝謝 Diane Greenberg。謝謝你們所有人親情相挺。

　　我還要單獨感謝狗兒 Sallie，因爲乖巧的她，完美彰顯了何謂無條件的愛。

　　最後，感謝我的伴侶 Robert Schmehr 陪我走完這段寫作旅程，他是我的心靈歸屬。我早上醒來最先想到他、晚上睡前也心繫著他。Robert，這本書你盼好久了吧，在此獻給你。

附　錄

本書詳細目次

第三章　標點符號的六十七項用法（與禁忌）　45

（編按：其實是六十六項，其中有一項作者故意漏掉，以考驗讀者是否細心）

國家圖書館出版品預行編目 (CIP) 資料

清晰簡明的英文寫作指南：從正確用詞到刪除贅字，藍燈書
屋文稿總監幫助你提升寫作力 / 班傑明．卓瑞爾 (Benjamin
Dreyer) 著；林步昇譯 . -- 初版 . -- 臺北市：經濟新潮社出版
：英屬蓋曼群島商家庭傳媒股份有限公司城邦分公司發行，
2021.05

   面；   公分 . -- (自由學習 ; 36)

譯自：Dreyer's english : an utterly correct guide to clarity and
    style.

ISBN 978-986-06427-1-1(平裝)

1. 英語 2. 寫作法

805.17   110005339